루월재운 이야기 2

루월재운 이야기 2

초판1쇄 인쇄 2015년 7월 30일
초판1쇄 발행 2015년 8월 3일

지은이 조선희

펴낸이 박대일
편집 이문영 · 임유리 · 신지연 · 박현주
마케팅 송재진
표지디자인 박현주

펴낸곳 파란미디어
출판등록 2004년 9월 14일 제313-2004-00214호

주소 121-897 서울시 마포구 성지1길 32-36(합정동)
전화 02.3141.5589(영업부) 070.4616.2012(편집부)
팩스 02.3141.5590
전자우편 paranbook@gmail.com
카페 http://cafe.naver.com/paranmedia
트위터 @paranmedia

ISBN 978-89-6371-220-8(04810)
978-89-6371-218-5(전2권)

루월재운 이야기
2

조선희 역사판타지

— 차례 —

제8장 침향枕向의 비밀

월성 앞에서 내내 기다리고 있던 아채는 고문을 나서는 재운을 보고 종종걸음으로 다가갔다.

"혹시 뵙지 못하면 어쩌나 걱정했습니다. 목련방으로 사람을 놓으려 했지만 그곳은 암만해도 찾을 수 없을 듯하여 여기서 기다리고 있었습니다."

"무슨 일이 있느냐?"

그간 잘 지냈느냐는 안부 인사도 없이 대뜸 용건부터 묻는 재운에게 아채는 못내 서운한 표정이었다. 아채는 재운에게 마음을 주었으나 그는 아채에게 우정으로 보답했다.

아채를 알게 된 후 재운은 중연과 가끔 안가교를 찾았지만 혼자 안가교를 찾는 일은 없었다. 안가교에서 함께 어울리다 중연이 자연스레 자리를 피해 주면 재운은 아채와 밤을 보냈다. 재운과 아채는 서로 거문고를 연주했고 춤을 추었다. 둘은 그것으로 밤을 지새웠다. 그뿐이었다.

가기들이 아채를 부러워했다. 재운은 아채 말고 다른 가기는 상대하지 않았다. 아채는 재운의 여인으로 불렸다. 그녀는 누구의 여인이라는 그 말이 더할 나위 없이 좋았다. 때문에 아채는 재운과 한 번도 살을 섞어 본 적이 없다는 사실을 아무에게도 털어놓지 못했다.

재운과 함께 있는 시간은 뜨거운 물에 녹아 버리는 눈과 같이 빠르게 사라졌고 다음을 기다리는 것은 인내를 필요로 했다. 재운은 아채 말고는 누구에게도 눈길을 주지 않았으나 그녀를 여인으로 곁에 두는 것은 아니었다. 아채를 위안으로 삼았지만 그 이상 다가오는 것은 경계하였다. 밤이 새도록 술을 마셔도 재운의 그 심연 같은 눈동자는 절대 흔들리는 법이 없었다.

아채는 그 혼돈스러운 상황을 의연하게 받아들였다. 가기란 본시 찾아 주면 고맙고 잊혀도 어쩔 수 없는 운명이었다. 가기는 자신의 선택으로 상대를 고를 수 없다. 그래도 마음만은 온전히 자신의 것이기에 주고 싶은 이에게 줄 수 있으니 얼마나 다행인가.

"나리께 전갈이 있습니다."

"누구의 전갈이기에 네가 왔느냐?"

재운은 주변을 살폈다. 아채가 반갑지 않은 것은 아니었으나 좋지 않은 예감 때문에 그녀의 마음을 헤아릴 여유가 없었다.

“예부령 어른의 전갈입니다. 오늘 밤 술시에 북악 상천암에서 나리를 뵙고자 하십니다. 나리의 집을 찾는 것이 어려우니 제게 부탁한다고 말씀하셨습니다.”

“그 말을 왜 하필 네가 가져왔는지 참으로 모르겠구나.”

“그것이…….”

아채는 머뭇거리다가 용기를 내어 말을 이었다.

“나리께서 아시는지 모르겠지만 세간에는 제가 나리의 여인으로 알려져 있지요.”

아채는 자기 입으로 뱉은 말이 부끄러워 시선을 떨구었다.

“하여 그 어른께서 제게 부탁한 것으로 압니다. 한데 막상 나리를 뵈오니 제가 지금 옳은 심부름을 하고 있는 것인지 잘 모르겠습니다.”

예부령과 재운의 미묘한 대립을 그녀도 들어 알고 있었다. 안가교에서는 밤이면 벌어지는 술자리마다 월성에서 벌어지는 일들을 두고 수많은 말들이 오갔다. 예부령이 최근 들어 서역인들처럼 눈동자 색이 유달리 밝은 승려와 함께 자신을 몇 번 찾은 적이 있었다. 그녀는 그때마다 자신을 바라보던 예부령의 그 매 같은 시선이 불편하고 꺼림칙했다.

그녀라고 이 전갈이 이상하지 않은 것은 아니었다. 재운이 안가교로 오지 않는 이상 예부령이나 그녀나 재운의 집을 찾을 수 없기는 마찬가지였다. 하지만 예부령은 날이 밝으면 월성에서 재운을 만날 수 있지 않은가. 그러니 굳이 자신에게 이런 일을 시킬 이유가 없었다.

"언제 받은 전갈이냐?"

"어젯밤입니다."

재운은 고개를 갸웃거렸다. 굳이 하루 전날 안가교에 전갈을 남길 이유가 없었다. 약속 시간이 오늘 밤이니 아침에 전사서로 전갈을 보내면 될 일이었다.

"저도 이상한 구석이 있다 여겼습니다만, 은밀하고 중대한 사안이라며 제게 당부하시니 도리가 없었습니다."

"하면 그냥 사람을 시켜 김중연 대감께 전갈을 넣어도 될 것인데, 왜 네가 직접 왔느냐?"

"그리할 수도 있었으나 이참에 나리 얼굴도 뵈옵고 또……."

아채는 난감한 얼굴로 이어 말했다.

"나리께서 그곳으로 나오시지 않으면 후회하게 되실 거라며, 그 말을 꼭 제 입으로 전해야 한다고 말씀하셨기에……."

아채가 걱정스럽게 재운을 쳐다보았다. 아채는 무슨 일인지 묻고 싶었으나 참았다. 묻는다 해도, 또 재운이 대답을 해 준다 해도 그녀가 어찌할 수 있는 일은 없을 것이다. 어쩌면 자신이 알아서는 안 되는 일일 수도 있었다. 혹은 모르고 있는 것이 재운에게 도움이 될 수도 있었다.

후회? 꼭 아채의 입으로 전해야 하는 후회라. 그제야 재운은 왜 아채인지 깨달았다. 그 후회는 아채를 두고 하는 말이었다. 때문에 아채의 입을 통해 전갈을 받도록 한 것이다. 약속 장소에 나오지 않으면 이 여인을 해할 것이다. 그런 뜻이겠지.

평소 사람을 가까이하지 않는 재운의 경우, 누군가와 사적인 관계를 유지하면 이내 주목을 받게 된다. 더구나 왕경에는 그의 일거수일투족을 감시하는 박후명의 눈들이 있으니 아채가 그 감시망에서 벗어날 수는 없었을 것이다.

저杵가 사람을 가까이하면 그 사람이 이용당하게 될 것을 재운도 모르지 않았다. 해서 애초에 재운은 중연도 아채도 벗으로 두지 않으려 했다. 그러나 먼저 마음을 주고 다가선 이들에 대해서는 재운도 어쩔 도리가 없었다. 재운이 아무리 심심한 얼굴로 대하여도 저들은 포기하지 않았다. 저들의 마음이 저들의 마음대로 되지 않는 것이다. 그것 또한 사람의 마음임을 재운은 알고 있었다.

저杵가 곁에 두는 사람은 좋은 사람이다. 좋은 사람이기에 저杵를 노리는 사람들에게 이용당한다. 아무리 좋은 사람이라 해도 저杵에게는 결국 나쁜 작용을 끼치는 것이다. 저杵가 사람을 좋아하나 가까이하지 않는 것은 좋아하는 사람을 잃을까 두렵기 때문이다. 더욱이 항간에 저杵는 여인을 좋아한다고 알려져 있으니 더더욱 아채를 훌륭한 미끼라 여겼겠지.

하지만 그것이 전부가 아니라는 것을 재운은 이내 깨달았다. 아채는 방금 예부령의 명을 전했다. 재운은 약속 장소에 나갈 것이고 이것으로써 그녀가 할 일은 끝난 것이다. 그녀는 예부령의 표적에서 벗어났다. 한데 아채에게 매달린 불운한 끈은 아직 끊어지지 않았다. 그 끈의 한쪽이 여전히 자신과 엮여 있음을 깨달은 재운은 단호하게 말했다.

"알겠으니 그만 돌아가거라. 그리고 넌 오늘 밤, 안가교 밖으로 한 걸음도 나오지 말아야 한다. 알겠느냐?"

재운의 당부에 아채의 근심이 커졌다.

"나쁜 일입니까?"

"나쁜 일이라 해도 좋은 일로 바꿔 놓으면 되는 것이다."

"만약 그리되지 않으면 어찌합니까?"

"그리되지 않아도 내가 감당할 수 있으니 너는 걱정하지 않아도 된다. 오늘 밤만큼은 나에 대한 어떤 생각도 하지 마라. 그러면 내일은 너와 마주 앉아 거문고를 뜯을 수 있을 것이다."

상천암으로 이르는 길목에 들어섰을 때 재운은 가슴을 움켜잡으며 걸음을 멈췄다. 크고 날카로운 말뚝이 심장을 꿰뚫는 고통, 육중한 힘이 발등과 어깨를 찍어 누르며 그에게 허리를 굽히고 무릎을 꿇도록 종용했다. 그는 방금 사람의 피에 묶였다는 것을 깨달았다. 눈앞이 아찔해지면서 몸이 흔들렸다.

'곤란하게 되었구나. 이미 마음속으로 저들이 덫을 놓았음을 알고 있었다. 한데 어찌하여 좀 더 세심히 살피지 않은 채 걸음을 옮기고 말았을까?'

하지만 그로서는 피할 도리가 없는 일이었다. 사람의 피에 묶여 뼛속 깊이 그 감각이 새겨지기 전까지 저杵들은 사람이 내놓은 속임수의 덫을 바로 볼 수 없었다.

재운은 앞으로 세 걸음을 나아갔지만 더는 걸음을 옮길 수 없었다. 그는 다시 뒤로 세 걸음을 움직였다. 좌로 세 걸음, 우로 세 걸음. 그 이상은 걸음을 내디딜 수 없었다. 세 걸음 안에 갇힌 그는 자신의 발밑을 가만히 들여다보았다.

수풀 아래 점점이 흩어진 검붉은 핏자국이 보였다. 그에겐 언제나 익숙했던 어둠이 까마득해지면서 사람이 자신의 영역이라 낙인찍은 표식이 그제야 한눈에 들어왔다. 재운의 동공이 커졌다.

그의 눈은 어둠보다 더한 어둠도 읽어 냈다. 구름 뒤에 가려진 달의 표정도 맞힐 수 있었으며, 아홉 층 천장 위와 아홉 겹 벽 뒤에서 벌어지는 일들도 훤히 들여다볼 수 있었다. 오직 인간이 내건 속임수의 첫 번째 핏자국만이 그의 눈을 완벽하게 속일 수 있었다.

그러나 이것으로 저杵는 이후에 사람의 피로 그려진 속임수의 덫을 경계할 눈을 갖게 된다. 하니 다음엔 이리 쉽게 걸려들지 않겠지만 그 전에 먼저 이 자리를 빠져나가지 못하면 다음은 없었다.

바스락 소리와 함께 적두가 모습을 드러냈다. 재운이 적두를 향해 다가오란 손짓을 했다. 적두는 대담하게 그의 코앞까지 다가와 섰다.

"드디어 나마께서 소승의 손에 들어왔군요."

"너는 죽어도 나를 가질 수 없다."

재운의 붉은 입술이 벌어지며 드러난 하얀 이가 달빛에 반짝였다. 그 기이한 미소에 적두는 일순 등골이 서늘해졌다. 재운이 적두를 향해 손을 뻗었다. 그 손짓이 마치 춤사위처럼 보여 넋이 빠진 사이 재운이 날렵하게 적두의 목을 그러잡았다. 재운의 차가운 손이 닿자 적두는 움찔 놀랐으나 저항할 수가 없었다. 법구를 쥔 적두의 손이 바르르 떨렸다.

저杵는 사람이 손으로 잡지 못한다. 사람이 잡을라치면 저杵는 그보다 더 빨리 빠져나간다. 그 행동이 불가사의할 정도로 감각에 잡히지 않는 속도를 보이는 것이다. 하여 저杵는 본디 만질 수도 잡을 수도 없는 존재라 하였다. 설사 잡았다 해도 잡고 보면 저杵가 아니라 다른 것이었다.

저杵가 사람을 좋아하게 되면 그 사람과는 접촉하지 않았다. 마음이 흔들리기 때문이었다. 저杵는 한번 정을 주면 사람보다 깊은 정을 주었다. 그것이 저杵를 위험에 빠뜨렸다. 싫어하는 사람과의 접촉은 더 위험했다. 해치고 싶은 욕망이 들기 때문이었다. 사람을 죽여 피를 보는 일은 사람의 피가 약점인 저杵에게는 치명적이었다. 스스로 독을 덮어쓰는 것이기 때문이다.

그런데 지금 저杵가 적두를 잡았다. 잡힌 쪽은 적두이나 접촉을 했으니 재운 역시 어떤 감정을 느끼고 있을 것이다. 저杵가 저 사냥꾼을 좋아할 리 만무하니 죽이고 싶을 것이다.

그러나 표식에 갇힌 저杵들은 힘을 쓰지 못했다. 지금껏 적두가 상대한 저杵들은 예외가 없었다. 다리는 묶여 있고 어깨는 눌려 있으며 심장은 끔찍한 고통을 견뎌야 했다. 표식에 갇힌 저杵에게는 나뭇잎 한 장도 살을 베는 칼날처럼 예리하게 느껴질 뿐 아니라 그 무게도 태산처럼 거대하여 숨을 쉬기조차 어렵다.

그럼에도 재운은 스스로의 힘을 사용하는 데 아무런 제약이 없었다. 재운은 처음부터 저핚인지 아닌지 적두를 헛갈리게 만든 요물이었다. 다른 저핚와 달리 수면에 모습을 비추어 그를 속였다. 예사롭지 않음은 진작 알았으나 이리 다를 줄은 미처 몰랐다. 적두는 표식에 갇혔다 하여 그에게 쉽사리 경계를 푼 자신을 탓했다.

적두는 법구를 움직여 보려 했지만 불가능했다. 오히려 손가락이 풀리며 법구가 자꾸만 손에서 빠져나가려 했다. 적두가 목소리를 쥐어짜며 말했다.

"소승을 죽일 작정입니까? 아니, 죽일 수는 있을까요? 그리하면 곧 자신을 죽이는 것과 같아질 텐데요."

재운의 손가락이 점점 더 조여들었다. 적두는 숨이 막혀 왔다. 저 사냥꾼으로서 저핚를 상대하며 이런 적은 한 번도 없었다. 정신이 혼미해지고 환락의 감각이 그의 사지를 뒤틀리게 만들었다. 그럼에도 적두는 악착같이 법구를 놓지 않고 버텼다. 그것만이 재운의 손에서 벗어날 수 있는 유일한 수단이기 때문이었다. 어떻게든 법구가 재운의 몸에 닿기만 한다면. 표식에 갇힌 재운에게 나뭇잎이 칼날이라면 법구는 온몸을 쪼개고 태우는 벼락이었다.

"너의 처지가 지금의 나와 같다."

재운의 말대로 적두는 재운과 시선을 마주한 채 그의 손에 잡혀 앞으로도 뒤로도 나갈 수 없었다. 재운의 시선에 묶인 적두의 머릿속은 생각을 하려 들면 이내 허물어졌고 어떤 행동도 의지대로 할 수 없었다.

적두는 광대한 벌판을 물들이며 지는 서천의 노을을 보고 지금처럼 취한 적이 있었다. 바람이 숲을 흔들고 지나갈 때 쏟아지는 수목의 기운에 취해 이리 멍해진 적이 있었다. 저杵에게 홀리는 것은 바로 그와 같았다. 미혹하는 형태를 지녔으나 그것은 곧 사라지는 아름다움이었다.

눈을 돌리면 그 곱고 화려했던 노을은 한순간에 덧없이 물러가고 길어진 그림자와 그림자를 물들이는 더 깊은 어둠만이 드리워졌다. 석양의 색을 그려 보나 그것은 천 가지 색조를 품은 것이라 기억이 정확하지 않았다. 무수한 색들이 지나갔다. 바람은 그보다 더 빠르게 사라졌다. 또 다른 바람이 피부에 닿아야만 기억해 낼 수 있는 감각. 사람의 눈에 저杵는 바로 그렇게 기억되는 존재였다.

"당장 너의 피를 뒤집어쓸지라도 내게 의지가 있으니 너를 죽일 수 있다. 하나 너는 그저 너의 일을 하는 것뿐이니 살려 주지. 대신 표식을 지우고 나를 여기서 나가게 하여라."

"죽어도 그리는 못 하지요."

적두는 힘겹게 말을 이으며 일그러진 웃음을 내보였다.

"글쎄, 얼마나 버티는지 한번 볼까?"

속삭이는 재운의 얼굴이 적두에게 다가왔다. 그 부드럽고 차가운 뺨은 닿지도 않았는데 적두는 이미 숨 막히는 유혹에 헐떡였다. 그는 출가를 한 이후 단 한 번도 여인에게 흔들린 적이 없었다. 한데 재운의 목소리가 그의 심장을 요동치게 만들고 있었다.

재운이 싱긋 웃더니 고개를 젖혔다. 적두는 재운의 눈동자가 변하는 것을 보았다. 그 이마와 눈썹이, 그 뺨과 입매가 기묘하게 달라졌다. 어쩌면 변한 것이 아니라 다른 표정을 본 것일지도 몰랐다. 인간을 바라보는 저杵의 표정 같은 것일까. 혹은 욕망을 바라보는 자연의 표정일까.

어떻게든 법구를 움직이고자 안간힘을 쓰던 적두의 손이 기어코 풀렸다. 법구가 그의 손에서 떨어지며 재운의 몸을 스쳤다. 재운은 미간을 찌푸리며 적두의 목을 그러잡았던 손을 놓았다. 적두는 간신히 재운의 손에서 벗어나 표식 밖으로 두어 발짝 물러났다. 재빨리 법구를 다시 집어 든 적두의 목에 재운의 손자국이 선명하게 찍혔다. 적두가 기침을 쿨럭이며 말했다.

"고통을 참느라 힘들다는 것을 압니다. 그러나 이곳에서 놓여나면 사라질 고통이지요."

"너는 진짜 고통이 어떤 것인지 모르는구나. 나는 이미 사람의 세상에 묶인 몸이다. 세상에 그보다 더 무겁고 단단한 족쇄는 없지. 하니 고작 이 정도 사람의 피가 남긴 무게에 아파하진 않는다."

재운은 하늘을 진 거목처럼 꼿꼿하게 서서 적두를 바라보았다. 그 입가에 어린 미소가 너무도 모호해 적두는 수수께끼를 푸는 기분이었다. 재운이 주는 기묘한 위압감에 적두는 의혹이 일었다. 정말 저자는 지금 아무렇지도 않은 것일까? 그럴 리가 없었다. 저자는 지금 허세를 부리고 있는 것이다.

"폐하 말고 또 누가 나마의 진짜 이름을 알고 있습니까? 그것만 말해 주면 여기서 내보내 드리지요."

"이런, 폐하로부터 아직 내 이름을 듣지 못했느냐?"

재운이 조소를 드러내며 물었다.

"거의 들을 뻔했지요. 한데 청각이 소승의 진언을 거둬 버렸습니다. 게다가 이젠 월성에서 내쳐진 몸이라 폐하께는 더 여쭙지도 못하게 되었습니다."

"자업자득이다. 너는 너의 말이 진언이라 여겼을 터이나 타인의 정신을 뽑아 가는 술수가 담긴 말은 사언에 속한다. 폐하를 괴롭혔던 액이니 청각에 쓸려 가는 것이 당연한 이치이거늘."

"타인의 정신을 홀리는 것은 저杵도 마찬가지지요. 한데 청각이 저杵는 삼키지 못하니 참 아쉬운 노릇입니다. 오히려 저杵가 청각을 만드는 존재이니 이 얼마나 모순된 이치입니까?"

"내게 청각을 만들도록 한 것은 너다."

"소승이 소승의 발등을 찍었지요. 해서 차선책을 구해 놨습니다. 말해 보십시오. 폐하 말고 나마의 사람들 중 그 이름을 아는 이가 있습니까?"

재운은 대답하지 않았다. 적두가 크게 웃어 대며 말했다.

"역시 있군요. 저杵는 거짓을 말하지 못합니다. 해서 거짓을 말해야 하는 상황이 오면 입을 다물거나 말을 돌리지요. 누굽니까? 안가교의 그 가기입니까? 아니면 김중연 대감입니까? 소승의 생각에는 김중연 대감이지 싶은데, 그렇지요?"

재운은 대답 대신 적두를 똑바로 쳐다보았다. 적두는 이에 맞서지 않고 고개를 돌려 그 시선을 피하며 말했다.

"다시 소승을 홀릴 생각은 마시지요. 김중연 대감을 뵙고 올 터이니 그때까지 기다리고 계십시오. 곧 소승의 입으로 나마의 진짜 이름을 불러 드릴 터이니."

적두가 돌아섰다. 재운은 굳은 얼굴로 그가 산을 내려가는 뒷모습을 바라보았다. 덫을 놓은 자가 덫을 제거해 주지 않는 한 그는 이곳에서 나갈 수 없었다. 그러나 덫을 놓은 자가 돌아와 그의 진짜 이름을 부르게 된다면 그는 지금 갇힌 덫보다 더한 덫에 갇히게 될 것이다.

그 시각, 중연은 재운의 일로 만나고자 한다는 박후명의 전갈을 받고 모량부로 향하고 있었다. 암만해도 박후명이 자신을 통해 재운을 어찌해 보려는 속셈인 듯했지만 거절할 빌미도 마땅찮았고 거절했다가 행여 재운에게 나쁜 영향을 미칠까 염려되기도 하여 중연은 일단 받아들였다. 그는 박후명이 굳이 자신을 집까지 청한 것이 마음에 걸렸으나 기왕의 걸음이니 차라리 이참에 박후명의 속셈이나 들여다보자고 작정했다.

후원 정자에 술상이 차려져 있었다. 박후명이 웃는 낯으로 중연을 손수 맞았다. 박후명과 마주 앉은 중연이 말했다.

"분명히 말씀드리지만 나마를 대신해 제 호의를 살 수는 없을 것입니다."

"나마의 일로 대감을 부르긴 했으나 대감의 호의를 사도 나마를 내 사람으로 만들 수 없다는 것쯤은 알고 있소. 사실 나는 대감이 부럽소. 어찌 그리 나마와 사이를 틀 수 있었는지 비법이 있으면 내게도 좀 가르쳐 주시오."

박후명이 의미심장한 웃음을 내보이며 중연의 술잔에 술을 따랐다. 비법은 중연 자신도 몰랐다. 굳이 내세운다면 아마도 무평문이라 할 수 있지 않을까. 그는 무평문에서 찾아야 할 답이 있었고, 재운은 마치 그가 찾던 답처럼 무평문 앞에서 그를 기다리고 있었다. 가끔 중연은 정말로 자신이 찾던 답이 재운이 아닐까 하는 묘한 생각이 들곤 했다. 하지만 아버지가 남긴 수수께끼와 재운을 어떻게 연관시켜야 하는지 알 수가 없었다.

중연이 말했다.

"글쎄요, 둘 다 주당이라 잘 맞았던 모양입니다."

"술이라면 나도 좀 하오. 하면 다음번엔 대감이 나서서 이런 자리를 좀 마련해 주시면 어떻겠소? 내 보기엔 나마가 보군공에 관한 일로 나를 오해하고 있는 듯하오. 하여 내 호의를 모두 곡해하는 것도 부족하여 심지어는 명을 어기고 나를 골탕 먹이기까지 하오. 그럼에도 나는 나마를 어찌할 수가 없소. 이 나라에 반드시 필요한 인재이니 내가 참을 도리밖에."

"나마가 예부령께 어떤 오해를 품고 있는지는 모르겠으나 먼저 그 오해를 풀어야 이런 자리를 만들 수 있겠습니다."
"역시 거절이로군."
중연은 거절이라고 말하지 않았다. 그렇다면 보군공에 관한 재운의 오해는 오해가 아니란 뜻이었다.
"드시오."
박후명의 재촉에 중연은 일단 술잔을 비우고 물었다.
"나마의 일이라 해서 왔습니다. 대체 용건이 뭡니까?"
"질문이 재미있군."
박후명은 자신의 술잔에 든 술을 보란 듯 정자 밖으로 휙 뿌렸다. 그의 입가에 삐뚤어진 미소가 담겨 있었다. 그제야 중연은 실수를 깨달았다.
"이런 뻔하고 비겁한 수를 쓰다니."
중연은 자리에서 벌떡 일어서려 했으나 박후명이 그의 팔을 잡았다.
"하여 대개는 의심 없이 마시더군. 진정하고 앉으시오."
"대체 내게 뭘 마시게 한 겁니까?"
"서두르지 마시오. 곧 몸으로 느끼게 될 것이니. 갑자기 옛날 일이 생각나는군. 그때 보군공도 대감처럼 앉은 자리가 데워지기도 전에 물었소. 재운의 일이라 해서 왔다. 대체 용건이 무엇이냐? 지금 대감이 앉은 바로 그 자리에서 대감 못잖게 아주 심각한 얼굴로 그리 물었단 말이오. 재밌지 않소?"
중연의 머리가 울렸다. 뒤통수에서 기분 나쁜 예감이 소리를 냈다. 앉은 자리가 아니라 심장이 데워지는 듯 가슴속에서 통증이 올라왔다.

'보군공에 관한 나마의 오해는 오해가 아니라는 것을 방금 깨달아 놓고 이런 실수를 범하다니. 저 영악한 자가 술을 권하기 전에 보군공의 일을 언급한 것은 드러내 놓고 경고한 것이다. 그런데도 그 의미를 알아채지 못하다니 내가 어리석었다. 하면 내가 만약 그의 말뜻을 알아채고 술을 마시지 않았다면 저자는 어찌할 작정이었을까? 분명 내가 독주를 마시게 될 것을 자신하였기에 그리 말한 것일 터인데? 이는 필시 내가 굴복할 수밖에 없는 뭔가를 박후명이 쥐고 있다는 뜻이다. 그것이 혹 재운이라면? 아니다. 그럴 리는 없다. 재운은 저자에게 절대 잡히지 않는다. 재운은 지금쯤 퇴궐하여 목련방에 있을 것이다.'

"속이 좋지 않은 듯한 그 표정까지 어찌 그리 보군공과 똑같소?"

그 순간 중연의 입에서 피가 왈칵 쏟아졌다. 가슴이 불타는 듯 뜨거워졌다. 중연은 칼자루를 잡았다. 아직까지 환두도를 뽑을 기력은 남아 있었다. 그는 소매를 들어 입가에 흐르는 피를 닦으며 물었다.

"예부령께서 보군공을 죽이셨습니까?"

"무슨 소리, 자진이었소. 당시 보군공은 지금의 대감만큼이나 뛰어난 무장이었지. 한데 내가 어찌 그 같은 자의 칼을 빼앗아 목을 칠 수가 있겠소? 지금 대감이 내게 그 환두도를 휘두른다면 나는 꼼짝없이 죽은 목숨이오. 하니 나를 죽이려면 독이 더 퍼지기 전에 베어야 할 것이오."

"칼이 아니라 독에 대해 묻고 있습니다."

"물론 독을 먹였지. 하나 그 독은 대답 여하에 따라 살 수도 있는 독이었소. 하니 내가 독으로 보군공을 죽였다고는 말할 수 없지. 분명히 말하지만 보군공은 자진한 것이오. 스스로 목을 벴소. 내게 대답을 하느니 차라리 죽음을 택한 것이지."

"어불성설입니다."

"살 수 있는 길이 있는데 살길을 택하지 않은 건 스스로 죽음을 택한 것과 같소. 그 늙은이는 죽으면 비밀이 영원히 묻힐 거라고 생각했소. 하나 결국 우리 모두 그 비밀을 알게 되었지."

"무슨 비밀 말입니까?"

"모른 척 마시오. 대감도 알고 나도 알고 폐하도 알고 하다못해 절간의 승려도 아는 우리 모두의 비밀이 아니오?"

"나는 모릅니다."

"그러지 말고 이제 그만 말해 주시오. 나마의 진짜 이름이 무엇이오? 그 이름만 말해 주면 대감은 죽지 않아도 되오. 내게 해독제가 있소."

중연은 고개를 저었다. 심각한 상황임에도 어쩐 일인지 괜스레 웃음이 새어 나왔다. 중연이 하릴없이 웃어 버리자 박후명은 기분이 상했다.

"이대로 죽을 작정이오?"

"도리가 없잖습니까? 모르는 것은 모르는 것이지요. 내가 아는 나마의 이름은 김재운입니다."

박후명은 혀를 차며 고개를 저었다.

"사람은 이게 문제야. 저杵는 거짓을 말하지 못하지만 사람은 거짓을 말하는 것이 그리 어렵지 않지. 좋소, 마음이 바뀌면 말하시오. 다만 너무 오래 버티면 대감은 목숨을 잃을 것이오."

박후명이 자리에서 일어났다.

"기다리십시오. 아직 제 이야기가 끝나지 않았습니다."

중연은 환두도를 뽑으며 그를 따라 일어나려 했지만 이내 앞으로 고꾸라졌다. 독이 빠르게 퍼지고 있었다. 박후명의 손이 칼자루를 쥔 중연의 손을 잡았다. 그의 손은 따뜻했다. 중연은 박후명을 제지하고 싶었으나 마음먹은 대로 손이 움직여 주지 않았다. 박후명은 완전히 풀려 버린 중연의 손에서 환두도를 가져가며 말했다.

"대감의 환두도는 잠시 내가 보관하고 있겠소. 대감도 보군공처럼 서둘러 스스로의 목숨을 끊어 버릴까 걱정이 되거든. 난 아직 듣고 싶은 이야기가 많소. 대감의 입이 무겁다는 것은 잘 알고 있소만, 대감이 나마의 진짜 이름을 말하지 않으면 대감뿐 아니라 나마 역시 죽임을 당하게 될 것이오. 적두 선사가 나마를 사로잡았으니."

뭐? 박후명을 쏘아보는 중연의 시선에 날이 섰다.

"나를 속이려 하시는군요. 그럴 리가 없습니다. 그건 가능하지 않은 일입니다."

"나에게는 가능하지 않소만, 저 사냥꾼에게는 가능하오. 내가 대감을 이리 잡고 있는 사이 나마는 이미 사냥꾼이 놓은 덫에 걸려들었소."

중연은 숨을 몰아쉬었다. 하필 이런 상황에서…… 아니지, 이런 상황을 만들기 위해 나를 여기로 불러낸 것이지. 중연은 다시 피를 왈칵 토해 냈다. 그는 생각이 짧았던 자신의 목을 이 자리에서 베고 싶은 충동을 느꼈다. 하지만 그에겐 이제 환두도가 없었다. 그의 환두도는 지금 그와 재운의 목숨을 쥔 자의 손에 들려 있었다.

재운은 중연이 자신을 죽일 수도 살릴 수도 있다고 말했다. 중연은 무슨 일이 있어도 살릴 것이라 말했지만 어쩌면 그 약속을 지킬 수 없을지도 모르겠다는 생각이 들었다. 중연은 가쁜 숨을 힘겹게 고르며 말했다.

"예부령이 그 이름을 알게 되면 나마는 목숨을 건지겠으나 자유를 잃게 됩니다. 평생 예부령의 부림을 받으면서 원하지 않는 일에 이리저리 이용당하겠지요. 이는 죽더라도 나마가 원하는 바가 아닙니다."

"어리석은 소리 마시오. 나야 저杵의 재주를 아끼는 입장이라 어찌하든 살려 부리고 싶으나, 적두 선사의 생각은 좀 다르오. 저 사냥꾼들은 저杵를 제거하는 것이 목적이더군. 그자의 손에 들어가면 재운은 죽소. 하나 나는 한갓 저 사냥꾼 따위에게 재운을 빼앗기지는 않을 것이오. 어렵게 생각지 마시오. 대감이 내게만 재운의 이름을 말해 주면 되오. 하면 내가 저 사냥꾼으로부터 재운을 보호할 수 있소. 대감과 나마가 예전처럼 계속 우의를 다지며 살 수 있도록 내가 보장하오."

"웃기는 제안이로군요. 예부령이 나마를 부리게 되면 나와 나마는 예부령의 개로 살 수밖에 없습니다."

박후명은 웃었다.

"그리되면 더욱 좋고. 나마가 내 사람이 되면 대감도 마땅히 벗과 뜻을 같이하는 것이 바람직하지. 사실 별것도 아니지 않소? 마음 한번 뒤집어 먹으면 되는 것을. 나는 알고 있소. 대감이 폐하에 대한 충심이 아니라 왕경에 대한 책임 때문에 돌아왔다는 것을. 하니 누가 왕이 되든 상관없지 않소? 누구든 도적을 물리치고 왕경을 예전으로 돌려놓을 수 있는 군주면 되는 것이지."

"대체 속셈이 뭡니까?"

"나마의 몸에 감춰진 수주가 무엇인 줄 아시오? 호국의 신물이오. 지금 신국의 상황을 보시오. 군족과 토호 들이 너도나도 군웅을 자처하니 나라의 근간이 흔들리고 있소. 하여 신물의 힘으로 내가 저들을 굴복시키고자 하오. 지금 보위에 앉은 여자는 신물을 부릴 힘이 없소. 그건 누구보다 대감이 잘 알 것이오. 하니 내가 그 여자를 밀어내고 그 자리에 앉을 수도 있음이오. 온 세상이 나를 욕해도 상관없소. 신국을 위한 일이라면 나는 얼마든지 그 무게를 지고 갈 작정이오."

열변을 토했으나 박후명은 중연을 설득하지 못했다. 중연의 시선이 박후명을 매섭게 질책하고 있었다.

"듣고 보니 더더욱 도와 드릴 수가 없겠습니다. 하도 많이 들어 본 소리라서요. 주로 월성의 돼지들이 그리 떠들더군요."

돼지란 소리를 들었어도 박후명은 노하지 않았다. 그는 인내심을 가지고 중연의 마음을 움직이고자 애썼다. 어떻게 해서든 그의 입에서 원하는 답을 들어야 했다.

"이보시오, 대감! 대감도 나도 정족의 일원이오. 대감이 뭐라 해도 나는 자부할 수 있소. 적어도 왕경에 대한 진심만큼은 나와 대감이 다르지 않다는 것을 말이오. 우리가 힘을 합치면 무엇이든 이룰 수 있소. 하니 나를 거부하지 마시오."

"나마가 예부령을 거부합니다. 나마가 거부한다면 이유가 있는 것이지요."

"대감, 부디 큰 것을 보시오."

"예부령께 대의가 있었다면 호국의 신물이 예부령의 눈을 피해 나마를 찾지 않았을 테지요. 대의를 빌려 쓴 욕망입니다. 하니 신물은 아직 왕들의 것입니다."

박후명의 인내심이 점점 바닥을 드러내기 시작했다.

"닥치시오. 그 머저리 같은 여자는 신물을 어찌 쓰는지 모른다니까. 하여 물려받은 것을 빼앗기지 않고자 고이 감추는 데만 급급하단 말이오. 대감도 그 여자를 싫어하지 않소? 대감과 내가 힘을 합치고 거기에 저杵와 신물까지 얻으면 그야말로 세상에 이루지 못할 것이 없소. 하니 그만 저杵의 이름을 말해 주시오."

중연은 머리가 어지러웠다. 박후명의 목소리는 귓가에서 조각조각 부서졌고 사물은 이지러져 세상이 온전하게 보이지 않았다.

"나는 모릅니다. 정 궁금하면 나마에게 직접 물어보시지요."

"나마는 저杵란 말이오. 저杵는 그 입으로 자기 이름을 말할 수 없소."

"하면 폐하께 물어보십시오. 아니, 아예 달라 하십시오. 저杵든 보위든 내놓으라 하시면 되겠습니다."

"내게 드러내 놓고 반역을 꾀하라?"

박후명이 코웃음을 쳤다. 그는 이제 완곡하게 설득하기를 포기했다.

"대감이 입을 다물면 나마가 죽소."

"상관없습니다. 예부령께서는 보군공 때처럼 나를 죽일 수는 있겠으나 나마를 죽일 수는 없을 것입니다. 왜냐하면 당신은 돼지니까요. 하여 나마를 죽이면 아깝지요. 그리 오래 공을 들였는데 말입니다. 게다가 저杵입니다. 당신의 욕망이 그런 보물을 쉽게 포기하겠습니까?"

중연은 말을 하면 할수록 정신이 혼미해져 가고 있었다. 그는 이제 자신이 무슨 말을 하고 있는지 자각하지 못했다. 그는 제 입이 제멋대로 하고 싶은 말을 떠드는 것을 어렴풋이 들었다. 비릿하고 뜨거운 피가 또다시 가슴을 타고 차올랐다가 왈칵 쏟아졌다.

박후명은 중연이 쉽게 입을 열지 않을 것을 예상했다. 하지만 그가 정말 재운의 이름을 모른다면? 아니야, 그럴 리가 없지. 저杵의 금줄을 넘는 자가 아닌가. 박후명은 수하를 불러 말했다.

"이자를 눈에 띄지 않는 곳에 가둬 두어라."

목련 나무의 가지들이 부르르 떨더니 스스로 부러졌다. 후원에서 산토끼들을 쫓던 계유는 이 소리를 듣고 소스라치게 놀라 멈춰 섰다. 북쪽에서 불어 든 바람이 목련 꽃잎들을 휘저어 사방으로 흩뿌렸다. 계유는 그 바람 속에서 옅은 침향의 향내를 맡았다. 계유의 눈이 휘둥그레졌다. 바람을 타고 든 먼 산의 공명이 계유의 몸을 두드렸다. 그의 가슴이 두근거리고 정수리가 벌렁벌렁 뛰었다.

위험한 상황이었다. 그의 주인이 사람의 표식에 갇혔다. 누군가 재운과 거래를 하려는 것이다. 어떤 거래를 하건 그가 다치게 될 것이다. 계유는 마음이 급했으나 서두르지 않고 어찌해야 할지 차근차근 생각했다.

목련방을 나선 계유는 재운이 있는 북쪽이 아니라 남쪽으로 달렸다. 침향의 향내를 담고 온 바람의 방향을 거슬러 가면 재운을 찾을 수는 있겠으나 그의 힘으로 꺼내 올 수는 없을 것이다. 계유가 알기로 이것을 풀 수 있는 방법을 아는 자는, 그러니까 지금 재운을 도와줄 수 있는 자는 오직 하나뿐이었다. 그의 주인보다 더 크고 오래 묵은 저杵인 남산의 산신 상염자.

사람들은 상염자가 남산을 떠났다고 여겼다. 그러나 상염자는 남산을 떠난 것이 아니라 자신의 바위 아래에 스스로를 가

둔 것이었다.

그는 오래전에 순리에 위배되는 거래를 하였다. 사람이 사는 세상의 흐름을 바꾸는 일에 먼지만큼이라도 개입하는 것은 단순히 다리를 놓아 주고 누군가를 부자로 만들어 주는 것과는 다른 문제였다. 비록 그 판을 움직이는 것이 사람의 손이라 해도 말이다.

그 대가로 상염자는 소중한 것을 잃어야 했다. 그 잃어버린 것에 대한 집착이 상염자를 너럭바위 아래 묻었다. 애초에 잃어버릴 줄 알고 있었다. 그의 입으로 내놓은 말이 아니었던가. 그런데도 막상 잃고 보니 감당하기 어려웠다.

상염자의 바위는 여전히 산신의 것이었다. 한때 그의 보좌였고 그의 집이었으며 그의 그늘이었고, 그가 춤을 추던 마당이었다. 그는 그곳에서 해가 뜨고 지는 것으로 시간을 헤아렸으며 달빛 아래 펼쳐진 천 년 고도를 바라보았다.

계유는 너럭바위 앞에서 상염자의 춤을 추지 않고도 그를 불러낼 수 있는 방법을 알고 있었다. 언제라도 상염자가 귀 기울이는 이름, 때론 상염자를 울게 하는 이름. 계유는 바위 앞에 무릎을 꿇고 그 이름을 입에 올렸다.

"'누'의 일입니다."

계유의 음성이 바람이 되어 텅 비어 있던 너럭바위 아래 그늘을 지나갔다. 그러자 이내 모습을 드러낸 젊은 남자가 팔을 괴고 드러누운 채 대꾸했다.

"사람도 아닌 것이 '누'의 이름을 멋대로 입에 담는구나."

"도와주십시오."

"도와줄 수가 없구나. '누'가 갇힌 표식은 나도 갇힐 수 있는 표식이다. 내게도 위험한 것이지."

"그 위험이 그리 두렵습니까? 저는 당신이 오래전에 무슨 짓을 했는지 압니다. 당신이 살고자 제 주인을 저들에게 내주었지요. 당신은 세상에서 가장 자유로운 바람이 되어야 할 존재에게 세상에서 가장 무거운 굴레를 씌워 저 아래 세상에 가뒀습니다."

남자가 누웠던 자리에서 일어나 그늘 밖으로 나왔다. 우뚝 솟은 나무처럼 훤칠한 남자가 계유를 쏘아보고 있었다. 재운과 똑같은 용모의 사내를 보고도 계유는 놀라지 않았다.

"네가 원래 하고 싶은 말은 하고야 마는 종자임을 내 깜빡했구나. 오냐, 네 말이 맞다."

"탓하려는 것이 아닙니다. 그렇게 하지 않았다면 지금의 제 주인은 세상에 계시지 않았겠지요."

"'누'가 세상에 없었다면 나의 눈물도 없었겠지."

"당신이 만든 판입니다. 그러니 도와주십시오."

"나도 어쩔 수 없다. 스스로 헤쳐 나오는 수밖에."

"그래도 방법이 있지 않겠습니까? 제 주인을 가둔 자들이 제 주인께 거래를 하려 들 겁니다. 대체 제 주인이 저들에게 무엇을 내주어야 거기서 나올 수 있는 것입니까?"

"네 주인이다. 저들은 네 주인을 탐내고 있다. 왜냐하면 네 주인이 저杵라는 것을 알았기 때문이다."

"저들이 제 주인의 이름을 원하는군요. 그것만은 안 됩니다."

"네 주인이 자기 입으로 그 이름을 말할 순 없다. 하니 네 주인을 거기 두고 그 이름을 아는 다른 자의 입을 열려는 속셈이겠지."

"혹 김중연 대감을 말하는 것이라면 저는 믿습니다."

"나도 그리 믿고 싶다만 사람의 입이 믿을 만한 것인지 나는 아직 잘 모르겠구나. 하니 '누'를 믿어라. '누'는 나와 다르다. 나는 저杵라서 사람의 손을 빌려야 했지만 '누'의 절반은 사람이 아니더냐."

"예?"

계유의 머릿속으로 한 줄기 빛이 스며들었다.

"답은 간단하다. 사람이 되면 거기서 나올 수 있다. 저杵는 사람의 피를 넘을 수 없지만 사람은 사람의 피를 밟는다. 물론 절반만 사람인 채로는 나올 수 없다. 내가 준 저杵의 탈을 벗고 온전한 사람이 되었을 때만 표식을 넘을 수 있다."

상염자의 말뜻을 알아챈 계유가 자리에서 벌떡 일어섰다.

저杵는 본디 사내뿐이다. 저杵는 오래 묵은 사물에서 발현한 정령으로 사람을 통해 태어나지 않는다. 그러나 재운은 여인의 몸을 통해 태어났다. 재운이 사내가 아니라 여인으로 태어날 수 있었던 것은 그 어미가 사람이었기 때문이다. 즉 재운이 가진 여인의 몸은 사람인 어미로부터 받은 것이었다. 여인의 형상은 재운이 가진 사람의 속성을 의미했다.

하지만 온전히 사람이 된다는 것은 몸이 사람의 것으로 돌아갔을 때 그 품은 마음도 사람의 것을 따라가야 한다는 뜻이었다. 재운이 찰나일망정 여인의 마음을 가지는 때가 언제인지 계유는 알고 있었다.

이것저것 따질 때가 아니었다. 재운이 여인임을 알고 난 후에도 두 사람이 여태와 같이 그 우의를 계속 지켜 갈 수 있을지는 차후의 문제였다. 어차피 중연은 재운에 대해 모든 것을 알아야 했다. 다만 그 시기가 또다시 이르다는 것이 마음에 걸렸지만 다른 도리가 없었다.

계유는 목련방으로 돌아와 일단 여인의 의복을 챙겼다. 그것을 보자기에 단단히 싸서 허리에 질끈 매고 중연의 집이 있는 영묘사북리로 달렸다.

달려가는 도중 계유는 어디선가 들려오는 가느다란 호드기 소리를 들었다. 계유의 귀가 토끼처럼 쫑긋 섰다. 그는 오랫동안 그 소리를 듣지 못했지만 단박에 알아들었다. 젠장, 일이 꼬였군!

계유는 툴툴거리며 모량부로 발길을 돌렸다. 대감이 이 시점에서 모량부에 계시면 곤란하지. 하면 벌써 일이 다 벌어졌다는 것인데. 용의주도한 박후명이 재운을 가두고 중연을 여태 가만뒀을 리 없다는 사실을 깨달은 계유는 이제 더는 침착할 수가 없었다.

중연은 정신이 혼몽한 가운데 품에서 호드기가 담긴 주머니

를 꺼냈다. 아버지가 자신을 부를 때 사용했던 네 번째 호드기를 제외하고는 모두 잘 있었다. 네 번째 호드기만 찾을 수 있다면 나머지는 몽땅 잃어버려도 좋다고 생각하곤 했지만 이번만큼은 이 호드기들이 그리 반가울 수가 없었다.

그는 떨리는 손으로 호드기 하나를 꺼냈다. 입에 대고 불어보았지만 숨이 부족해 불어지지가 않았다. 중연은 포기하지 않았다. 온 힘을 다해 불고 또 불었다. 쉭쉭거리며 헛바람 소리만 나더니 마침내 가느다란 호드기 소리가 짧게 울렸다.

'군용 신호 소리라는 것을 누군가 알아들어야 할 터인데.'

중연은 계속해서 호드기를 불었지만 소리가 너무 작고 짧게 끊겨 지나가는 생쥐도 돌아보지 않았다.

'틀렸구먼. 이래서는 누구도 들을 수 없을 게야.'

숨쉬기가 점점 더 힘들어졌다. 가슴이 불에 타는 듯 뜨거웠다. 아니, 진작 다 타고 심장만 불꽃 속에 남아 있는 것 같았다. 다시금 피가 왈칵 쏟아졌다. 이제 호드기를 입에 가져다 댈 기운도 없었다.

그때 창고의 문이 벌컥 열렸다. 중연은 고개를 들어 상대를 확인하려고 했지만 몸이 마음처럼 움직이질 않았다. 창고 문을 열고 들어선 자가 중연의 손에서 호드기를 빼앗았다.

'이런, 낭패로다!'

그자가 중연의 팔 아래 떨어져 있는 호드기 주머니도 마저 집었다.

'그것만은 안 된다. 돌려 다오!'

중연은 그리 외치고 싶었으나 목소리가 나오지 않았다. 눈 앞이 흐릿하여 아무것도 보이지 않았다. 이미 시야의 절반을 어둠이 잠식했다. 호드기와 호드기 주머니를 모두 빼앗은 자가 중연의 뺨을 두드리며 입에 환약을 억지로 물렸다.

'해독제는 아닐 것이고, 하면 후환을 없애기 위해 저들이 지금 내 숨통을 끊으려는 것인가. 안 된다, 이놈들! 재운이 무사한 것을 보지 못했으니 지금 당장 죽어 주지는 못하겠다.'

중연은 환약을 뱉어 내려 했으나 침이 마른 탓에 환약은 입천장에 붙어 떨어지질 않았다. 중연이 환약을 삼키지 않으려 한다는 것을 알아챈 상대가 말했다.

"삼켜요, 이거 제 주인께서 언젠가 있을 오늘을 위해 특별히 만들어 둔 거라고요."

응? 계유의 목소리가 아닌가? 수렁으로 빠져들던 중연의 정신이 퍼뜩 깨어났다. 그사이 체온에 녹은 환약이 목구멍을 타고 흘러 내려갔다. 중연은 잠시 동안 재운의 집 이부자리에 누워 있는 듯 착각을 일으켰다.

계유가 자꾸만 자신의 뺨을 치며 일어나라 잔소리를 해 댔다. 알았다, 알았어. 지금 일어날 것이다. 얼른 깨워 날 이 집에서 내쫓으려는 거 다 안다. 해도 너무하구나. 그리 내가 귀찮으냐. 중연이 마지못해 천천히 눈을 떴다.

"이제 정신이 들었지요?"

정신은 들었으나 몸은 아직 제대로 움직여지지 않았다. 계유가 주변을 살피더니 물었다.

"대감의 환두도는 어디 있습니까?"

"예부령이 가져갔다."

"그럼 환두도는 나중에 찾으시고 일단 저에게 업히십시오."

계유가 중연의 몸을 일으켜 업은 후 창고 밖으로 나왔다. 중연은 자신이 갇혀 있던 창고의 자물쇠가 열려 있고 지키고 있던 가병 둘이 자빠져 있는 것을 보았다.

"자물쇠를 어찌 열었느냐? 저 둘은 어찌 처리하고? 난 아무 소리도 듣지 못하였는데?"

"저를 아주 물렁하게 보셨군요."

물렁하다기보다는 낭창한 쪽이었다. 계유는 유연하고 호리호리한 체격을 가졌다. 하여 중연은 계유가 마당을 쓸고 종이를 물들이고 차를 끓이고 상처를 꿰매고 산토끼들을 쫓는 것과 같은 여린 일들밖에 하지 못할 줄 알았다.

그런데 오늘 보니 의외로 몸이 다부지고 힘이 좋은 데다 제 주인을 닮아 발이 빨랐다. 계유는 중연을 업은 채 날랜 걸음으로 뒤채를 벗어났다. 그는 중연을 부축하느라 한 손에만 의지한 채 기예인들처럼 가뿐하게 담을 넘었다. 계유의 재주에 탄복한 중연이 말했다.

"하는 꼴을 보니 사람이 아닌 것은 확실하구나. 네 주인이 저杵이니 너도 필시 뭔가 다른 것이겠지? 저杵의 몸에 손을 댈 수 있는 것은 저杵가 부리는 식신뿐이라던데, 네가 혹 식신이냐?"

"거 말이 많으십니다. 좋을 대로 생각하시고 입은 좀 다무십시오."

"이미 밖으로 빠져나왔는데 좀 떠들면 어떠냐? 한데 내가 여기 있는 것을 어찌 알았느냐? 내 집에 들렀더냐? 근구에게 아무 말도 하지 않고 나왔는데?"

"대감의 집까지 갈 새도 없었습니다."

"하면?"

"대감은 몰라도 됩니다."

"참말 궁금해서 그런다."

"형제들이 어디 있는지는 그냥 아는 겁니다."

"너와 내가 형제였느냐? 거 놀랍구나. 한데 내게 배다른 아우가 있었다면 부친께서 말씀을 하지 않으셨을 리가 없는데?"

"누가 대감과 형제랍니까? 그리고 제가 대감보다 나이가 열두 살이 더 많습니다."

"네 나이가 그리 많았느냐? 보기엔 내 또래이거나 두어 살 아래 같았는데, 하면 네가 내 형님이 되느냐?"

"아직 정신이 덜 드셨군요. 예전에 대감이 말씀하시기를 저의 이름으로 미루어 보아 제가 형제들 중 네 번째일 거라 하셨지요. 대감이 저와 형제이면 대감에게는 저 말고 세 명의 배다른 형이 더 있어야 하는데 그게 가능하겠습니까?"

"그렇구나. 하면 우린 형제가 아니로구나. 허긴 내가 식신이 아니니 너와 형제일 수는 없겠다. 하면 왜 형제 타령이냐? 말해 보아라, 대체 어떻게 알았느냐?"

"몰라도 됩니다. 자꾸 캐물으시면 여기에 대감을 내동댕이치고 저 혼자 갈 것입니다."

계유가 멈춰 서서 으름장을 놓아 보지만 중연은 천연덕스럽게 대꾸했다.

"웃기지 마라. 너에겐 언제나 나마가 우선이었다. 한데 이번엔 나마를 두고 내게 먼저 왔지. 이는 나마를 구하는 데 반드시 내가 필요하기 때문이다, 아니냐? 나마는 지금 어디 있느냐? 어디에 갇혔지?"

"하여간 눈치는 빠르십니다. 주인님은 북악에 계십니다. 지금부터 찾으러 갈 것입니다."

"어떻게?"

"제 주인의 침향이나 피 냄새를 따라가면 됩니다."

"피라니? 나마가 다쳤느냐?"

"아니요. 제 주인께서는 사람의 피가 발린 표식에 갇혔어요. 대감의 코는 늑대의 코라지요?"

"그것 때문에 내가 필요한 것이냐?"

"아닙니다, 대감이 필요한 진짜 이유는 따로 있습니다. 그건 제 주인을 찾은 후에 절로 알게 될 것입니다."

"한데 네 허리에 매달린 이 보따리는 무엇이냐? 내 엉덩이 밑에서 자꾸 거치적거리는구나."

"좀 참으십시오. 그것도 제 주인을 찾은 후에 무엇인지 보시게 될 것입니다."

"어쨌든 꽤 불편하구나."

"거참, 불평이 많으십니다. 이러니 제가 대감을 귀찮아하는 겁니다."

“시끄럽다. 너는 내가 질문이나 불평 없이 입 다물고 가만히 앉아서 재운을 기다릴 때도 귀찮아하였다. 됐다, 그만 나를 내려 다오.”

“안 됩니다.”

“이 보따리에 계속 엉덩이를 걷어차이며 업혀 가느니 내 발로 가겠다. 이제 제법 걸을 수 있을 듯하구나.”

“그럼 좋을 대로 하십시오.”

계유는 중연을 내려놓았다. 중연은 자신의 두 다리로 서는데 큰 무리가 없음을 깨닫고 말했다.

“해독제의 효능이 아주 그만이로구나.”

“그럼요, 세상에는 아직 없는 것입니다.”

“없어? 하면 예부령이 날 속였단 것인데?”

“예. 아마도 처음부터 대감을 죽일 작정이었을 것입니다. 보군공이 어찌 돌아가셨는지 제 주인께서는 진작 알고 계셨습니다.”

“그게 사실이면 예부령은 참으로 비열한 작자로구먼.”

둘은 서둘러 북악으로 향했다. 중연의 걸음은 아직 무거웠다. 중연은 내색하지 않으려 했으나 계유는 그의 상태를 배려하여 속도를 늦췄다.

“고맙구나.”

“뭐가요?”

“마음이 급할 터인데.”

“대감이 제 주인께 꼭 필요해서 그러는 겁니다.”

"어쨌거나 말이다. 네가 나마를 참으로 위하는구나."
"제 주인께서 저를 그리 대해 주시니까요. 저는 제 주인께 기대고 제 주인께서는 제게 기대십니다."
"나도 있다."
"저는 제 주인의 일부입니다."
"네가 나마에게 그리 소중하냐?"
"예, 저는 제 주인의 정인이 남기신 물건입니다."
"물건이라, 하면 네가 참말 식신이란 말이냐?"
"좀 전에 이미 식신이라 말씀하셔 놓고선 새삼 왜 그러십니까?"
"네가 가타부타 대답을 하지 않았잖느냐? 그러니까 정인 대신 정인이 남긴 물건을 사람으로 둔갑시켜 곁에 둔 것이란 말이지?"
"맞습니다. 어떤 물건들은 저杵가 말을 걸어 주면 식신이 됩니다."
"어떤 물건?"
"제 정체를 밝히란 말씀이시면 거절하겠습니다."
"치사하구먼. 한데 네 주인에게 정인이 있었다니 의외로구나."
"아주 오래전부터 마음에 품고 계신 분이지요."
"해서 그 정인과는 어찌 되었느냐?"
"제 주인은 저杵입니다. 저杵가 사람을 마음에 품어서 좋을 게 뭡니까? 해롭기만 하지요."
"하면 너를 나마에게 준 그 정인은 누구냐?"

“그분에 대해서도 말하고 싶지 않습니다. 그리고 그분은 저를 제 주인께 준 것이 아니라 잃어버리셨습니다. 다행히 제 주인이 저를 주워 거두셨지요.”

“왜 정인에게 돌려주지 않고?”

“돌려주기 싫었답니다. 제가 마음에 드니 곁에 두고 말벗이나 삼고 싶다고 하셨습니다.”

중연은 고개를 끄덕였다. 저杵도 사람에게 정을 주는구나. 하나 어차피 평범한 행복을 줄 수 없을 터이니 그 마음을 감추어야만 했겠지. 해서 계유를 정인 대신 곁에 두고 위안을 삼은 게로구먼.

안가교에 걸린 등롱의 화사한 불빛을 바라보며 아채는 마음이 불편했다. 술시가 지난 지 한참 되었다. 나마께서는 상천암으로 가셨을까? 혹 내가 함정을 알려 준 것이면 어쩌지? 아채는 사람을 시켜 중연의 집에도 따로 전갈을 넣어 두었으나 걱정이 줄지 않았다. 중연은 부재중이었고 언제 집에 돌아올지 알 수 없었다.

혼자 전전긍긍하던 아채는 재운의 경고에도 기어이 안가교를 나서고 말았다. 혹시라도 일이 잘못되었다면 그녀가 재운을 도울 손과 발이 되어 줄 수 있을 것이다. 그러니 가만히 앉아서 기다릴 수만은 없었다.

북악 상천암으로 향하면서 아채는 걸음을 서둘렀다. 상천암은 북천을 건너 산 중턱에 비죽 튀어나온 절벽이었다. 산 중턱까지 오르는 길은 여럿이나 상천암에 이르는 길은 하나뿐이었다. 모든 갈림길이 한곳에서 만나 시작되는 그 길은 깊은 숲으로 뒤덮여 있었다. 어두운 숲을 빠져나오면 갑자기 푸른 하늘을 머리에 인 거대한 암벽과 맞닥뜨리게 된다. 하여 상천암이라 불렸다.

아채는 숲 너머로 비죽 솟은 상천암의 시커먼 머리꼭지를 이정표 삼아 걸었다. 어두운 데다 산길이 익숙지 않은 탓에 시간은 이미 해시를 지나고 자시에 이르렀다. 아채의 마음이 조급해졌다. 숲으로 들어가는 입구에서 아채는 마침내 재운을 발견했다.

재운은 뒷짐을 진 채 눈을 감고 수풀이 우거진 어둠 속에 우뚝 서 있었다. 아채의 발소리를 들은 재운이 눈을 떴다. 아채는 반가운 마음에 그쪽으로 달려갔다. 아채를 본 재운이 난감한 표정을 지었다.

"오늘 밤은 무슨 일이 있어도 안가교에서 나오지 말라 이르지 않았더냐?"

"나리가 너무 걱정이 되어서요."

"이제 나 때문에 네가 위험해졌다."

"압니다."

"알아?"

재운이 의아해하며 물었다.

"나리께서 제게 안가교에서 한 걸음도 나오지 말라고 말씀하셨을 때 알았습니다."

그제야 재운은 깨달았다. 그 말을 하지 말았어야 했다는 것을. 그 말을 하는 바람에 아채가 안가교를 나온 것이다. 선을 그으면 넘으려는 것이 사람임을, 모르면 아무것도 하지 않지만 알면 결코 가만있지 못하는 것이 사람임을 잠시 잊었다. 재운의 눈썹이 아름답게 일그러졌다. 그 표정에서 아채는 그가 자신을 걱정하고 있음을 알았다.

"나리께서 이리 무사하신 것을 보니 안심이 됩니다. 한데 왜 아직 여기 계십니까? 약속 시간이 지났습니다. 아무도 나오지 않은 것입니까?"

"이미 만났다."

"하오면 혹 지금 좋지 않은 상황입니까?"

재운이 고개를 끄덕였다.

"그렇게 되었구나. 나는 지금 세 걸음 안에 갇혀 있다."

"하오나 나리께서 말씀하셨습니다. 나쁜 일이라도 좋은 일로 바꿔 놓을 수 있다고."

"그렇게 되기를 기다리고 있는 중이다."

"제가 그리 도울 수는 없습니까?"

재운은 대답하지 않았다.

"나리, 제가 무엇을 도울 수 있을지 말씀해 주십시오."

"그러고 싶지 않다."

"방법이 있긴 하군요. 하온데 저를 믿지 못하십니다. 그렇지요?"

"아니다, 너를 믿는다. 다만 변수가 사람일 때도 있지만 그 사람에게 닥치는 예기치 못한 상황일 수도 있기 때문이다."

"어떤 상황에서도 저는 나리를 도울 것입니다."

재운은 고개를 저었다. 아채에게 붙은 불운의 끈이 나풀거렸다. 만약 그녀가 오늘 밤 안가교에서 나오지 않았다면 저 불운의 끈은 진작 끊어졌을 것이다. 하지만 그녀는 재운의 경고를 듣지 않았다. 하여 그 끈은 여전히 재운과 엮여 있었다.

만약 아채가 지금부터 그의 당부를 잘 지키기만 한다면 저 불운의 끈을 행운의 끈으로 돌려놓을 수도 있었다. 불운의 끈이 불운의 끈이 될지, 효용을 잃게 될지, 혹은 행운의 끈으로 바뀔지는 오직 아채의 손에 달려 있었다.

그러나 아채는 이미 재운의 당부를 한 번 어겼다. 근심 때문이었다. 그러니 그 근심 때문에 두 번째 당부도 어길 수 있었다. 더구나 첫 번째는 단순히 아채의 의지였으나 두 번째는 훨씬 더 복잡한 요인들이 잠재해 있었다. 재운은 그녀를 시험하고 싶지 않았다. 그녀가 아무것도 하지 않고 이대로 안전하게 산을 내려가기를 바랐다.

"각오하고 왔습니다. 그렇지 않다면 나리의 말씀대로 안가교에서 꼼짝도 하지 않고 있었을 것입니다. 나리, 제발 제가 나리께 무엇이라도 도움이 될 수 있도록 해 주십시오."

아채는 계속 졸랐지만 재운은 돌아가라는 말만 반복했다.

"지금 돌아가야 무사할 수 있다."

"하오면 나리는요? 나리는 어쩌고요? 함께 내려가는 것이 아니면 저도 가지 않을 것입니다."

아채는 고집을 부렸다. 만약 지금 적두가 돌아오면 그녀는 목숨을 부지하기 어려울 것이다. 적두가 이 모든 상황을 그녀가 알도록 내버려 둘 리가 없었다. 그녀가 근처 어딘가에 숨는다 해도 어둠에 익숙한 저 사냥꾼의 눈은 피할 수 없을 것이다. 아채가 마음을 바꾸지 않고 계속 여기 있겠다고 버티면 결국 그녀에게 매달린 불운의 끈이 정한 대로 죽게 된다.

그렇다면 아채의 살길을 열 방법은 하나뿐이었다. 그녀가 갖고 있는 저 불운의 끈을 행운의 끈이 되도록 다시 한 번 시도해 보는 것이다. 하지만 꼭 그래야 할까? 재운은 생각했다. 아채에게는 그보다 더 쉬운 선택이 있지 않은가. 목숨을 걸고 불운을 행운으로 돌리는 모험을 하는 대신 지금이라도 그냥 산을 내려가면 될 터인데.

재운이 재차 물었다.

"이번에도 내 말을 듣지 않으면 너는 죽는다."

"그래도 하겠습니다."

"그래도 하겠다?"

"예, 이번에는 무슨 일이 있어도 나리의 말씀대로 할 것입니다."

"아직 늦지 않았다. 내려가거라."

아채는 고민하지 않았다.

"싫습니다. 죽어도 혼자서는 산을 내려가지 않을 것입니다.

하오니 어서 말씀해 주십시오. 제가 어떻게 하면 됩니까?"

아채의 결심이 비장하였다. 어찌해도 그녀의 마음을 돌릴 수 없다는 것을 깨달은 재운이 말했다.

"나와 옷을 바꿔 입으면 된다."

"옷을 바꿔 입는 것으로 나리를 구할 수 있다면 그건 아무것도 아닙니다."

아채는 재운이 말하는 이상한 요구에 관해 꼬치꼬치 캐묻지 않았다.

"왜 너와 옷을 바꿔 입어야 내가 이 자리에서 벗어날 수 있는지 묻지 않느냐?"

"지금 중요한 것은 그게 아니니까요."

아채는 망설이지 않고 옷을 벗기 시작했다.

"잠깐, 아직 내 말이 끝나지 않았다."

아채가 매듭이 풀린 옷섶을 쥔 채 재운을 쳐다보았다.

"옷을 바꿔 입고 각자 다른 길로 산을 내려가야 한다. 그때 네가 꼭 지켜야 할 것이 두 가지가 있다. 산을 모두 내려갈 때까지 무슨 일이 있어도 뒤돌아보지 않아야 한다."

"예, 그리하겠습니다. 다른 한 가지는 무엇입니까?"

재운이 손짓하여 아채를 가까이 불렀다. 그녀가 가까이 다가서자 재운이 물었다.

"은반향 나무가 어떻게 생긴 나무인지 아느냐?"

"예, 측백나무처럼 생겼는데 잎이 은백색 혹은 금색인 것이 섞여 있지요. 그것들은 마치 삶아 놓은 닭의 발처럼 생겼습니다."

"잘 알고 있구나. 산을 내려가면서 은반향 나무가 보이면 반드시 그 나무의 왼쪽을 끼고 돌아 내려가야 한다. 알겠느냐?"

"예."

"그 두 가지만 잘 지켜 내면 너에게는 아무 일도 일어나지 않을 것이다. 하나, 둘 중 하나라도 어기면 너는 오늘 밤 목숨을 잃는다. 아직 늦지 않았다. 나는 지금이라도 네가 마음을 돌리고 이대로 산을 내려가기를 바란다."

"하오면 나리는요? 나리는 어떻게 됩니까? 죽습니까?"

"죽지는 않을 것이다."

아채가 총명한 눈을 빛내며 말했다.

"그 말씀은 살아도 죽은 것과 같은 처지가 된다는 뜻이로군요."

"그건 내가 감당할 일이다. 너와는 상관없는 일이야."

"상관있습니다. 살아도 죽은 것과 다름없는 처지가 될 것이면 차라리 죽는 것이 낫다 생각합니다. 하오나 저는 나리가 죽기를 바라지 않습니다. 또한 나리를 그렇게 살게 할 수도 없습니다. 제가 그 두 가지만 잘 지키면 나리도 살고 저도 삽니다. 하오니 하겠습니다."

재운의 마음이 무거워졌다. 사람은 자신이 한 말을 지키는 것이 그리 쉽지 않다. 돌아보고자 하지 않아도 돌아보게 될 수 있고 돌아보고 싶어 돌아보게 되기도 한다. 혹은 왼쪽과 오른쪽이 잠시 헛갈려 발을 잘못 내디딜 수도 있다. 하지만 그는 아채의, 아니, 사람의 고집을 꺾을 수 없었고 적두가 돌아오기 전에 어떻게든 그녀를 이곳에서 멀리 보내야 했다. 재운이 입을 다문 채 망설이는 기색이자 아채가 말했다.

"걱정 마십시오."

"하면 마음을 단단히 먹어야 할 것이다."

재운은 숲의 공기를 깊이 들이마셨다. 그 순간 아채는 숲이 파도를 탄 듯 울렁이는 것을 느꼈다. 큰 바람이 밀려들었고 그녀의 몸이 휘청거렸다. 그녀는 숲이 내뱉는 숨을 느꼈다. 그 숨에는 재운이 가진 침향의 향내가 희미하게 배어 있었다. 아채는 어둠을 지고 선 재운의 몸에서 야명주처럼 희푸른 빛이 새어 나오는 것을 보았다.

"나리…… 나리의 몸에서?"

재운이 손을 내저으며 말했다.

"아무것도 묻지 말고 이제 돌아서서 옷을 벗어라. 지금 돌아서면 산을 내려갈 때까지 내가 말한 그 두 가지를 꼭 지켜야 한다."

"알겠습니다."

아채는 잔뜩 긴장하여 대답한 후 바로 돌아서서 옷을 벗기 시작했다. 재운도 등을 돌리고 옷을 벗었다. 아채가 벗어 놓은 옷이 그녀의 오른쪽 뒤에 하나씩 쌓여 갔다. 재운이 벗어 놓은 옷이 아채의 왼쪽 뒤에 하나씩 쌓여 갔다. 옷을 모두 벗은 아채는 손을 더듬어 재운의 옷을 다시 하나씩 주워 입었다.

재운의 옷을 모두 입고 난 아채는 옷에 밴 짙은 침향의 향내 때문에 정신이 어지러웠다. 그녀는 마치 재운의 품에 안겨 있는 듯, 아니, 그보다는 옷이 아니라 커다란 사람을 입은 듯 기이한 기분에 사로잡혔다. 뒤에서 재운의 목소리가 들렸다.

"미안하구나."

"아닙니다. 제 옷이 나리께 너무 작아 불편하지요?"

"괜찮다. 하면 먼저 내려가거라. 나중에 보자꾸나."

아채는 돌아보고 싶은 마음을 꾹 누르고 걸음을 서둘렀다. 뒤에 남은 재운에게서는 아무런 소리도 들리지 않았다.

밤이 너무 어두웠음에도 아채는 산길이 훤히 보였다. 올라올 때보다 달이 더 밝아졌는지 아니면 눈이 더 밝아졌는지 열 걸음 앞의 작은 돌 부스러기 하나까지 모두 눈에 들어왔다. 틀림없이 크고 헐렁한 사내의 옷을 입었으나 그녀는 전혀 거추장스럽지도 불편하지도 않았다. 기이하게도 옷은 아채의 몸에 맞춰 줄어든 듯 그녀의 걸음을 방해하지 않았다.

그러나 아채는 이미 지칠 대로 지쳐 있었다. 경사 길에서 그녀는 그만 미끄러졌고 발을 삐었다. 걷지 못할 정도는 아니었기에 아채는 절뚝거리며 걸음을 재촉했다. 그녀는 발목이 욱신거려 어쩔 수 없이 도중에 잠깐씩 걸음을 멈춰야 했는데, 그러다 문득 뒤에서 슬금슬금 따르는 기척을 느꼈다.

놀란 아채는 하마터면 돌아볼 뻔했다. 그녀는 귀를 기울였다. 아무 소리도 들리지 않았다. 아무리 발이 가벼운 자라 해도 산길을 소리 없이 내려오기란 쉽지 않다. 아채는 잘못 들었다고 생각했다. 그녀는 서둘러 걸음을 옮겼다. 그런데 이내 또다시 낯선 기척이 따라붙었다.

발소리는 들리지 않고 기척만 느껴지니 아채는 더 무서워졌다. 그러나 돌아볼 수 없었기에 계속 걸어갔다. 발목이 점점 부어올랐지만 걸음을 멈추지 않았다. 그녀의 걸음이 빨라지자 뒤쫓던 자는 들킨 것을 깨달았는지 더는 자신의 소리를 숨기지 않았다.

이제 쫓는 자의 발걸음 소리가 아채를 위협했다. 그녀가 달아나면 달아날수록 쫓는 자와의 거리는 점차 좁혀졌다. 쫓는 자의 발걸음 소리가 손을 뻗으면 닿을 정도로 가까워진 것을 어렴풋이 느낀 순간, 아채는 은반향 나무의 잎이 달빛을 받아 하얗게 빛나는 것을 보았다.

아채가 서둘러 그 나무의 왼쪽을 끼고 두어 걸음 옮겼을 때 바로 잡힐 듯 목덜미까지 접근했던 기척이 사라졌다. 한숨 돌린 아채는 뒤에서 무슨 일이 벌어졌는지 확인하고 싶은 충동을 꾹 참고 다시 산을 내려가기 시작했다.

한참을 내려가는데 아채의 뒤통수가 다시 쭈뼛거렸다. 낯선 발걸음 소리가 그새 바짝 따라붙었다. 아픈 발목 때문에 그녀의 걸음이 자꾸 느려졌다. 대체 나를 쫓아오고 있는 것이 무엇일까? 아채는 조여드는 심장을 애써 진정시키며 생각했다.

'돌아보지만 않으면 아무 일도 일어나지 않는다고 했어. 그러니 돌아보지 말자.'

쫓는 자의 걸음이 아채를 거의 따라잡을 때마다 은반향 나무가 잎을 흔들었다. 그녀는 은반향 나무의 왼쪽으로 돌아들

때마다 쫓는 자가 자신의 모습을 놓친다는 것을 깨달았다.

'나리의 재주가 참으로 용하시구나.'

다시 쫓는 자의 발걸음 소리가 돌아왔을 때 아채는 은반향 나무까지 너덧 걸음을 남겨 둔 참이었다. 그런데 갑자기 쫓는 자가 말을 걸었다.

"멈추십시오."

멈춰서도 돌아봐서도 안 돼! 아채는 더욱 바쁘게 걸음을 재촉했다. 은반향 나무까지 한 걸음을 남겼을 때 그녀는 거친 손이 자신의 왼쪽 어깨를 잡으려는 기척을 느꼈다. 그 손끝이 닿으려는 낌새에 그녀는 진저리를 치며 몸을 틀어 왼손으로 은반향 나무를 짚었다.

거기서 아채는 너무 다급한 나머지 그대로 걸음을 내디뎠는데 그만 은반향 나무의 오른쪽이었다. 그것을 깨달은 것은 그 순간이었다. 어쩌지?

그녀는 달아나려고 했으나 기어이 사내의 거친 손에 옷자락이 잡혔다. 아채는 두려움에 정신이 혼미해져 다리가 풀렸다. 그녀는 옷자락이 잡힌 채로 발이 땅에 딱 붙어 버렸다. 머리 위에서 은반향 나무의 빛나는 잎들이 물결쳤다. 그런데 잡힌 쪽보다 잡은 쪽이 더 놀라워하며 말했다.

"나마께서 소승의 손에 잡히다니 이거 놀랍군요. 소승이 오늘 운이 좋은 모양입니다. 나마께서 소승이 공들여 만든 덫에서 어찌 빠져나왔는지는 모르겠으나 김중연 대감을 생각하신다면 이리 도망쳐서는 안 되지요. 김중연 대감이 죽습니다."

김중연 대감이 죽는다고? 아채의 시선이 산 아래 어둠 속에 잠겨 있는 왕경을 향했다. 하늘에 별이 어찌나 많은지 월성의 등불이 초라하게 보였다.

적두는 재운을 두고 중연의 입을 열기 위해 모량부로 갔다가 그가 탈출한 것을 알았다. 그 몸으로는 멀리 갈 수 없었을 것이다. 박후명의 가병들이 근처를 샅샅이 뒤지고 있는 중이었다. 중연은 독주를 마셨으니 시신으로 발견될 수도 있었다. 숨이 끊어지기 전에 찾아내야 할 터인데. 아무래도 그의 입에서 재운의 진짜 이름을 듣기는 어려울 듯싶었다.

그나저나 중연을 도와준 이는 누구였을까? 누군가 가병들을 때려눕히고 자물쇠를 열었다. 그자가 중연을 어디로 빼돌렸을까? 지금쯤이면 그자도 중연이 가망 없음을 알아챘을 터였다. 하면 중연을 버리고 재운을 구하기 위해 이미 움직였을지도 모른다. 하여 적두는 중연을 찾는 일에 가담하지 않았다. 그자가 누군지는 모르겠으나 재운을 덫에서 빼낼 수는 없을 것이다.

하지만 적두가 서둘러 북악으로 돌아왔을 때 재운은 무슨 수를 썼는지 이미 덫을 빠져나가고 없었다. 적두는 덫이 있던 자리에서 출발한 두 개의 흔적을 발견했다. 수풀을 헤치고 관목을 밟으며 산을 내려간 흔적.

재운과 그를 덫에서 꺼내 준 자가 따로 움직였다. 적두의 시선을 분산시키기 위한 것이었다. 그러나 적두는 어느 쪽을 쫓아야 하는지 망설이지 않았다. 재운이 가진 침향의 향내가 불어 드는 쪽이었다.

"좋습니다. 그렇게 손가락 하나 움직이지 말고 그 자리에 서 계십시오. 김중연 대감을 살리고 싶으면 지금부터 제가 시키는 대로 하는 겁니다."

적두는 두 손으로 법구를 맞잡았다. 짧게 잡은 오른쪽을 뽑자 진검의 싸늘하고 차가운 금속성 흰빛이 어둠 속에서 번득였다.

저杵를 잡을 덫을 놓는 것은 그리 단순한 일이 아니었다. 저杵는 감각이 아주 예민하기 때문에 눈으로 놓치는 것은 귀로 잡아내고 귀로 놓치는 것은 코로 알아냈다. 때문에 동경의 빛이나 사람의 피를 귀신처럼 미리 알고 피할 수 있는 것이다.

그러므로 저를 꼼짝 못하게 할 덫을 놓기 위해서는, 저杵가 가진 감각들 중 적어도 하나 이상을 가릴 수 있는 장소를 물색하는 것부터 진陣을 세우고 표식을 그리는 것까지 세심한 공과 시간이 필요했다. 한데 그리 어렵게 놓은 덫을 빠져나갔다. 더구나 지금은 남산에서처럼 재운에게 치명적인 상처도 없었다. 여간해서는 잡기 어려운 것이다.

적두는 이번만큼은 재운을 놓칠 수 없었다. 그는 내키지 않았으나 극단의 방법을 쓰기로 했다. 법구 속에 숨겨 둔 또 다른 법구의 예리한 칼날로 저杵를 베는 것이다. 그는 십수 대에 걸쳐 전해지는 그들의 법구로 저杵의 모든 감각을 잘라 내고 숨만 붙여 놓을 작정이었다.

저杵를 잡는 것이 워낙 용이하지 않아 저 사냥꾼들은 덫을 놓는 방법을 익히는 것과 함께 몇 가지 특별한 법구들이 필요했다. 저杵를 구속하는 힘이 가장 컸던 법구는 천 명의 사람이 흘린 피로 엮은 밧줄이었다. 오래전에 스승에게 그런 밧줄이 있었다고 했다. 하지만 파계하고 속세로 돌아간 그 제자가 스승의 산지식과 함께 가장 공이 많이 드는 그 법구를 들고 떠났다.

'그것만 있으면 굳이 지금 이 자리에서 저리 생생하게 펄떡이는 저杵를 반송장으로 만들 필요가 없는데.'

적두는 아쉬웠다. 이번만큼은 저杵를 제거하는 대신 부려 보기로 마음을 바꾼 참이었다. 박후명이 그를 설득한 것은 아니었다. 이 오래 묵은 저杵가 그에게 쓸모가 있음을 깨달은 것이다.

승균에게 걸린 신주를 풀기 위해서도 필요했지만, 재운은 죽은 그의 스승을 대신하여 그가 아직 스승에게서 배우지 못한 저杵에 관한 지식을 전수해 줄 살아 있는 기록이었다. 어차피 그의 손에 들어오기만 하면 죽이는 것이야 언제든 가능했다.

'별수 없지. 반송장으로라도 일단은 잡아 두는 수밖에.'

칼날이 허공을 가르는 서늘한 기운에 죽음을 예감한 아채가 저도 모르게 돌아보고 말았다. 아채는 가사 장삼을 입은 승려의 노르스름한 눈동자가 짐승처럼 빛나는 것을 보았다. 그녀는 그가 누군지 알아보았다. 예부령과 함께 안가교를 찾았던 문수사의 승려였다. 아채는 숨을 들이켰다.

'이번만큼은 나리의 말씀을 지키려고 했는데, 나리가 나를 살리려고 그토록 당부했는데…….'

아채는 무서웠다. 죽음에 대한 두려움 때문이 아니었다. 재운과의 약속을 지키지 못한 탓이었다. 재운이 이 일로 자책할까 걱정이 되었다. 내일은 너와 마주 앉아 거문고를 탈 수 있을 것이라던 재운의 말이 떠올랐다.

'이제 다시는 그런 좋은 날들을 누릴 수 없겠구나. 나리의 얼굴도 다시는 뵈올 수 없을 테고.'

아채의 눈에서 눈물이 떨어졌다.

"너는!"

아채의 얼굴을 확인한 적두는 의아한 표정을 지었다. 이제 보니 옷을 입은 품이 지나치게 헐렁했다. 상황을 파악한 적두는 분노에 휩싸였다.

'젠장, 옷을 바꿔 입었어. 나에게 침향의 향내를 쫓게 만들고 다른 방향으로 달아난 거야. 이렇게 되면 김재운과 김중연을 모두 놓친 것이 아닌가.'

아채의 겁에 질린 눈이 적두의 화를 더욱 돋웠다.

"나마가 너를 살리려고 상천암으로 나왔다가 결국 자신이 살 길을 택했구나. 저杵가 너를 던지고 살 궁리를 찾았으니 너에 대한 그의 정이 생각만큼 그리 깊지는 않았던 모양이다."

아채는 적두가 무슨 말을 하는지 이해하지 못했다.

저杵라니? 그게 대체?

적두는 아채를 베었다. 그녀가 재운의 옷자락을 움켜잡은 채 침향의 깊고 아득한 향내 속에서 숨이 넘어가는 동안 적두는 흥분한 정신을 가라앉히고 생각했다. 아직도 그의 코끝에는 재운의 옷에 밴 침향의 향내가 맴돌았다.

침향의 향내에 속기는 했으나 여인이 아닌가. 나는 왜 이 여인이 돌아서기 전까지 재운이 아니라는 것을 알아채지 못했을까? 암만 생각해도 이해할 수가 없었다. 비록 뒷모습을 쫓긴 했으나 틀림없는 사내였다. 그런데 어째서?

혹시?

그제야 적두는 재운의 옷에 밴 향이 예사 향내가 아니라는 것을 알아챘다.

침향은 바닷속에 수백 년간 잠겨 있던 향나무로 만든 것이다. 침향이 작은 조화라도 부리려면 적어도 천 년은 넘겨야 했다. 쓰러진 아채의 몸은 가냘픈 여인의 몸이었다. 이렇게 확연히 다른 모습을 두고 적두의 눈은 완벽하게 착각을 일으켰다.

'이제 알겠다. 침향이 내 눈을 속인 것이다. 아니, 모두의 눈을 속였다. 대체 이 침향이 얼마나 오래 묵은 것이기에? 김재운, 네 정체가 뭐냐? 침향으로 숨기고자 하는 너의 본모습이 대체 무엇이냐 말이다. 어째서 너는 저杵이면서 동경에 모습이 비치고 저杵라면 절대 빠져나갈 수 없는 표식을 넘는 것이냐?'

적두는 재운이 지금껏 그가 상대했던 여느 저杵와 달리 오래 묵었을 뿐 아니라 아주 복잡한 존재라는 것을 깨달았다.

상천암으로 나가는 숲의 입구에서 중연은 멈춰 섰다.

"여기, 여기 핏자국이 있구나."

"역시, 괜히 늑대의 코라 불리는 것이 아니었군요."

"이것이 그 표식이 맞느냐?"

계유는 주변의 풀숲을 모두 헤쳐 가며 꼼꼼히 살펴보더니 말했다.

"예, 맞습니다."

"하지만 나마가 없지 않느냐?"

"그럼 둘 중 하나입니다. 무사히 여길 빠져나갔거나, 저들에게 끌려갔거나."

그리 답했지만 계유도 뭐가 뭔지 알 수 없었다. 꼭 중연이 있어야 한다고 여겼다. 그런데 아니란 말인가? 재운이 중연이 아닌 다른 사람 앞에서 사람의 마음을, 아니, 여인의 마음을 가질 수 있을 것이라고는 전혀 생각하지 못했다.

산은 온통 어둠이 내려 캄캄한데, 산 아래에는 왕경의 불빛이 죽어 가는 모닥불의 불씨처럼 어둠 속에 뿌려져 있었다.

'이보게, 나마. 대체 어디로 간 겐가?'

중연은 하늘을 보았다. 하얗게 빛나는 별들을 뒤로 물린 채 그믐달이 처연하게 누워 있었다. 어디선가 희미한 침향의 향내가 불어 드는 듯했지만 곧 사라져 버렸다. 중연은 어떻게 해서든 그 향내를 다시 찾아내고자 사방을 둘러보았다.

그때 그의 눈에 산비탈을 따라 점점 멀어져 가고 있는 인영이 보였다. 짙은 어둠 속에서 인영은 마치 인燐을 뒤집어쓴 듯 희미한 빛을 발하고 있었다. 재운인가 싶었지만 아니었다. 중연은 한눈에 알아보았다. 오기일의 그녀였다. 그녀가 이 밤에 왜 이곳에 있는 것이지? 오기일의 그녀는 이내 산모퉁이를 돌아 사라졌다. 중연은 잠시 동안 그녀가 사라진 방향을 물끄러미 바라보았다.

'왜 하필 지금인가?'

중연은 당장이라도 그녀의 뒤를 쫓고 싶은 마음을 접고 다음을 기약했다. 오늘 그녀를 보았으니 다른 날 또 볼 수 있을 것이다. 그땐 놓치지 않을 것이다. 땅끝까지라도 쫓아갈 것이다. 쫓다가 숨이 끊어지는 한이 있더라도 기필코 그 눈을 마주하고 그 얼굴을 바로 보고야 말 것이다. 그러나 지금은 재운을 찾아야 했다.

계유도 그 여인을 보았다. 그의 주인이 여인의 옷을 입고 산을 내려간다. 그렇다면 여기 누군가 다른 여인이 왔던 것이다. 그 여인과 옷을 바꿔 입은 것이다. 계유는 자책했다.

'나는 참으로 어리석었다. 여인은 여인과 함께 있을 때도 여인의 마음이 들 수 있다는 것을 몰랐구나. 하긴 내가 사람의 마음을 어찌 다 알겠는가. 그저 여인은 사내와 함께 있을 때만 여인이 되는 줄 알았다. 한데 사람의 마음이란 그리 단순한 것이 아니로구나. 내가 내 주인을 참으로 잘 알지 못했다.'

중연은 주변의 수풀이 누운 방향을 보며 남은 흔적을 살폈다. 하나는 오기일의 그녀가 있는 방향으로 향해 있었고, 나머지 하나는 두 사람의 흔적이 뒤섞여 있었다. 한 사람이 다른 한 사람의 뒤를 따랐다. 이는 적두가 재운의 뒤를 쫓은 것이 틀림없었다.

하면 오기일의 그녀가 있는 방향으로 내려간 흔적은 또 무엇이란 말인가? 오기일의 그녀가 여기서부터 출발한 것일까? 혹 그녀가 재운을 도왔을까?

계유가 말했다.

"흔적이 두 방향으로 나 있으니 길을 나누지요. 제가 이쪽을 쫓을 터이니 대감은 저쪽을 따라가 보는 게 좋겠습니다."

계유는 중연이 뭐라 대답하기도 전에 서둘러 오기일의 그녀가 내려간 방향으로 달려갔다. 계유가 확실한 쪽을 버리고 반대편으로 간 것이 중연은 영 수상쩍었으나 지금은 그런 것에 일일이 신경 쓸 새가 없었다.

산을 내려갈수록 중연의 코는 점점 불편해졌다. 아직 식지 않은 뜨거운 피 냄새와 함께 잠잠했던 침향의 향내가 약하게 불어 들었다. 중연은 나쁜 예감을 떨쳐 버리려 애썼다. 아직 늦지 않았을 거라 믿으며 마음을 다잡았다.

중연은 산길 한가운데에서 재운의 옷을 입은 채 죽어 있는 아채를 발견했다. 아채가 재운을 살린 것인가? 하면 재운은 어디로 가 버린 것이지? 역시 오기일의 그녀가 내려갔던 방향인가?

하지만 중연은 여전히 이해할 수가 없었다. 그쪽으로는 한 사람의 흔적뿐이었다. 그는 이상한 생각이 들었지만 오기일의 그녀와 재운을 어떻게 연관시켜야 할지 알 수가 없었다.

어쩌면 오기일의 그녀는 우연히 지나는 것을 본 것일지도 몰랐다. 그렇다면 하나뿐인 그 흔적은 오기일의 그녀가 아니라 재운의 것이 된다. 하여 계유가 망설이지 않고 그쪽 길을 택한 것이다. 자신은 재운을 따라가고 그에게는 아채를 데려오라 맡긴 것이다.

'그나저나 재운이 아채의 죽음을 알면 몹시 마음이 아플 터인데.'

중연은 이미 차갑게 식어 버린 아채의 시신을 안았다. 한때 그가 예뻐했던 아이였다. 재운이 유일하게 그 재주를 나누던 귀한 여인이었다. 그녀는 그와 재운에게 더없이 소중한 벗이었다. 중연은 적두에게 반드시 이 대가를 치르게 할 것을 맹세했다.

제9장 중연이 목련방을 넘지 못하다

"중연이 너 때문에 예부령의 집에서 한바탕 소란을 일으켰다고 들었다."

편전에 든 재운은 만의 꾸짖음을 묵묵히 듣고 있었다. 환수용은 재운과 만의 눈치를 보며 두 사람 사이에 뭔가 수상쩍은 기류가 있는지 열심히 살폈다.

"시위부는 왕의 직속군이다. 중연의 빗나간 행동은 곧 짐을 욕되게 하는 일이란 말이다. 그가 짐이 아니라 너를 위해 예부령의 사람들을 상하게 만들었다. 짐은 이 일을 간과할 수가 없구나. 하여 이번만큼은 너에게 책임을 물어야겠다."

만은 재운에 대해서만큼은 한없이 너그러웠다. 그녀는 도당이 재운에 대해 어떤 상소를 올려도 꿈쩍도 하지 않았다. 여리고 약한 심지를 가진 만으로서는 온 힘을 다해 재운을 지키고 있는 것이었다. 그런 만이 이번에는 매우 대로하여 재운에게 벌을 내리려 하고 있었다.

만은 이 일의 자초지종을 재운에게 따로 묻지 않았다. 만은 심신이 미령하고 정치적 식견이 부족했으나 머리가 나쁘지는 않았다. 일의 전후가 어찌 된 것인지는 만의 머릿속에서도 충분히 그려졌다.

물론 만이 그 같은 상황을 파악해 보기도 전에 박후명이 선수를 치고 나오긴 했다. 예부의 관원인 재운이 교만하고 태만하여 자주 상관의 명을 가벼이 여기는지라 벌을 주었는데 중연이 크게 항의를 하고 나섰다. 하여 이는 예부의 일이니 시위부가 나서는 것은 부당하다고 말하였다.

그런데도 중연이 물러서지 않기에 박후명은 일단 그를 불러 술로 감정을 풀고자 하였다. 술자리에서 중연은 몹시 취하여 잠이 들었다가 한밤중에 취기가 덜 깬 채 집으로 돌아가겠다며 고집을 부렸다. 그 상태로 말을 타는 것이 암만해도 위험할 듯하여 박후명의 가병 둘이 이를 말렸다. 그러자 흥분한 중연이 그들에게 부상을 입히고 난동을 부려 집 안을 쑥대밭으로 만들었다는 것이다.

중연의 평소 인품으로 미루어 보았을 때 말이 되지 않았으나 박후명은 중연의 환두도를 증거로 내놓았다. 시위부의 무관이 자신의 환두도를 술에 취하지 않은 이상 아무 곳에나 내버릴 순 없었다. 물론 암만 취하였다 해도 그런 실수는 절대 범해서는 안 되는 것이었다.

즉 박후명의 말대로 벌어진 상황이 아니라면 그 환두도는 그의 집에 있을 수 없는 물건이었다. 더구나 중연과 재운이 지기지우라는 것은 온 왕경이 다 아는 사실이었다. 또한 중연이 본시 몸을 사리지 않고 하고 싶은 대로 행동한다는 것 역시 아는 이들은 모두 알고 있었다. 왕명도 가끔은 흘려듣는 그가 예부령이라고 딱히 어려워할 리가 없었다. 하니 만약 불만이 있었다면 벗을 위해 예부령을 찾아가 따지고도 남았을 것이라는 것이 사람들의 생각이었다.

어쨌든 중연이 모량부에 나타난 것은 사실이었고, 모량부의 사람들이 이를 증언했다. 하여 만은 박후명의 손을 들어 주어야 했다. 또 정황상 들어 줄 수밖에 없었다.

대궁에서 늘 입을 다물고 있는 중연은 이번에도 입을 다물었다. 자신을 위한 변명도 하지 않았고 재운에게 가해진 위해에 대해서도 설명하지 않았다. 그 이야기를 하려면 저杵를 입에 올리지 않고는 불가능했다.

중연은 '누'란 이름에 관해서, 또 만이 재운을 부리는 것에 대해서도 알은척하고 싶지 않았다. 때문에 박후명이 그에게 독주를 먹여 재운의 진짜 이름을 말하도록 종용한 사실에 대해서도 말하지 않았다. 그 일로 인해 중연은 죽을 뻔했으나 그가 독주를 마신 증거는 어디에도 없었다.

중연이 무엇을 말한다 해도 만은 아채의 죽음을 두고 예부령이나 적두를 벌할 수 없었다. 그 사실을 잘 아는 중연은 재운도 자신의 손으로 지키고 아채의 죽음에 대한 대가도 자신의 손으로 치르게 할 작정이었다.

재운과 중연이 모두 입을 다물었어도 만은 이미 일의 전말을 꿰고 있었다. 박후명이 먼저 모량부로 중연을 불러냈을 것이다. 그런 후에 저 사냥꾼이 놓은 덫에 재운을 몰아넣고 중연으로부터 저杵의 이름을 알아내려 했겠지. 청각의 일을 꾸민 것도, 이번 일도 모두 저들이 재운의 정체를 알고 탐하기 때문이었다.

그러나 만이 그보다 더 심각하게 여기는 문제는 다른 데 있었다. 그녀는 목련방을 유일하게 드나들 수 있는 중연의 처지를 이제 더는 그냥 두고 볼 수 없었다.

처음엔 다행으로 여겼다. 사람을 가까이하지 않는 재운이 사람과, 그것도 자신이 가장 아끼고 믿는 중연과 벗이 되어 우의를 쌓아 가는 모습이 나쁘지 않았다. 그런데 둘의 감정이 자꾸 커져 갔다. 아무것도 모르는 중연은 이미 재운에게 홀려 헤어나지 못하고 있었다. 만은 재운으로 인해 중연의 마음이 변할까 두려웠다.

"송구합니다."

재운은 허리를 굽히고 머리를 숙인 채 만의 말을 기다렸다.

"네가 평소 예부령에게 고분고분하지 않다는 것은 들어 알고 있다."

"제 불찰입니다."

"하면 예부령이 너를 벌하는 것은 당연지사. 한데 중연이 모량부로 달려가 나선 것은 과하지 않은가? 이는 모두 중연이 너 때문에 벌인 일이다. 그만큼 중연이 너를 남다르게 생각하고 있단 뜻이지."

재운은 만의 목소리를 통해 그녀가 진심으로 화가 났음을 알았다.

"다들 물러가거라. 용아, 너도!"

환수 용은 잠시 머뭇거렸지만 곧 다른 궁인들과 함께 물러났다. 왕들은 언제나 재운을 만날 때면 주위를 물렸다.

만이 재운에게 가까이 다가오라 손짓했다. 재운이 만의 턱 밑까지 다가가 허리를 굽히자 만은 목소리를 낮춰 물었다.

"혹 중연이 너의 이름을 아느냐?"

"예, 알고 계십니다."

만은 고개를 끄덕였다.

"역시 그랬군. 네 입으로 말해 줄 수는 없었을 터이고, 어찌 알게 되었느냐?"

"우연한 상황에서 상염자의 입을 통해 들었습니다."

"상염자라 하였느냐? 하면 그가 거기까지 다가오도록 내버려 뒀단 말이냐?"

"송구합니다."

"훗날 중연의 입장을 조금이라도 헤아렸다면 너는 애초에 그를 가까이하지 말았어야 했다."

"제 잘못입니다. 그저 몇 마디 말이나 나눠 보고자 했던 것뿐이온데."

"그다음부터는 그가 다가오는 것을 너의 힘으로 막을 도리가 없었다?"

만은 눈을 가늘게 뜨며 재운을 뚫어져라 쳐다보았다. 재운은 만의 시선을 바로 보지 않았다. 만은 그것을 의심했다.

"고개를 들고 짐을 보아라."

재운이 깊고 검은 눈을 들어 만을 보았다. 만은 정이라고는 느껴지지 않는, 오직 약속에만 매여 있는 그 서늘한 눈을 보며 몸서리쳤다.

"너에게 혹 다른 속셈이 있었던 것은 아니냐? 네가 만약 고의로 중연의 마음을 흔들어 짐과 왕경을 향한 그의 충심을 흐리게 하려던 것이라면……."

"불가합니다."

저杵의 입이 진실을 말하자 만은 그제야 마음이 놓였다.

"그래, 너는 그렇지. 하나 너로 인해 중연의 마음이 바뀔 수 있다는 것을 잊지 마라. 너는 저杵라서 정을 모를 것이나 사람의 정은 아주 무서운 것이다."

재운은 만에게 그렇지 않다고, 사람보다 깊은 정을 가진 저杵도 있다고 굳이 말하지 않았다. 만은 저杵에 대해 잘 알지 못했다. 그녀에게 재운은 오라비들이 물려준 든든하고 귀한 보물일 뿐이었다. 만은 보물이 왜 보물인지보다는 보물이라니 보물인 줄 알고 귀히 여기는 것이었다.

"네가 진정으로 중연을 생각한다면 이제부터 온 힘을 다하여 그를 멀리하여라. 예부령이 중연을 노렸다면 언제든 또다시 손을 뻗을 것이다."

"대감께서는 아무 말씀도 하지 않으실 것입니다. 또한 예부령은 대감이 저의 이름을 아는지 아직 확신하지 못하고 있습니다."

"네가 뭐라 말해도 짐은 모든 가능성을 열어 둬야겠다. 너뿐 아니라 중연도 두 번 다시 그 같은 위험에 처하는 일은 없어야 할 것이다. 이 시각 이후로 너와 중연이 만나는 것을 금한다. 이는 왕명이다."

재운은 명을 받들었다. 그도 그럴 작정이었다. 아채가 그리 죽은 것에 대해 재운은 슬픔을 느꼈다. 그녀의 말을 믿지 말았어야 했다. 그녀가 아니라 사람에 대한 자신의 직감을 믿었어야 했다.

그러나 그렇게 하지 못했던 것은 아채가 보인 그 눈빛 때문이었다. 인간의 정이 담뿍 담긴 따뜻하고 처연한 눈 그리고 그 간절한 목소리. 마음이 흔들렸다. 그녀를 잃은 것은 모두 내 잘못이다. 하니 폐하의 말이 천 번 만 번 옳다.

술이 과하여 벌인 소란이라고는 하나 중연은 시위부의 위신을 땅에 떨어뜨렸고 예부령을 난처하게 만든 죄가 있었다. 도당은 중연을 왕경 밖으로 쫓아 버리고 싶어 했다. 예전처럼 그에게 군사를 쥐여 주고 도적을 소탕하는 일을 맡기라 주청하였다. 그러나 만은 허락하지 않았다.

만이 그를 왕경으로 불러들이기 위해 얼마나 공을 들였던

가. 어렵게 곁에 둔 그를 다시 왕경 밖으로 내보낼 수는 없었다. 그렇다고 정족인 그에게 신체적인 벌을 가하는 것도 가당치 않았고, 근신을 명해 봤자 지키지 않으니 줄 수 있는 벌칙은 대궁에 잡아 두고 내내 번을 세우는 것뿐이었다.

그런데 이번에는 월성이 아니라 대궁 밖으로의 출입이 금지되어 전사서로는 아예 발걸음도 할 수 없었다. 만은 중연을 자신의 시야에서 벗어나지 못하도록 명하였고 중연은 거의 한 달 가량이나 재운의 얼굴을 보지 못하게 되어 반쯤 정신이 나간 상태였다.

그럼에도 참아 낸 것은 이전에 했던 만의 경고를 아직 기억하고 있었기 때문이다. 만은 주어진 벌칙을 거역하면 중연의 수족을 평생 대궁에 묶어 두겠다고 말했었다.

만은 중연이 그 한 달 사이에 어느 정도 마음을 추슬렀으리라 믿었다. 그녀는 중연에게까지 굳이 재운과 만나지 말 것을 명하지는 않았다. 재운에게 내린 명으로 족했기 때문이다. 어차피 재운이 모습을 감추면 그도 어쩔 수 없을 터였다.

왕명을 들으면 중연은 반발할 것이다. 그는 타당한 이유를 따져 묻겠지만 만은 때가 되기 전까지는 아무것도 설명할 수 없었다. 재운은 왕명에 대해서는 입에 담지 않을 것이니 만은 모른 척하고 있으면 되는 것이다. 그녀는 중연의 원망을 듣고 싶지 않았다.

간신히 대궁 밖으로의 출입이 허용되자 중연은 곧장 목련방으로 향했다. 그런데 어찌 된 일인지 방의 북쪽 대로에 면한 골목길을 영 찾을 수가 없었다. 혹 저 사냥꾼을 달고 온 것인가 싶어 주변을 샅샅이 살폈으나 적두의 기척은 없었다.

잠시 착각한 것이라 여긴 중연은 다시 북쪽 담장으로 돌아가 골목길 입구를 찾았다. 다행히 이번에는 골목길 입구가 보여 안으로 걸음을 옮겼다. 중연은 내내 골목길을 뱅뱅 돌다가 결국 대로 밖으로 토해지듯 쫓겨났다. 몇 번이나 시도해 보았지만 끝내 재운의 집까지 이를 수 없게 되자 중연은 불길한 예감에 사로잡혔다. 그는 골목길 앞을 지키고 있는 버드나무만 한참을 바라보다가 도리 없이 발길을 돌렸다.

다음 날부터 중연은 예부 관서 앞에서 재운을 기다리기 시작했다. 그는 예부의 관원들을 닥치는 대로 붙잡고 누구든 재운을 만나거든 자신이 여기서 기다리고 있음을 전해 달라 부탁했다.

분명 재운은 예부 관서를 들고 났다. 전사서의 관원들뿐 아니라 오가는 다른 부처의 관원들까지 재운을 본 자들이 있었다. 그런데 중연만 그를 만날 수가 없었다. 그는 재운이 고의로 자신의 눈을 피하고 있다는 것을 깨달았다. 오기가 든 중연은 예부 관서 앞에 버티고 서서 꼼짝도 하지 않았다.

'대체 내게 왜 이러는 겐가? 내가 혹 자네에게 큰 잘못이라도 저질렀는가? 그렇다 해도 내 기필코 자네 얼굴을 봐야겠으이. 얼굴을 봐야 용서를 빌지 않겠는가.'

나흘째 되는 날 아침, 중연은 제대로 잠을 자지 못하여 상사병에 걸린 사람처럼 그늘진 뺨에 붉어진 눈시울로 기어이 재운을 볼 수 있었다. 열 걸음 떨어진 곳에서 재운이 그를 바라보고 있었다. 반가운 마음에 중연이 다가가려 하자 재운이 뒤로 몇 발자국 물러섰다. 당황한 중연은 그 자리에 멈춰 선 채 말했다.

"이보게, 왜 나를 피하는가?"

"대감이 불편해서 그럽니다."

중연은 고개를 저었다.

"아니, 거짓말하지 말게. 혹 이번에 겪은 일로 날 걱정한 나머지 부러 거리를 두고자 하는 것이라면 부디 그러지 말게. 내가 사람을 몇 번이나 전사서로 보냈는지 아는가. 한 달이나 대궁에 묶여 있어 참으로 답답했네. 이제야 자네를 볼 수 있게 되었는데 도무지 집을 찾을 수가 없었다네. 하여 정신이 어떻게 되는 줄 알았네."

"이제 저와 제 집은 찾지 마십시오."

"이보게, 나마! 나는 괜찮다니까. 자네가 이러면 나는 어쩌는가? 누구와 술을 마시고 누구와 이야기해?"

"제가 아니더라도 대감께는 다른 벗들이 있습니다."

"자네는 자네야. 난 자네와 있는 것이 제일 즐겁네."

"저는 이제 대감과 있는 것이 즐겁지 않습니다."

"이해하네. 하여 참으로 미안하네."

핼쑥해진 중연의 표정에 비장함이 어렸다.

"아채를 잃고 자네가 상심한 것을 아네. 다 내가 잘못했네. 내가 예부령의 농간에 놀아나지만 않았어도 일이 그리되진 않았을 것을. 내 기어이 그들을 가만두지 않을 것이네. 보군공의 죽음에 대한 대가도 치르게 할 것이야. 이제야 나는 자네가 저들을 얼마나 증오하는지 알았네."

"아닙니다, 저는 아무도 증오하지 않습니다. 모든 것은 자신으로 말미암아 생겨나는 것입니다. 하오니 잡을 수도 있고 놓을 수도 있지요. 보군공의 죽음도 마찬가지입니다. 그저 스스로의 선택에 따른 결과를 감당한 것뿐이지요."

"하나 보군공은 자넬 위해서……."

"보군공도 저들과 다를 바 없었습니다. 그도 저를 이용했을 뿐입니다. 한데 제가 왜 보군공의 죽음을 두고 저들을 미워해야 합니까?"

"자네를 키운 분이라 들었네. 자네에게는 아버지와 같은 분이 아닌가?"

"제가 왕경에 필요했기 때문에 키운 것입니다. 그리하여 저를 왕들에게 바쳤지요. 이 사람도 저 사람도 저를 탐하는 것은 오직 부리고자 함입니다. 보군공의 죽음에 저는 눈물을 흘리지 않았습니다."

중연도 아버지의 죽음 앞에서 울지 않았다. 울지 않았다고 해서 슬프지 않은 것은 아니었다.

"보군공은 자네에 대한 비밀을 지키기 위해 스스로 목숨을 내놓았네."

"제가 아니라 저를 통해 왕경을 지키려 했던 것이지요."

"하면 박후명에게 맞서는 자네의 태도는 뭔가?"

"약속 때문입니다. 보군공은 헌강왕을 부추겨 속임수로 저杵

를 얻게 만들었지요. 속임수라 해도 약속은 약속이니까요."

"이보게, 어찌 그리 말하는가? 자네는 대궁의 그 여자와 왕경을 진심으로 아끼네."

"저杵에게 중요한 것은 진심이 아니라 끝까지 약속을 지켜내는 사명입니다. 인간에게 진심은 때론 바뀔 수 있는 것이지요. 해서 그만큼 잔인해질 수 있는 것입니다."

"내가 아는 것은 보군공이 자네를 위해 목숨을 버렸다는 것이네. 인간이 보여 줄 수 있는 가장 큰 진심이란 말일세. 죽음은 속임수를 쓸 수 없네."

"자신이 일으킨 원인으로 말미암아 벌어진 일에 대해 대가를 치른 것뿐입니다."

"아채에게도 그리 말할 텐가? 아채도 자네가 걱정이 되어……."

"저는 아채의 목숨을 살리고자 했습니다. 하오나 아채는 약속을 지키지 않았지요. 그녀는 저의 당부를 두 번이나 어겼습니다. 아채에게 벌어진 일 역시 그녀의 선택으로 말미암은 것입니다. 아채는 얼마든지 살 수 있는 길이 있었습니다. 그녀는 저를 위해서 아무것도 하지 말고 그대로 산을 내려갔어야 했습니다. 아니, 애초에 안가교에서 나오지 말았어야 했지요."

"이보게, 어찌 그런……."

재운은 고개를 돌렸다. 그의 시선이 남산을 향했다. 그 차가운 표정에는 어떤 미동도 일지 않았다.

"거짓말하지 말게. 자네가 암만 그리 말해도 그것은 자네의 진심이 아닐세."

"대감께서 그리 믿고 싶은 것이겠지요. 저는 저杵입니다. 거짓을 말하지 못합니다."

재운이 말이 옳았다. 저杵는 거짓을 말하지 못한다. 방금 재운이 말한 사실 중 어느 것도 그릇된 것이 없었다. 그러나 재운은 아직 자신의 감정에 대해서는 말하지 않았다. 아채를 잃어 슬펐다거나, 가끔은 보군공이 그립다거나.

"부탁드리지요. 앞으로는 제 일에 나서지 마십시오."

말을 마친 재운이 돌아서자 중연은 달려가 그의 앞을 막아섰다.

"나서면 나도 아채처럼 죽게 될까 그러는 것을 내 모를 줄 아는가. 자네가 나를 걱정하듯 나도 자네가 걱정된단 말일세. 자네의 안위를 내게 맡겼네. 기억하는가?"

마음이 격해진 중연이 재운의 어깨를 잡으려 했으나 재운은 그보다 먼저 뒤로 물러났다. 중연은 당혹해하며 말했다.

"이젠 자네한테 손가락 하나 대지 못하게 하겠다? 좋네. 하면 보게, 내 눈을 보고 말해 보게. 아채에게도 그리 당부했는가? 자네가 모두 감당할 수 있으니 걱정하지 말고 안가교에서 기다리고 있으라고?"

"그랬지요. 하오나 제 말을 듣지 않아 기어이 목숨을 잃었습니다."

"그래도 아채는 후회하지 않았을 걸세. 진심을 다했으니 말일세. 자네가 뭐라 해도 그것이 진심을 가진 사람이네. 자넨 아채를 걱정했고 지금 나를 걱정하고 있네. 아채가 죽었기 때문에 나도 그리될까 봐 고의로 밀어내고 있는 것이지. 그렇지 않은가?"

재운은 대답하지 않았다.

"대답하지 못하는 것을 보니 내 말이 맞는 것이지? 진실 앞에서 저杵란 참으로 근사한 존재로구먼. 밀고 당기며 마음을 떠보지 않아도 되니 말일세."

"답하지 않는다고 모두 진실은 아닙니다. 대궁에서 더는 대감을 두고 보지 않겠다고 하십니다. 하여 내일 아침에도 여기서 이러고 계시면 대감께서는 수하들의 손에 끌려가는 수모를 겪게 되실 것입니다."

재운이 다시 걸음을 옮기려 하자 중연은 서둘러 그를 잡으려고 손을 뻗었다. 그러나 재운은 바람처럼 그의 손에서 빠져나갔다. 중연은 재운을 쫓아갔지만 그의 걸음이 워낙 빠른지라 순식간에 거리가 벌어졌다. 낙심한 중연은 그 자리에 멈춰 선 채 말했다.

"이렇게까지 나를 피하면 날더러 대체 어쩌란 말인가? 이보게, 나마. 부탁이네. 제발 나를 버리지 말게. 자네를 잃으면 나는 내가 가진 모든 것을 잃게 되네. 나는 자네 말고는 가진 것이 없네. 하니 죽어도 자네 곁을 떠날 수가 없단 말일세. 자네가 내게 자네를 주겠다 말하지 않았어도 자네는 처음 만난 그 순간부터 내 사람이었네. 내가 그리 정했단 말일세. 무조건 자네를 얻겠다고 결심했지. 물론 예부령과 같은 야심은 절대 아니라네. 나는 그저 자네가 좋단 말일세."

재운이 가던 걸음을 멈추고 중연을 돌아보며 말했다.

"하온데 어쩝니까, 이젠 제가 대감이 귀찮아졌으니 말입니다. 하여 앞으로는 어디서도 다시 저를 볼 수 없을 것입니다."

"그리 숨는다고 내가 자넬 찾지 못할 것 같은가?"

"대감은 지난 며칠 동안 저를 눈앞에서 보고도 놓쳤습니다. 대감이 오늘 저를 만날 수 있었던 것은 제가 대감 앞에 모습을 드러냈기 때문이지요. 다시는 저를 찾지 마시라 한번은 뵙고 말씀을 드려야겠기에."

중연은 사색이 되었다.

"이보게, 부디 그러지 말게. 위험이 있다면 물리치면 되는 것일세."

"생각처럼 그리 간단하지 않습니다."

"자네야말로 그리 간단히 뿌리치지 말게. 사람의 평생은 그리 길지 않다네. 물론 자네는 절반만 사람이니 시간을 어떻게 느끼는지 모르겠네만 나는 그러하네. 그 짧은 동안 내가 왜 보고 싶은 사람을 만나지 못하고 참아야 한단 말인가. 나는 받아들일 수 없네. 그 이유가 나의 위험 때문이라면 더더구나 내가 감수할 일이 아닌가."

"하오면 대감 때문에 제가 위험해지는 것으로 하지요."

"그 위험이 내가 있어 물리칠 수 있는 것이 될지 누가 알겠는가? 문제가 생기면 헤쳐 나가면 되는 것이고 일이 잘못되어도 후회하지 않을 것이네. 내가 두려운 것은 죽는 것이 아니라 후회일세."

"저를 비겁하고 비정한 자로 만드실 작정이시군요. 그리하면 대감의 속이 편하시겠습니까?"

"그런 게 아닐세. 나는 어릴 때부터 늘 병약하신 어머니께서 언제 돌아가실까 무서웠네. 그러다 어머니를 잃었지. 조금 자라서는 전장으로 출병한 아버지께서 돌아오시지 않을까 봐 항상 두려웠네. 그러다 아버지도 잃었지. 두 분을 모두 잃었을 때 나는 가책을 느꼈네. 내가 두 분을 너무 좋아하고 집착하여 빼앗긴 것이 아닌가 하고 말일세. 그 후로는 좋아하는 마음이 너무 크면 그 마음이 혹 상대를 다치게 하는 건 아닐까 겁이 나기 시작했네. 그럼에도 말일세, 좋아하는 마음은 제어가 되지 않는다네."

중연은 침을 꿀꺽 삼켰다.

"이보게, 나마. 나는 자네가 참 좋으이. 해서 자네를 보고 있자면 내 부모를 잃었을 때가 떠올라 문득 두려워지곤 한다네. 자네에 대한 내 근심이 지나친 것도 아마 그 때문일 걸세. 하나 나는 그 두려움을 피하고 싶지 않네."

"저는 피할 수 있다면 피하고 싶습니다."

재운이 굳은 얼굴로 말했다.

"보게, 내가 지금 자네에게 매달리고 있지 않은가."

"저도 지금 대감께 매달리고 있는 것입니다. 저도 후회하고 싶지 않습니다. 제 입장도 헤아려 주십시오."

"싫으이. 그렇게는 죽어도 못하겠네. 다시는 자넬 볼 수 없다면 나는 여기서 한 발짝도 움직이지 않고 말라 죽을 걸세."

"하면 그러시든가요."

"참말 이럴 텐가?"

중연이 암만 고집을 부려도 재운은 눈도 꿈쩍하지 않았다. 재운은 다시 돌아서서 대궁을 향해 그대로 걸어갔다. 중연은 재운의 등짝에 대고 소리쳤다.

"자네가 이리 매몰차게 나오니 나도 똑같은 방식으로 응할 것이야. 좋네. 오늘 밤에도 내가 자네 집을 찾지 못하면 목련방 북쪽 골목 앞에 있는 그 버드나무에 목을 매고 콱 죽어 버릴 터이니 그리 알게."

"너에게 목을 매고 콱 죽어 버리겠다고 말했으나 당장은 억울해서 그리 못 하겠구나. 너에게도 못할 짓이고."

중연은 목련방 북쪽 골목 앞에 있는 버드나무를 물끄러미 쳐다보며 말했다. 그의 눈앞에 골목 입구가 열려 있었다. 하지만 이제 발을 들일 엄두가 나지 않았다. 처음 골목 안으로 순탄하게 들어섰을 때까지만 해도 그는 재운의 마음이 돌아선 줄 여겼다. 그러나 그는 결국 골목 밖으로 내쫓겼다. 대체 몇 번이나 쫓겨났는지 셀 수도 없었다.

'자네가 참말 나를 이리 대할 셈인가?'

절망한 중연은 별수 없이 안가교로 말 머리를 돌렸다.

"대감! 참으로 오랜만에 뵙습니다."

화초가 화색을 띠며 중연을 반갑게 맞아들였다. 아채가 죽은 후 재운은 더는 안가교를 찾지 않았다. 화초는 곧 중연이 자신의 거문고 소리도 듣지 않고 있을뿐더러 춤 역시 보고 있지 않다는 것을 깨달았다. 오늘만 그랬던 것은 아니었다. 그러나 오늘처럼 온정신을 놓고 있었던 적은 없었다. 무엇을 해도 중연의 눈과 귀를 끌 수 없자 화초는 악기를 내려놓고 치맛자락을 끌며 그의 곁에 다가앉아 투정을 부렸다.

"평소에도 저와 함께 계시면서 마음은 늘 다른 곳을 헤매셨습니다. 이제 와서 이런 말씀을 드리는 것이 대감의 마음을 상하게 할까 저어되지만 혹 아직도 아채 언니를 생각하십니까?"

"아니다, 아채 때문에 나마의 상심이 큰 것이 걱정이다."

"나마 나리께서 그리 아채 언니를 생각하셨다면 좀 더 자주 찾아 주셨어야지요. 이제 아채 언니가 죽고 없는 마당에 새삼 그리워한들 무슨 소용입니까?"

"내가 알기로 나마는 아채에게 진심을 다하였다. 나 말고 나마가 유일하게 가까이 둔 사람이었지. 하니 나마를 탓하지 마라. 나마는 네가 생각하는 것보다 훨씬 더 바쁜 사람이다."

사람이라 말해 놓고 중연은 속으로 고개를 저었다. 사람이 아니라 저𣏾라서 바쁜 게지. 그의 얼굴에 하릴없는 미소가 드러났다. 아채가 조심스레 말했다.

"방금 웃으셨습니다. 하온데 표정은 여전히 어두우십니다."

"그러냐?"

"서운합니다. 그 마음을 달래고자 안가교로 오신 것이 아닙니까? 하온데 저는 지금 대감께 전혀 위안이 되고 있지 않습니다. 저의 재주가 참으로 비루하여 민망하기 짝이 없습니다."

"아니다, 너의 재주 탓이 아니다. 내가 생각이 많아 그런다."

"말씀해 보세요. 제가 어찌하면 대감의 마음을 잡을 수 있겠습니까? 다시 춤이나 한 자락 추어 올릴까요?"

"오냐, 내 이번엔 꼭 너의 춤에 눈과 마음을 붙이고 있으마."

화초는 자리에서 일어나 중연의 앞으로 사뿐사뿐 걸어 나갔다. 멀찍이 떨어져 앉아 대기하고 있던 악공이 거문고를 들었다. 화초의 춤사위가 봄날의 아른거리는 햇빛처럼 어지러웠다. 중연의 시선은 구름처럼 동동거리는 화초의 고운 자태를 좇고 있었으나 생각은 자꾸 엉뚱한 곳으로 달아났다.

'잡는다? 어찌하여야 마음을 잡을 수 있느냐고? 그것을 알면 내가 진작 나마를 잡았을 것이다. 나마의 옷소매가 아니라 그 마음을 말이다. 한데 시간이 왜 이리 더디 가는가? 해가 뜨려면 아직 멀었는가?'

중연은 화초의 춤을 보면서 재운의 춤을 떠올렸다. 재운이 춤을 추면 크고 무거운 바람이 찾아들었다. 허공인지 발밑인지 혹은 마음 깊은 곳인지 알 수 없는 공간에서부터 묵직한 울림이 있었다.

흑옥 가락지를 낀 재운의 길고 흰 손가락이 나부끼고 그 어깨가 들썩이고 그 화사한 턱이 사위를 돌아본다. 산하를 내려다보듯 반쯤 감긴 눈꺼풀 아래 은밀하게 빛나는 어두운 눈동자. 머리를 흔들고 고개를 젓고 손을 내밀며 다가서는 그 우아한 걸음걸이. 무릎을 구부리고 몸을 돌려 서편을 향해 손짓하면 어느새 석양에 물든 붉은 하늘이 그를 집어삼킨다. 붉은 빛이 감춰 버린 재운을 찾으니 그가 다시 손을 내밀어 이 세계를 잡는다.

화초가 이내 중연의 빈 시선을 눈치챘다. 그녀는 춤을 멈췄다. 악공의 연주도 따라 멈췄다. 중연은 화초의 춤이 멈췄을 때는 깨닫지 못하더니 음악이 멈추자 곧 눈을 끔벅이며 물었다.

"왜 그러느냐?"

"대체 무슨 생각을 그리 골똘히 하십니까?"

"아, 나마의 상염무가 떠올라서."

"또 나마 나립니까?"

화초의 새침한 어조에 어린 마음을 전혀 눈치채지 못한 중연은 곧이곧대로 대답했다.

"오냐, 나마가 춤을 아주 잘 춘다. 보면 너도 탄복하지 않을 수 없을 것이다. 나마는 춤 말고도 사람의 감탄을 자아내는 것들이 많다. 특히 그 웃는 표정이……."

중연의 얼굴에 다시 그 하릴없는 미소가 떠올랐다.

"나마께서는 어찌 웃으시는데요?"

화초의 얼굴이 중연의 턱밑까지 다가왔지만 그는 깨닫지 못하고 있었다. 화초는 자신의 심장 소리가 중연의 귀에 들릴 것을 무릅썼지만 그 역시 중연은 전혀 알아차리지 못했다.

"너는 나마가 웃는 것을 본 적이 없느냐?"

"예."

"그렇구나. 나마는 원래 잘 웃지 않는다. 한데 웃으면 참, 그 웃는 표정이 뭐 그러한지……."

"나마 나리의 웃는 표정이 그리 좋습니까? 하긴 나마 나리가 워낙 빼어난 용모시라 거기에 미소가 더해지면 정말 어떤 얼굴일지 기대됩니다."

"한데 평소에는 잘 웃질 않는다. 하여 그 미소를 기다리며 나마의 얼굴을 바라보는 것도 하나의 즐거움이다. 게다가 나마와 이야기를 하다 보면 시간이 어찌 가는지 모른 채 늘 그냥 날이 새고 만다. 또 나마는 주량이 커서 밤새 마셔도 취하는 법이 없고, 나마가 내주는 술은 또 어찌 그리 단지……."

"대감."

화초가 중연의 턱밑에서 얼굴을 빼고 가만히 불렀다.

"응?"

"하오면 오늘은 목련방으로 가십시오. 저를 이리 계속 꾸어다 놓은 보릿자루인 양 대하실 것이면 말입니다."

"내가 언제 그랬느냐?"

"계속 그리하셨습니다."

"하여 삐쳤느냐?"

"그렇습니다. 제가 아무리 노래를 하고 춤을 추고 이야기를 해도 대감께서는 보지도 듣지도 않으십니다."

"음, 미안하구나."

그제야 중연이 화초와 눈을 마주했다. 시선이 닿자 화초가 서운한 얼굴로 말했다.

"아무래도 벗과의 우정에 마음을 다 주어서 여인과의 정에는 흔들리기 어려운 사내가 되셨나 봅니다."

"그게 아니라 나마의 상황이 워낙 복잡하여 자꾸 신경이 쓰인다."

"하니 제가 불민한 탓이지요. 사실은 암만해도 제가 대감의 마음에 차지 않는 것이지요? 대체 대감이 생각하시는 여인은 어떤 여인입니까? 어떤 여인을 얻으면 나마 나리의 일을 잠시라도 잊으실 수 있겠습니까?"

내가 생각하는 여인이라? 중연의 머릿속에 오기일의 그녀가 떠올랐다. 요사이 재운을 제외하고 처음 떠오른 다른 사람이었다. 그녀는 그 시각 북악의 깊은 산속에서 대체 뭘 하고 있었던 것일까? 그녀의 몸을 둘러싼 기이한 빛이 있었다. 하면 정녕 사람이 아니라 북악의 정령이었을까?

중연은 입을 다문 채 다시 술잔을 기울였다. 화초는 중연의 대답을 재촉하는 대신 악공을 물리고 술을 더 들여왔다.

그리 마셨는데도 전혀 취하지 않았다. 암만 기다려도 해조차 뜰 기미가 없었다. 중연은 통금이 해제되기 전에 안가교를 나섰다. 시위부 대감이란 직책이 이럴 땐 꽤나 편리하다. 말을 거는 이도, 쳐다보는 이도 없는 텅 빈 거리를 홀로 누릴 수 있으니.

오랜만에 집으로 돌아온 중연의 곁에서 늙은 근구가 옷 갈

아입는 것을 도와주겠노라 버티고 섰다. 중연은 그가 하는 대로 몸을 맡겼다. 근구는 중연이 이부자리 속에 들어가 베개를 베고 눕는 것까지 본 후에야 방을 나갔다.

"아침은 꼭 드시고 나가십시오."

신신당부하는 근구의 의도는 주인의 얼굴을 한 번이라도 더 보기 위해서였다.

중연은 아침잠이 없어 새벽이면 대개 말없이 집을 나서기 일쑤였다. 그렇게 한번 출타를 하면 숙직이 없어도 숙직각이나 시위부, 혹은 안가교나 목련방을 돌며 며칠에 한 번 집에 돌아왔다.

중연이 이렇듯 집 밖으로만 도는 까닭에 가복들은 늘 불안했다. 그들은 언제 다시 주인이 집을 버리고 왕경 밖의 상황에 목숨을 던질까 걱정하였다. 주인을 잃은 가복들은 뿔뿔이 흩어지게 된다. 왕실의 재산으로 귀속되어 다른 귀족들에게 나눠지거나 팔려 간다. 그들은 시류에 휩쓸려 나쁜 운명을 맞게 될까 두려웠다.

그들도 왕경 밖에서 들려오는 온갖 소문들을 듣고 있었다. 언제라도 그들은 뿌리 뽑힌 나무에서 떨어진 삭정이 같은 처지가 될 수 있었다. 때문에 그들은 주인이 혼인이라도 하여 집안의 기반이라도 갖춰 주기를 바랐으나 중연은 혼인에 전혀 마음이 없었다.

중연은 잠깐이라도 눈을 붙이고자 하였으나 영 잠이 오지 않았다. 그는 한참을 뒤척거리다 결국 자리에서 일어나 멍하니 천장을 바라본 채 중얼거렸다.

“너무 조용해서 잠이 오지 않는구먼.”

적막 속에서 개구리 우는 소리가 들려왔다. 조용해서 잠이 오지 않는 것이 아니라 외로워서 잠이 오지 않는 것임을 그제야 깨달았다. 중연은 허공에 대고 재운에게 말을 걸어 보았다.

“이보게, 나마! 심심하구먼. 자네와 술이나 한잔했으면 좋겠으이.”

그러자 개구리 울음소리가 좋다는 건지 싫다는 건지 재운 대신 신나게 답했다.

“시끄럽구나. 너희만 봄이면 뭘 하느냐, 내가 아직 겨울을 사는데.”

중연은 다시 재운을 불렀다.

“이보게, 나마! 내가 아무래도 좀 이상한 것 같으이. 이 한밤중에 내가 왜 이리 혼자 앉아 자네를 부르고 있는가 말일세. 술은 암만 마셔도 취하지 않고 잠은 암만 청해도 오지 않으니 이를 어찌하면 좋은가. 자네는 저粁인데 나는 왜 사람보다 저粁가 이리 그리운가. 내가 너무 오래 자네와 어울려 이리된 것인가? 자네가 아닌 다른 사람하고는 같이 있어도 재미가 없으이. 술도 맛이 없으이. 이보게, 나마! 자네가 보고 싶네. 그러니 제발 목련방의 그 해괴한 금줄을 치워주게.”

중연은 수척해진 뺨을 문지르며 베개를 끌어안았다. 어느새 개구리 울음소리가 그쳤다. 그는 자리에서 일어나 방 안을 서성였다. 창을 툭툭 치는 바람 소리에 귀를 기울였다. 아직도 날이 새려면 멀었다. 시간이 이대로 멈춘 듯싶었다. 중연은 옷을 갖춰 입고 밖으로 나갔다. 근구가 이내 주인의 기척에 끌려 나왔다.

"이 밤에 또 어딜 가십니까? 아침은 들고 나가겠다 약속하지 않으셨습니까?"

"지금 내 얼굴을 보았으니 되었지 않느냐?"

중연은 아버지에 이어 어릴 때부터 자신을 섬겼던 근구의 속을 이미 헤아리고 있었다.

"하오나, 든든히 자시는 것도……."

"자네 근심으로 이미 든든히 배를 채웠다."

"송구합니다. 그것은 버리시고 좋은 것으로 다시 드시는 것이……."

"시간이 없다. 호출이다."

"예?"

"달빛이 나를 부르니 어찌하느냐?"

"나리, 머리가 어찌 되신 것 같습니다."

"그래, 그런 것 같구나."

"나리, 제발요! 걱정되어 죽겠습니다. 나라가 이리 어수선한데 나리는 허구한 날 집을 비우신 채 정신 나간 사람 모양 쏘다니기만 하십니다. 왕경에 돌아오신 것이 언제인데 여태 마음을 붙이지 못하셨습니까?"

근구의 눈에 눈물이 그렁그렁했다. 이러다 또 주인이 사지로 나갈까 두려웠다. 그래서 큰 주인처럼 영영 돌아오지 못하게 될까 봐 마음이 졸아들었다. 중연도 근구의 마음을 모르는 것은 아니었다. 내가 너희를 어지간히 걱정시키는 모양이로구나. 하나 나도 내가 왜 이러는지 잘 모르겠다.

"미안하구나. 기다리지 말고 자거라."

중연은 근구의 어깨를 다독이며 돌아섰다. 어찌해도 젊은 주인을 말릴 수 없다는 것을 근구는 잘 알고 있었다. 늙은 가복은 재빨리 눈물을 훔치고 쫄랑쫄랑 따라 나오며 물었다.

"말을 가져올까요?"

"되었다, 그냥 걸어갈 것이다. 말을 타면 너무 빨리 가게 된다. 시간이 죽어라 가질 않으니 나도 거기에 맞춰 천천히 걸어야겠다."

중연은 말을 놓고 집을 나섰다. 목련방에 이른 그는 담장 밖에 서서 흐드러지게 꽃을 피우고 있는 재운의 집 목련 나무를 오래도록 바라보았다. 어찌해도 재운에게 다가갈 방법이 없었으므로 그는 할 수 없이 북천으로 걸음을 돌렸다.

달이 중천에서 미끄러져 중연을 따라 움직였다. 봄을 맞아 녹아내린 북천의 물 자락이 달빛에 하얗게 빛났다. 숲을 향해 경사진 길을 오르려던 그는 걸음을 멈췄다. 심장이 덜컥 내려앉았다.

저만치 물가에 서 있는 젊은 여인의 모습을 본 순간 한눈에 알아본 것이다. 오기일의 그녀였다. 그녀는 늘 중연이 예기치 못한 시간과 장소에 등장하여 그를 놀라게 했다. 중연은 신중하게 걸음을 옮겼다. 여인이 혹 자신의 존재를 알아채고 그대로 달아날까 두려워 소리를 죽이며 가만가만 다가갔다.

여인이 뒤꽂이와 비녀를 뽑았다. 높이 틀어 올린 새까만 머리칼이 명주실처럼 곱게 풀어졌다. 흐트러지는 머리칼에서 밤의 푸른빛이 떠돌았다. 그 유려함에 매혹된 중연이 저도 모르게 기척을 내고 말았다. 사실 그 소리는 자신도 알아채지 못할 정도로 미약하였다.

그러나 여인은 감각이 예민한 물고기처럼 고개를 슬근거리더니 이내 뒤를 돌아보았다. 그때 중연은 여인과의 사이에 겨우 예닐곱 걸음을 남겨 두고 있었다. 여인과 시선이 부딪친 중연은 잠시 넋을 놓았으나 얼른 정신을 수습하며 서둘러 입을 뗐다.

"나는……."

중연이 첫마디를 꺼내자마자 여인은 토끼처럼 달아나기 시작했다. 이런, 그는 당황했다. 기왕 이리되었으니 어쩌랴. 중연은 여인을 따라가며 소리쳐 불렀다.

"이보시게, 겁내지 말고 잠시만 기다려 주시게. 나는 시위부의 김중연이라고 하네. 내 얼굴을 기억 못 하시는가? 오기일에 우리가 한번 보았다네. 그대에게 할 말이 있네. 잠깐이면 되네. 하니 제발 걸음을 멈춰 주시게. 이보시게!"

그는 정신없이 여인을 좇아갔다. 오늘은 반드시 저 여인의 이름과 사는 곳을 알아내고 말리라. 그런데 암만 걸음을 빨리 해도 여인을 따를 수가 없었다. 오기일과 똑같은 상황이 벌어지고 있었다. 중연은 뭐에 홀린 것 같았다. 여인은 북악의 숲으로 들어갔다. 어두운 산길을 아무렇지도 않게 헤치며 앞으로 나갔다. 여인은 금세 어둠 속으로 배어들었고 그는 또다시 여인을 잃어버렸다.

'참말, 사람이 아닌 것인가? 마치 숲의 일부 같구먼. 그렇지 않고서야 어찌 이리 거짓말처럼 사라질 수가 있단 말인가.'

"어딜 다녀오십니까?"

계유는 초조하게 안마당을 서성이다가 대문으로 들어서는 재운을 보고 냅다 달려가 채근하듯 물었다.

"자지 않고 기다렸느냐?"

"아무래도 이제 저만으로는 위안이 되지 않으시나 봅니다. 하여 대감의 얼굴을 뵈러 가신 것이지요?"

재운은 고개를 저었다. 명주실처럼 가는 머리칼이 물결처럼 흐트러졌다.

"아니다. 북천의 강바람을 쐬러 갔다."

"그 모습으로요?"

계유는 나무라듯 말했지만 주인을 바라보는 마음은 애잔하기 짝이 없었다. 그의 주인은 사람을 품은 모습으로 돌아왔음에도 여전히 사람 같아 보이지 않았다. 그 빼어난 아름다움은 말할 것도 없었고 무엇보다도 깊은 어둠을 간직한 서늘한 눈동자가 저杵의 것이었다.

그 눈동자 속에는 결코 흔들림 없는 단단한 심지가 숨겨져 있었다. 그것은 저杵가 받은 약속의 씨앗이었다. 때가 되면 싹을 틔우든 불을 붙이든 반드시 그 자리에서 도려내어 꺼내야 하는 가시처럼 아픈 것.

그의 주인은 날 때부터 왕들과의 약속에 매여 있었다. 이는 재운의 선택이 아니었다. 선택은 늘 사람의 것이었다. 자연이 주야와 계절을 거스를 수 없듯 재운 역시 순리에 복종했다. 더불어 그를 선택한 간교한 사람의 의지에도.

계유는 적어도 만에 대한 감정만큼은 중연에 동조했다. 만은 저杵를 부리지만 저杵에 대해 잘 알지 못하기에 재운의 감정을 배려하는 법이 없었다. 계유가 보기에 만은 저杵를 말하는 나무토막쯤으로 알고 있는 것 같았다.

그러나 저杵의 정은 사람보다 깊어 한번 마음을 주면 쉽게 풀지 못한다. 그럼에도 저杵에게 약속은 정보다 우선이기에 재운은 대궁의 명을 받들어야 했다. 만은 사람을 품은 재운의 본 모습을 본적이 있을까. 본다 한들 저 숨 막히는 아름다움 속에 단단히 감춰져 있는 사람의 마음을, 아니, 여인의 마음을 느낄 수나 있을까.

"아무도 알아볼 수 없으니 좋지 않으냐."

"암만 그러셔도 단 한 사람만은 알아볼 수 있지요. 그러다 이번엔 북천에 여자 귀신이 돌아다닌다는 소문이 나겠어요. 말해 보세요, 사실은 주인님도 대감만큼 힘드신 것이지요?"

"나에겐 네가 있으니 괜찮다. 나는 지금껏 네가 있어 위로받고 살았다."

"제가 곧 대감입니다. 그러니 주인님의 그 말씀은 대감이 있어 위로받고 살았다는 뜻이기도 합니다."

재운은 목련 나무를 향해 돌아섰다. 계유가 재운의 가녀린 뒷모습을 바라보며 말했다.

"그날 무평문 앞에서 주인님이 먼저 품은 마음입니다. 견딜 수 없으시다면 그냥 마음이 가는 대로 하세요. 약속에 매인 몸이라 해도 마음은 어찌할 수 없는 것이 아닙니까? 그것이 훗날 주인님의 비수가 된다 할지라도 그 순간이 오기 전까지는 얼마든지 그 마음을 누리세요. 그것이 여태 주인님을 살게 했다면 앞으로도 그것이 주인님을 살게 할 것입니다."

"너의 바람이냐?"

목련의 크고 탐스러운 꽃잎이 재운의 어깨 위로 떨어졌다.

"예. 저는 사람의 정을 믿거든요."

"해서 그가 정든 너를 그리 쉽게 포기하고 버렸느냐?"

계유는 주인이 자신을 놀리고 있음을 알아챘다. 계유가 억울하다는 말했다.

"분명 절 찾으러 다시 돌아오셨어요. 그런데 주인님께서 얼른 주워서 감춰 버렸지요."

"나중에 찾으러 와도 못 봤다 하고 내놓지 말라 한 것은 계유, 너였다."

"그건 제 탓이 아닙니다."

"하면 내 탓이냐?"

"예, 주인님께서 저杵가 아니었다면 전 절대 그런 말을 하지 않았을 테니까요."

재운이 빙그레 웃으며 말했다.

"그 말이 아니어도 무슨 말이든 내게 했을 것이다. 너의 입을 연 것이 바로 나였으니."

"그때 주인님께서는 너무 외로워서 말 상대가 필요하시던 참이었지요. 오래된 물건의 정精이 모이면 저杵가 되고, 그리 오래된 물건이 아닌 저 같은 놈은 큰 저杵가 말을 걸어 주면 그 저杵의 식신이 되지요. 하지만 제가 대감의 물건이 아니었다면 주인님께서는 절대 제 입을 열지 않았을 것입니다."

"그 말이 틀리지 않구나."

"대감이 주인님을 생각하는 것보다 주인님께서 더 오래 대감을 가슴에 담고 있었지요."

"왜냐하면 그가 바로 나를 가질 자였기 때문이다."

"그가 주인님을 가질 수 있는 것은 주인님의 마음을 가졌기 때문입니다. 그것은 처음부터 정해져 있던 것입니까? 아니면 그날 무평문 누각 지붕 위로 화를 던지던 대감을 보고 주인님이 마음을 주었기에 그리된 것입니까?"

"이 매듭은 내가 묶은 것이 아니다. 그는 무평문 누각 지붕 위로 화를 던지기 전부터 그곳을 바라보며 기다렸다. 하니 이 매듭은 그로 말미암은 것이다."

그날 무평문 누각 지붕 위로 화를 던진 중연이 사라지자 어

둠 속에서 작고 어린 흰 손이 중연이 떨어뜨린 호드기를 주웠다. 아이는 호드기를 꼭 쥔 채 북궁을 향해 걸어갔다. 몇 걸음 걸어가던 아이는 월대 위에 올라서서 어둠 한편으로 호드기를 던지며 물었다.

"따르겠느냐?"

질문을 던져 놓고 아이가 다시 몇 걸음 옮겼을 때 어디선가 홀연히 나타난 젊은 사내가 아이의 뒤를 따랐다. 호리호리한 체격을 가진 섬세한 눈매의 젊은 사내가 아이에게 물었다.

"저를 왜 주우셨습니까?"

"갖고 싶어서 주웠다."

"제가 마음에 드십니까?"

"네 주인이 마음에 든다."

"해서 저를 대신 곁에 두시려고요?"

"싫으냐?"

"좋습니다, 주인님!"

"네 주인은 따로 있다."

"저를 잃어버리고도 모르는 주인이니 신경 쓰지 않으렵니다."

"너를 잃어버리고도 모르기에 내가 너를 얻을 수 있는 것이다. 그가 너를 찾으러 다시 돌아오면 내놔야 한다."

"못 봤다 하고 내놓지 않으시면 되지요."

"오냐, 그러면 되겠구나. 한데 나는 거짓말을 할 수가 없다. 그러니 네 주인과 마주치기 전에 얼른 가야겠다."

그 순간 젊은 사내가 걸음을 멈췄다. 아이가 돌아보았다. 사내는 아이의 앞에 무릎을 꿇고 그 눈을 들여다보며 물었다.

"주인님의 이름은 무엇입니까?"

"누!"

"눈물입니까?"

"그러하다."

"왜 그리 슬픈 이름을 가지셨습니까?"

"내 아비의 눈물로 태어났기 때문이다."

"누!"

아이의 이름을 다시 불러 보는 사내의 눈에 어느새 눈물이 맺혔다. 아이가 가만히 손을 뻗어 사내의 뺨을 타고 흐르는 눈물을 닦아 주었다.

"그 이름은 이제 두 번 다시 입 밖으로 내놓지 말아야 한다."

사내는 고개를 끄덕이며 자신의 뺨에 닿은 아이의 손을 꼭 잡은 채 말했다.

"주인님은 이제 저의 전부입니다."

중연은 시위부로 찾아 온 계유를 보고 다소 놀랐다.

"네가 여길 어떻게 왔느냐? 혹……?"

"혹 주인님의 심부름일 리가 없지요. 몰래 왔습니다."

"하면 월성의 문은 어찌 통과했단 말이냐?"

"그런 문 따위가 대숩니까? 저는 본디 마음만 먹으면 못 갈

곳이 없습니다."

"한데 왜 늘 목련방만 지키고 있는 게냐?"

"제 주인의 집이 거기니까요. 제 주인의 일이 아니면 저는 목련방을 나서지 않습니다."

계유는 여전히 따박따박 말대꾸를 해 가며 중연을 삐뚜름하게 쳐다보고 있었다. 그러나 중연은 그저 계유가 자신을 보러 와 준 것만이 대견할 뿐이었다.

"하면 역시 네 주인의 일로 나를 찾아온 게로구먼."

"아니면 제 일로 대감을 보러 왔겠습니까? 대감께서 댁에 잘 계시지 않고 요즘은 안가교에도 발길이 뜸하시니 도리 없이 이리로 왔습니다."

계유는 말을 하며 중연을 머리부터 발끝까지 훑었다.

"왜 그리 보느냐?"

"대감의 얼굴이 많이 상하셨습니다."

"그러냐? 한데 네 입에서 그런 낯간지러운 소릴 들으니 기분이 좋지는 않구나. 나마는 잘 지내느냐?"

"뭐, 그럭저럭요. 얼굴이 상할 정도는 아닙니다."

"그렇겠지. 먼저 절교를 선언한 쪽은 나마이니 내가 반쪽이 되건 먼지가 되건 저는 발 뻗고 편히 자겠지. 이제 질문과 근심으로 귀찮게 하는 이도 없으니……."

계유가 대꾸 없이 듣고만 있자 중연이 말했다.

"내 말이 사실이 아니라고 말하면 어디가 덧나느냐? 그렇지 않다, 나마도 힘들다, 그리 말해 주어야 내게 위로가 되지 않겠느냐?"

"대감을 위로하러 온 것이 아닙니다."

"안다. 네가 언제는 나를 위로했느냐, 너는 늘 약 올리는 쪽이었다."

"예, 맞습니다. 하지만 늘 대감께 도움이 되는 쪽이었지요."

"그래, 그건 그렇구나."

중연은 고개를 끄덕이며 순순히 수긍했다. 계유가 몸을 기울여 그에게 속삭이듯 말했다.

"대감은 제 주인의 이름을 아십니다."

"그것 때문에 왔느냐? 걱정 마라. 암만 네 주인과의 사이가 틀어져도 그 이름만큼은 죽어도 소리 내어 말하지 않을 것이니."

"그것을 걱정하는 것이 아닙니다. 저는 대감을 믿습니다."

계유가 다소 비장하게 말을 꺼내는 바람에 중연은 의아해졌다.

"네 입이 갑자기 왜 그러느냐? 뭘 잘못 먹었느냐? 아니면 요즘 나마가 널 대하는 것이 예전 같지 않은 것이냐? 해서 내게라도 의지하려고? 겪어 봐서 알겠지만 너와 나는 별로 죽이 맞지 않으니 포기하여라. 나는 너를 부리기 싫다."

계유가 코웃음을 치며 같잖다는 듯 대꾸했다.

"저야말로 대감을 섬길 마음 같은 건 눈곱만큼도 없습니다. 그러니 쓸데없는 소리 마시고 제 말을 잘 들으십시오. 제가 지금부터 대감에게 하려는 말은 절대 대감을 위해서가 아닙니다. 제가 하는 모든 말과 행동은 언제나 제 주인을 위해서였습니다."

"대체 무슨 이야기를 하려고 이리 거창하게 나오는 것이냐?"

계유는 고개를 숙였다. 중연도 덩달아 고개를 숙였다. 두 사내가 머리를 맞대자 바람이 그 틈을 비집고 지나갔다. 그러자 계유는 화들짝 놀라며 얼른 주변을 둘러보고 바람이 멎길 기다렸다. 중연은 계유가 바람조차 엿듣지 못하게 하려는 이야기가 무엇인지 궁금해졌다.

"대감이 아는 그 이름이 지금 대감이 넘지 못하는 금을 넘게 해 줄 열쇠입니다."

"하면 그 이름이 목련방의 금줄을 넘을 열쇠란 말이냐?"

"예, 그 이름을 누가 불렀는지 기억하시지요?"

중연은 고개를 끄덕였다. 계유는 바람이 다시 돌아와 자신의 말을 엿들을까 봐 걱정이라도 되는 듯 더욱더 목소리를 낮춰 은밀하게 말했다.

"남산의 산신인 상염자는 저杵입니다."

"안다."

"그는 제 주인의 아버지입니다."

"뭐?"

중연의 눈이 휘둥그레졌다. 하면 그때 남산에서 재운이 상염자를 불러낸 것은 아비를 보기 위함이었구나. 비록 상염자의 탈을 썼긴 하였으나 그 둘이 마주 섰을 때 참으로 똑같다는 생각이 든 이유를 이제야 알 것 같았다.

"하면 나마의 어머니는?"

"아시는 대로 사람이었지요. 오래전에 죽었습니다. 저杵의 생명은 본디 기나긴 시간과 자연의 생기와 사물의 상념이 서로 엉기어 만들어지는 것입니다. 하여 만약 여인의 몸을 빌려 짧은 기간에 저杵를 품어 낳으려면 그 여인의 생명을 내주고서야 가능합니다."

"그 여인이 누구였느냐?"

"상염자가 제 주인을 얻기 위해 잃어야 했던 소중한 여인이라는 것뿐, 저는 깊이 알지 못합니다. 제 주인의 이름이 '누'인 것은 상염자의 눈물이기 때문입니다."

"여인을 잃고 눈물로 내준 자식이라. 듣고 보니 상염자의 처지가 참으로 가엾구나."

"대감의 동정을 얻고자 이런 이야기를 드리는 것이 아닙니다. 주인님의 절반은 사람입니다. 하여 마음이 마음대로 되지 않는 부분이 있지요."

"그게 무슨 뜻이냐?"

"솔직히 저는 대감의 마음 따위 아무래도 상관없습니다. 그러나 제 주인의 마음을 헤아리니 아무래도 알려 드리는 것이 낫겠다는 생각이 들었습니다."

이제야 계유다운 소리를 하는구먼. 중연은 나마를 생각하는 계유의 마음이 고마웠다. 계유가 제 주인의 마음이 편치 않은 것을 더는 두고 볼 수 없어 나선 것이 아닌가. 하면 나마의 마음도 지금 나와 다르지 않다는 뜻이다.

"제 주인의 이름이 상염자의 마음을 움직입니다. 그 이름으로 상염자를 불러낼 수 있단 말입니다. 목련방에 걸려 있는 금줄은 저杵의 금줄입니다. 금줄은 본디 금줄을 놓은 저杵만이 풀 수 있지요. 저杵들에게는 각자 금줄을 묶는 자기만의 방식이 있거든요. 하지만 상염자는 아주 크고 큰 저杵라서 거의 모든 저杵들의 금줄을 풀 수 있습니다. 하니 대감이 진정 간절하시다면 상염자를 불러 목련방의 금줄을 풀어 달라 청하십시오. 한번 금줄을 넘으면 다시는 그 금줄이 대감의 발목을 잡지 못할 것입니다. 이후로 제 주인이 목련방의 대문을 닫아걸지 않는 이상 대감이 그곳으로 오지 못하는 경우는 없을 것이란 말씀입니다."

중연은 감격한 나머지 계유의 어깨를 잡고 흔들며 말했다.

"고맙다, 계유야! 너는 참으로 나마의 충복이다. 혹시라도 나중에 네가 몰래 나를 찾아온 것을 나마가 알게 되면 입장이 난처해질 수도 있으니 오늘 일은 비밀로 해 주겠다. 하니 걱정 마라."

"아닙니다. 일이 잘되면 제 공도 크니 나중에 제 입으로 말할 것입니다. 그러니 대감은 일단 목련방의 금줄을 넘을 궁리나 하십시오."

"응?"

"제 주인의 이름이 상염자를 불러낼 수는 있겠으나 그가 대감의 청을 들어줄 것인지는 대감에게 달렸습니다."

중연은 너럭바위 아래 축축한 그늘을 바라보며 헛기침을 해 보았다. 어떤 기척도 느껴지지 않았다. 암만 들여다보아도 도무지 뭐가 나올 것 같지 않자 그는 바위 주변을 한 바퀴 둘러보았다.

햇살이 그늘 밑으로 조심스레 기어들었다. 저杵라니 밝은 것이 싫을 수도 있겠구먼. 중연은 일부러 해를 등지고 바위 앞에 섰다. 그의 그림자가 그늘로 침범하던 한 줌 햇살을 가렸다. 중연은 목을 가다듬고 상대를 불러보았다.

"이보시게, 안에 있는가? '누'의 일로 왔소."

중연은 말을 띄워 놓고 한참을 기다렸다. 아무런 기척도 없었다. 아무리 눈을 씻고 보아도 그늘에 그늘이 더해진 어둠뿐이었다.

'나 원 참! 안에 있느냐니? 여기서 안이랄 것이 어디 있다고?'

중연은 돌덩이를 향해 그 문을 열고 밖으로 나오라 청하는 자신이 문득 우스워졌다.

'설마 계유가 날 골탕 먹인 것은 아니겠지.'

그러기에는 계유의 눈빛이 간절했다. 그가 평소 못마땅해하는 자신을 찾아와 굳이 그런 이야기를 늘어놓았을 리가 없었다. 계유의 말대로 그는 제 주인을 위하는 일이 아니면 목련방의 담장을 넘지 않았다. 계유가 움직였다는 것은 재운의 처사가 진심이 아니라는 뜻이었다. 하면 역시 대궁의 그 여자가 명한 것이겠지. 대체 왜?

중연은 다시 한 번 바위를 향해 불러 보았다.

"이보시게, 상염자! '누'의 이름을 들었다면 그만 얼굴을 내 보이시게. 내 이리 청하니 부디 나를 좀 도와주시게나."

여전히 대답이 없었다. 그저 서늘하고 축축한 바람만이 너럭바위 주변을 오갔다.

"할 수 없구먼. 산신께서 아마도 내 인내심을 시험해 보고 싶은 모양인데, 기다리는 것이라면 내 얼마든지 하겠네. 종일 누군가의 글쓰기가 끝나기를 하염없이 기다리거나 대궁 주변을 뱅뱅 돌며 멍청하게 시간을 보내는 것이 내 장기 중의 하나일세. 하니 까짓 이 산의 주인이 원하는 만큼 버티어 주겠네."

중연은 묵묵하게 기다렸다. 두 시진가량 그는 너럭바위 그늘을 바라보며 꼬박 서 있었다. 해가 기울기 시작했다. 서편 하늘이 붉게 물들고 어스름 저녁 그림자가 산을 뒤덮었다. 슬슬 지루해질 만도 했지만 중연은 꿈쩍도 하지 않았다.

그때 너럭바위 그늘 아래에서 누군가 일어나는 것이 보였다. 그 형태는 마치 바위에서 분리되어 떨어져 나온 것처럼 보이기도 했고, 그늘에 녹아 있던 어둠이 점차 짙어져 땅 위로 빠져나온 것처럼 보이기도 했다.

바위와 대지가 교묘하게 숨기고 있던 그 불완전하고 흐트러진 형상이 그늘 밖으로 한 걸음 걸어 나오자 아직 남아 있던 희미한 붉은 햇빛이 달라붙었다. 형상은 붉은 색채를 털어 내고 이내 명확한 모습을 드러냈다.

상염자의 탈을 쓴 사내는 멀리서 지켜보았을 때보다 훨씬 더 크고 위압적이었다. 중연은 본능적으로 환두도를 움켜잡았다가 손을 뗐다.

이 땅의 호국 신, 남산의 지주地主, 두 사람이 보아도 한 사람의 눈에만 보인다는 저杵. 사람이 아닌 다른 존재. 그리고 재운의 아버지.

중연은 기이한 감정에 휩쓸렸다. 그는 사내가 쓰고 있는 흰 수염의 목면을 벗기고 그 뒤에 숨겨진 진짜 산신의 얼굴을 확인하고 싶은 충동을 느꼈다. 문득 저 가면을 벗겨 내면 재운과 똑같은 모습을 한 자가 서 있지 않을까 하는 의심이 불끈 들었기 때문이다. 재운과 몹시도 닮은 저杵의 눈을 보고 있자니 중연의 콧날이 시큰해졌다. 그의 눈에 눈물이 고이려 했다.

'희한하구먼. 대체 이자의 무엇이 내 가슴을 이토록 시리게 하는가?'

상염자는 뒷짐을 진 채 중연과 마주 섰다. 지금 손을 뻗어 낚아채면 저 목면을 벗길 수 있지 않을까. 중연은 잠깐 동안 유혹에 휩싸였다. 어차피 보아도 돌아서면 잊힐 얼굴이 아닌가. 그러나 그 얼굴을 확인하는 것은 지금 이 자리에서 하면 안 되는 일이었다.

"내가 누군지는 이미 알 것이네. 하니 내가 '누'를 다시 볼 수 있도록 도와주시게."

상염자는 물끄러미 중연을 바라보았다. 평소 자신을 바라보는 재운의 청안과 비슷하면서도 다르게 다가오는 기묘한 시선이었다. 상염자가 입을 열었다.

"하면 대답해 보시오. 그대에게 가장 무서운 것, 견디기 힘든 것, 극복하기 어려운 것이 무엇이오?"

중연은 망설이지 않고 대답했다.

"내게 그것은 정이라네. 보고 싶은데 볼 수 없고, 그리운데 찾을 수 없고, 아무리 그 마음을 털어 내려 해도 달라붙으니 정만큼 무섭고 견디기 힘들고 극복하기 어려운 것은 없네."

"'누'에 대한 그대의 마음이 그것이오?"

중연은 고개를 끄덕였다.

"상염자는 저杵이니 그 마음을 모를 것이네. 하나 사람의 정은 그렇다네."

"아니, 저杵에게도 정이 있소. 사람이 저杵의 정을 모르는 것뿐이지. 하룻밤의 정도 그리 깊은 것을……."

상염자는 잠시 월성을 향해 시선을 돌렸다. 이른 등불이 내걸린 월성은 여전히 죽어 가는 불씨를 품은 재처럼 바싹 마른 채 훅 불면 날아갈 듯 위태로워 보였다. 상염자가 다시 고개를 돌려 중연을 바라보며 말했다.

"좋소. 그대의 정이 그리 깊다 하니 도와주겠소. 대신 약조하시오. 오늘 그대는 내게 빚을 졌소. 하니 지금 '누'에게 품은 그 정으로 훗날 이 빚을 꼭 갚아야 할 것이오."

중연이 대문을 지나 안마당으로 들어서자 바깥채 난간에 기대앉아 목련 나무를 바라보고 있던 재운이 당황한 듯 자리에서 벌떡 일어섰다. 웬만해서는 감정이 담긴 큰 행동을 하지 않는 벗이었다. 그런 벗이 예상치 못한 반응을 내보이자 그는 자못 흥분하여 금줄을 넘어선 걸음에 더욱 힘이 들어갔다. 중연은 짐짓 태연한 표정으로 물었다.

"뭘 그리 놀라는가? 내가 자네 집에 한두 번 온 것도 아닌데. 오랜만에 술이나 한잔하려고 들렀네."

"들어오십시오."

재운은 어찌 된 일인지 묻지 않았다. 어쩌면 이미 알고 있는 것인지도 모르지. 계유가 말했을까? 마당에서 물들인 종이를 널고 있던 계유는 손을 놓은 채 긴장하고 있었다.

"미안하네. 어찌해도 나는 자네 없이는 못 살 것 같네. 해서……."

중연은 상염자를 찾아갔던 일을 말하려 했으나 재운이 가로막았다.

"됐습니다. 대감께서 그리 말씀하시니 저도 사실을 말씀드리자면……."

"됐네."

이번에는 중연이 재운의 말을 가로챘다.

"알 것 같으이. 자네가 나한테만 마음을 열어 둬서 내가 이 집을 찾을 수 있는 것이지. 세상에 자네와 나만 한 짝이 어디 있단 말인가? 그러니 더는 나를 내치지 말게."

"그러고자 해도 이제는 제 힘 밖의 일이 되었습니다. 저杵의 재주가 아무리 용하다 해도 사람의 마음까지는 어찌할 수 없습니다. 실상 저杵를 바꾸는 것은 사람입니다. 물건이 어떤 사람의 손을 타느냐에 따라 손때가 달리 묻고 쓰임새가 달라지듯, 저杵도 어떤 사람을 만나느냐에 따라 다른 존재가 됩니다."

"하면 자넨 좋은 사람을 만난 것이네. 내 장담하지. 날 만난 것을 후회하지 않을 것일세. 절대로!"

재운이 미소를 보였다. 중연은 재운의 미소를 보자 안도감을 느꼈다. 주인이 어찌 나올지 알 수 없어 다소 불안해하던 계유의 표정도 그제야 풀렸다. 중연이 말했다.

"하면 다시 만난 기념으로 오늘은 밤새 술이나 마셔 보세."

"저는 아직 할 일이 남았습니다."

"또 시작이구먼. 그깟 할 일 다 때려치우라 말하고 싶네만, 내 기다려 주겠네. 하니 어서 가서 그 할 일부터 해치우게나."

중연이 재운을 다그치며 먼저 서재로 걸음을 옮겼다. 계유가 그의 뒤를 종종거리며 따라와 귀에 대고 속삭였다.

"대감, 일이 잘되었으니 봐서 이 모든 것이 제 공임을 좀 말씀드려 주십시오."

"네 입으로 한다 하지 않았느냐?"

"그러자니 제 입이 너무 무거워서요. 제 공을 어찌 제 입으로 말합니까? 주인이 알아주시기만을 기다릴 뿐이지요."

"그게 아니라 네 주인으로부터 어떤 불벼락이 떨어질지 몰라 잠시 보류해 둔 것이 아니냐? 미리 말해 좋을 것이 없으니 말이다."

"어떻든 잘되었으니 한 말씀 올려 주십시오."

"싫다, 내 입으로는 절대 너의 공을 말하지 않을 것이야."

"참 못됐습니다."

계유가 비죽거렸다. 그럼에도 중연은 계유가 괘씸하기는커녕 믿음직스럽게 느껴졌다. 이제 계유조차도 그의 편이 되어 주었으니 어찌 기쁘지 않겠는가.

제10장 하백이 장가간다

중연이 다시 목련방을 드나들기 시작하면 만의 귀에도 곧 들어갈 것이다. 재운은 만이 노하여 자신을 부르기 전에 자진하여 먼저 대궁에 들어 사실을 고했다.

"제겐 다른 도리가 없었음을 헤아려 주십시오. 사람의 간절함을 저杵가 어찌 막을 수 있겠습니까? 저는 대감을 믿습니다. 하오니 폐하께서도 믿으십시오."

"짐은 사람을 믿지 않는다."

사람이면서 사람을 믿지 않는다고 말하는 만의 이마에 큰 주름이 생겼다. 못마땅하다는 뜻이었다. 만도 알고 있었다. 중연이 무슨 수를 썼는지는 모르겠으나 스스로 금줄을 넘었다면 재운으로서도 막을 수 없는 것이다. 하니 이제 도리 없이 강제로라도 중연을 재운에게서 떼어 놓아야 했다.

그러나 만은 어렵게 불러들인 중연을 왕경 밖으로 내보내고 싶지 않았다. 그렇다고 재운을 왕경 밖으로 내칠 수도 없었다. 그 둘은 반드시 대궁에 남아서 만의 곁을 지키되 서로 거리를 두어야 했다. 또한 이제 그 둘은 가까이 지내는 것보다는 적대 관계에 두는 것이 훗날 그들에게도 만에게도 이로웠다.

재운은 부복하여 청하였다.

"저도 사람을 믿지 않습니다. 하오나 대감은 믿습니다. 약속은 약속이니 걱정하지 마십시오. 저杵의 약속은 반드시 이루어집니다."

만은 재운의 그 말을 이미 오라비들로부터 수차례 들었다. 저杵의 약속은 반드시 이루어진다. 그러나 오라비들은 그 말에 이렇게 덧붙였다.

'만아! 이 약속을 꼭 매듭지어야 한다. 저杵가 벌인 판이라고 해도 일을 이루는 것은 사람이다. 이 판의 매듭을 지을 자는 저杵가 아니라 사람임을 명심하여라.'

그 매듭을 지을 자가 중연이라는 것이 만은 마음에 걸렸다. 이 약속은 애초에 속임수로 맺은 것이었으니 속임수로 마무리될 수 있었다. 저杵는 정직하고 약속을 반드시 이행한다. 속임수를 쓰는 쪽은 언제나 사람이었다.

'왜 하필 김중연이란 말인가?'

만은 중연이 어떤 성품을 가진 자인지 누구보다 잘 알고 있었다. 그녀는 사벌주의 난이 일어났을 때를 떠올렸다. 도당의 무리 중 누구도 그녀를 위해 움직이고자 하지 않았다. 그들이

각자의 이익만을 계산하며 손을 놓은 탓에 만은 몹시 곤란하였다. 그때 중연이 그녀를 위해 나섰다. 각간 김위홍이 죽고 난 후, 세상에 그보다 더 든든한 이는 없었다.

중연은 가련한 군주를 위해 분연히 왕경을 떠났고 피 흘리는 것을 마다하지 않았다. 만은 중연의 그 같은 행동을 그녀를 향한 충정으로 여겼다. 하여 만은 중연이 왕경으로 돌아오라는 왕명을 여러 차례 거부한 것에 대해서도 달리 생각했다. 그의 참된 충정이 돌아오고 싶은 마음을 인내하게 만든 것이라고.

그러나 만은 그때나 지금이나 중연의 눈빛에서 다정함을 읽은 적이 없었다. 그제야 만은 깨달았다. 그에게 가련한 군주에 대한 충정 따위는 애초에 없었다는 것을. 그는 월성의 무리에게 멸시의 눈빛을 감추지 않았다. 나아가 그 무리에게 휘둘리는 그녀를 냉랭한 시선으로 바라보았다. 그는 정치에 대해 더는 아무런 말도 하지 않았다. 했던 적도 있지만 최치원이 그랬듯 받아들여지지 않았다. 최치원이 왕경을 버리고 떠난 이후, 중연의 마음도 왕경을 떠난 듯 보였다.

그럼에도 중연의 몸은 여전히 대궁을 지키고 있었다. 그 아비에게서 보고 배운 왕경에 대한 책임감이었다. 그녀가 아니라 왕경에 대한 충정이었다. 그가 지키고 있는 것은 끝까지 왕경과 함께하겠다는 정족의 의무였다. 중연이 보여 준 것이 딱 거기까지였다면 만은 재운의 말대로 그를 믿었을 것이다.

왕경으로 돌아왔을 때 중연은 비정하리만큼 사람들에게 마음의 문을 닫았다. 그가 눈물을 잃어버린 지는 더욱 오래되었다. 부친이 전사했을 때도 눈물 한 방울 흘리지 않았던 그가, 얼음장처럼 차갑게 얼어붙은 그의 눈매가 한없이 부드러워지는 순간을 만은 보았다. 그의 시야에 재운이 들어왔을 때였다.

박후명으로부터 재운을 지키기 위해 중연은 전혀 냉정하지 않았다. 재운이란 말 한마디에 그는 꺼리지 않고 모량부로 들어갔으며 자신의 환두도를 빼앗겼고 하마터면 죽을 뻔하였다. 더구나 이젠 저杵의 의지와 상관없이 스스로 목련방의 금줄도 넘어섰다. 이는 어떤 대가를 치르더라도 재운을 잃지 않겠다는 의미였다.

'벗으로 두고 있을 때의 마음도 그러할진대 만약 그 벗이 여인인 것을 알면 어찌 나올 것인가. 그 여인이 자신의 전부가 되어 버린다면? 연모에 빠진 사내의 마음이 어찌 변할지는 알 수 없는 것이다. 만에 하나 중연이 왕경보다 재운을 더 중히 여기게 되는 날엔 끝장이다.'

만은 이맛살을 찌푸렸다. 하니 서로 더 깊은 정이 들기 전에 그 둘을 떼어 놓아야 했다. 어차피 사람과 저杵가 아닌가. 오라비들이 어렵게 물려준 그 저杵는 한 사람을 위한 것이 아니라 왕들과 이 나라를 위한 것이었다. 만은 지금껏 이 나라를 위해 무엇도 제대로 해낸 것이 없었다. 그러니 재운의 일만큼은 반드시 선왕들의 유지를 지켜 낼 작정이었다.

만은 생각했다. 재운의 대립각은 박후명이니 중연을 박후명의 편에 서게 한다. 하면 중연은 아마도 재운과 어느 정도 거리를 둘 수밖에 없을 것이다. 중연이 재운의 진짜 이름을 알고 있기는 하나 죽어도 박후명에게 그 이름을 발설하지는 않을 것이다. 이미 죽음을 무릅쓰고 그 이름을 지켜 낸 적이 있지 않던가. 중연은 어떻게 해서든 박후명으로부터 재운을 보호하고자 들 터이니 그것만큼은 믿어도 좋을 듯했다.

또한 그 점이 바로 만의 제안을 거부할 것이 뻔한 중연의 마음을 돌려놓게 될 것이다. 여차하면 중연이 모량부의 일을 대궁에 전하는 눈과 귀가 되어 줄 수도 있었다. 만은 나쁘지 않다고 생각했다.

하면 박후명은 중연을 어찌 받아들일 것인가? 이미 그 두 사람은 재운을 사이에 두고 지독한 갈등을 겪었다. 지금쯤이면 그 골이 깊을 대로 깊어져 서로 죽이고자 벼르고 있을지도 모르지.

하지만 이 둘의 골 역시 재운의 존재가 바꿔 놓을 수 있을 것이다. 재운에 대한 박후명의 집착이 얼마나 질긴지 만은 알고 있었다. 더구나 재운이 저杵라는 것을 알게 된 후부터 박후명의 욕심은 배가 되었다. 박후명은 영악한 자였다. 하니 그가 만의 제안을 굴려 본다면 결코 거절할 이유가 없었다.

만은 환수 용을 불렀다. 물러나 있던 환수 용이 들자 만은 재운을 내려다보며 들으라는 듯 큰 소리로 명을 내렸다.

"예부령을 불러라. 짐이 중매를 서야겠구나."

재운이 고개를 들고 만을 올려다보았다. 만이 말했다.

"너는 더 이상 중연을 다룰 수 없게 되었다. 하니 이제 짐이 나설 것이다. 어떠냐, 이 방법이 그리 나쁘지 않을 것 같은데?"

재운은 고개를 숙이며 대답했다.
"폐하의 뜻대로 하십시오."

해시가 넘었는데 전사서에서는 아직 불빛이 새어 나왔다. 퇴궐하던 중연은 궁리를 붙잡아 재운이 안에 있는지 알아 오라 일렀다. 잠시 후 궁리가 돌아와 말했다.
"전사서사께서는 오시에 퇴궐하셨답니다."
"오시라니, 대낮에 퇴궐했단 말인가?"
월성을 나온 중연은 늦은 시각임에도 목련방으로 향했다. 늘 그렇듯 대문은 열려 있었고 계유도 내다보지 않았다. 중연은 이 대문을 찾지 못해 애를 태우던 때를 떠올리며 새삼 묘한 기분이 들었다.
예전에 중연은 이 대문을 찾지 못하는 사람들을 도무지 이해할 수가 없었다. 한데 그들과 같은 일을 겪고 나니 이제야 그것이 이상한 일임을 알 수 있었다. 자신의 그 둔감함이 지금도 다른 사람들은 이상하다 여기는 재운의 또 다른 면모를 놓치고 있을 것이다. 그러나 그게 무슨 상관이란 말인가. 재운이 얼마나 이상하든 재운은 재운이었다.
중연의 예상대로 서재는 아직 불이 밝혀져 있었다. 여느 때처럼 책상에 붙어 앉아 뭔가를 쓰고 있던 재운의 혼잣말이 중연의 귀에 들렸다.

"또 가뭄이로구나!"

이번에는 중연이 먼저 기척을 낸 후 안으로 성큼 들어서며 물었다.

"뭔가? 이번엔 자네에게 점사까지 보라 했는가? 그건 사천대와 신궁의 일이네. 어찌 그런 일마저 자네에게 맡겼단 말인가?"

늦은 시각 중연의 방문이 새삼스러울 것도 없는 터라 재운은 돌아보지 않은 채 부지런히 붓을 놀리며 대답했다.

"그러게요. 올해는 이 일에서 빠져나가나 싶었는데 그쪽에서 만든 세시와 기후가 잘 맞지 않는다 하니 어쩝니까? 폐하께서 제게 보완하라 명을 내렸습니다."

"하여간 그 여자는 죽어라 자네에게 일을 시키는구먼."

중연은 재운이 일찍 퇴궐한 이유를 깨닫고 이마를 찌푸렸다.

"해서 올해도 계속 가뭄이란 말이지?"

"그렇습니다. 그리고 또……."

재운은 붓을 놓고 돌아서더니 빙그레 웃었다.

"뭔가? 그 알쏭달쏭한 웃음은?"

"조만간 대감의 일생이 걸린 큰일이 있겠습니다."

"거 신기하구먼. 자연의 절기에 내 삶의 굴곡도 들어 있단 말인가?"

"세시를 뽑다 보면 그해의 크고 작은 사건들의 조짐도 읽히지요."

"사건? 혹시 내가 대궁의 그 여자에게 반기를 드는가?"

"그럴 작정이십니까?"

재운은 중연이 앉아 있는 탁자 곁으로 다가와 섰다. 침향의 무거운 향내가 물씬 풍겼다.

"난 아직 작정한 바가 없네만 그러고자 작당한 자들이 있으면 또 누가 알겠는가? 가담을 할 수도 있는 것이고 아니면 말릴 수도 있겠지."

"그러다 연루되는 것입니다."

"참말 누가 모의를 꾸미고 있는가?"

중연이 정색을 하고 묻자 재운은 오히려 발을 뺐다.

"글쎄요, 어차피 사람의 일이니 사람이 마음을 바꾸면 벌어지지 않을 수도 있지요."

"참으로 하나 마나 한 말로구먼."

중연은 금세 심드렁해진 얼굴로 말했다. 그러자 이번엔 재운이 제법 진지하게 말을 이었다.

"해서 알아들으면 다행이고 알아듣지 못해도 어쩔 수 없는 것이지요."

"하면 내가 지금 알아듣지 못했다는 소리로구먼."

중연은 그제야 재운의 말에 뼈가 있음을 알아채고 몸을 바로 세웠다.

"무엇인가?"

"별거 아닙니다. 그저 저 혼자 알고 있으려니 심심해서 대감께 좀 털었습니다."

"기왕 입을 뗐으니 좀 분명히 말해 주게. 답답하이."

"싫습니다."

"자꾸 그리 말을 빼면 자네에게 화를 낼 것이네."

"하여 이곳에 영영 발길을 끊으셔도 저는 괜찮습니다."

미소 한 조각 없는 얼굴로 잘도 그런 잔인한 말을 내뱉는구먼. 중연은 못내 서운한 듯 말했다.

"그런 식으로 협박하지 말게. 나를 한 번만 더 이 집에서 내치면 그땐 참말로 확 죽어 버릴 것일세. 목련방 북쪽 골목길 앞 버드나무에 보란 듯 목을 맬 터이니 그리 알게."

중연의 말을 들은 재운이 소리 내어 웃었다.

"나는 이리 심각한데 자넨 웃음이 나오는가? 나를 약 올리는 것이 그리 재미진가 말일세."

그때 마침 계유가 들어서다가 그 광경을 보고 한마디 했다.

"대감께서 자꾸 반응을 보이시니 재미지지요. 주인님! 대감이 아무래도 주인님을 연모하는 것 같습니다. 마치 여인네처럼 자신을 버리면 목을 매고 확 죽어 버린다지 않습니까?"

중연이 멋쩍은 얼굴로 말했다.

"음, 내가 그리 굴었는가? 계유의 말을 듣고 보니 민망하구먼. 미안하네. 여하간 자네가 내 눈앞에서 사라지면 내가 반드시 찾아내고 말 것이네. 하니 그리 알고 꼼짝 말고 여기 머물게."

"죽을 때까지 여길 떠나지 않을 것이니 걱정 마십시오. 그보다 요즘 예부령께서 대감을 뵙고자 여러 번 청하였다 들었습니다."

중연은 다리를 꼬며 코웃음을 쳤다.

"알 게 뭔가? 대궁의 그 여자도 요즘은 머리가 어떻게 된 건지 예부령의 편만 들고 있다네. 이 마당에 내가 다시 예부령의 손에 덥석 잡히면 또 무슨 봉변을 당할지 모르네. 해서 나도 자네처럼 배를 째라 버티고 있다네. 보나 마나일세. 또 날 꼬여 내서 자네를 괴롭힐 꼬투리를 잡으려는 게지. 걱정 말게. 이제 다시는 그자의 손에 잡혀 자네를 곤란하게 만드는 일은 없을 것이네."

중연의 말을 곰곰 듣고 있던 재운이 뭔가 할 말이 있는 듯 맞은편에 앉았다. 재운의 청안이 중연을 바라보았다. 중연은 재운의 그 서늘한 시선이 좋았다. 월성에서 묻어 온 오물들이 모두 씻기는 기분이었다. 절로 정신이 맑아졌다.

재운이 말했다.

"아니면 일전의 그 일에 대해 사과를 하려는 건지도 모르지요."

"사과를 하면 나는 모두 용서하네. 하지만 그자의 사과는 진심이 아닌 것을 아네."

"그래도 가 보십시오. 아니, 가 보셔야 합니다."

"왜 그러는가?"

"폐하께서 제게 대감을 설득하라 명하셨습니다. 늦기 전에 예부령을 한번 찾아가 뵙는 것이 좋겠습니다."

"왕명은 내게도 내려졌네."

"하니 오래 버틸 수 없습니다. 폐하를 보아서라도 그만 대감께서 양보하셔야 합니다."

"양보하란 자네의 그 말이 익숙하구먼. 내가 예전에 예부령에게 맞서던 자네에게 자주 했던 말일세."

"걱정이 되니까요."

"내 걱정이 모두 자네에게로 옮아갔나 보구먼. 알겠네. 자네가 가라면 감세. 내 걱정은 기우로 끝날 수도 있지만 자네의 걱정은 예사 걱정이 아닐 터이니 말일세."

"저는 미래를 읽지 못합니다. 저의 걱정도 그저 걱정일 뿐이지요."

"어찌 됐건 내가 움직여야 자네의 심간이 편해질 것이니 무조건 가겠네. 단, 모량부는 영 찜찜하니 안가교에서 보자고 해야지."

"그 일은 부디 용서해 주시게나."

박후명의 입에서 쉽게 나올 수 있는 말이 아니었다. 중연은 대체 이자가 또 무슨 음흉하고 비열한 수작을 부리려고 이러는가 싶었다. 화초 역시 무슨 일인지 몰라 어리둥절한 얼굴이었다. 박후명이 그녀를 향해 말했다.

"너는 잠시 나가 있으라."

화초가 자리에서 일어서려 하자 중연이 그녀의 팔을 잡아 다시 주저앉혔다.

"아니, 여기 있으라. 내가 저 어른께 또 무슨 일을 당할지 모르니 지켜보는 눈이 있어야겠다."

박후명이 이러지도 저러지도 못하는 화초에게 칼금이 선 시선을 내보였다. 화초는 겁에 질려 중연을 보았다.

"할 수 없구먼. 저 어른이 워낙 속이 험하신지라 나중에 네게 무슨 곤욕을 줄지 불안하여 보내 주는 것이다. 하니 그만 물러가 꼭꼭 숨어 있는 것이 좋겠다."

화초를 내보낸 중연이 날 선 어조로 입을 열었다.

"저를 죽이시려 했습니다."

"해서 용서해 달라 청하고 있는 것이오."

"해독제가 없었는데도 뻔뻔하게 저를 속이셨지요."

"내겐 없었지만 나마의 재주를 믿었소."

"면피가 두꺼우십니다."

"대감의 고집만큼이나 하겠소? 하면 이제 그만 내 술을 받으시오."

박후명이 중연의 술잔에 술을 가득 채우자 중연이 물었다.

"이 술을 마시면 오늘은 어찌 되는 것입니까?"

박후명의 입꼬리가 비틀렸다. 미소를 지으려던 것이다. 그 입이 아무리 웃고 있어도 눈은 절대 웃는 법이 없는 사내의 눈에 화해의 언지가 담겨 있음을 중연은 알아챘다. 그러나 중연은 박후명을 믿지 않았다. 박후명이 중연의 술잔에 따른 술을 자신의 입에 털어 넣은 후 다시 그 술잔을 채우며 말했다.

"사내란 적이 될 때와 동지가 될 때를 구분할 수 있어야 하오."

"예부령과 제가 어찌 동지가 될 수 있습니까?"

"나마 때문에 우리가 적이 되었으니 이번에는 나마 때문에 동지가 될 수 있소. 나도 대감만큼이나 나마를 아끼고 있소. 하여 욕심을 부리다 보니 그만 대감에게 큰 실수를 하고 만 것이오."

"예부령은 지금도 그 욕심을 버리지 못했습니다. 당신은 왕을 갈아치우고 싶어 했지요. 스스로 왕이 될 욕망도 드러내 보였습니다. 그러자고 나마를 탐한 것이 아니었습니까? 아, 나마의 몸속에 있는 수주도 함께 필요하다 했지요? 그, 뭐라 하셨더라…… 호국의 신물이라던가?"

"맞소. 해서 대감은 나를 돼지라 불렀소. 하나 내 욕심은 진정 이 나라를 다시 일으켜 세우고자 하는 의지에서 나온 것이라오."

"저는 아직도 예부령을 돼지라 생각합니다."

박후명은 쓴웃음을 지어 보였다.

"나라에 보탬이 될까 하여 저杵와 신물에 욕심내는 것을 굳이 그리 부르겠다면 별수 없지. 좋을 대로 하시오. 하면 대감이 지금 사사로이 나마를 독차지하고 있는 것은 욕심이 아니오? 폐하께서도 그 점을 곱게 보시진 않는 듯하오."

"그게 무슨 말씀이십니까?"

"내 보기에 대감은 이미 나마를 손에 넣었소. 그렇지 않고서야 그리 물불을 가리지 않고 나마의 일에 나설 까닭이 없지. 나마는 내 것이다, 하니 손대지 말라, 딱 그 짝이었소."

"나마는 나의 벗입니다. 벗이 위험에 처한다면 누구라도 그리 나서는 것이 마땅합니다."

"아니오, 아니오. 저杵의 이름을 알면 부릴 수 있다 하였소. 왕경에서 오직 폐하와 대감만이 나마를 마음먹은 대로 다룰 수 있소. 이것이 과연 우연이겠소? 대감은 틀림없이 나마의 진짜 이름을 알고 있소."

중연은 피식 웃었다.

"잘못 짚으셨습니다. 나마의 진짜 이름 같은 건 알지도 못하고 관심도 없습니다. 나마가 저杵이건 아니건 제게 그는 그저 벗일 뿐입니다. 속박은 사람이나 저杵나 모두 싫은 것입니다. 예부령이 나마를 발아래 두고 부리고자 하니 나마가 진저리를 치는 것은 당연하지요."

"하면 나마는 대궁에도 진저리를 치고 있겠군."

"대궁이 나마를 그리 다룬다고 생각지 않습니다."

"대궁이 나마를 어찌 다루든 나마는 대궁의 것이오. 그것은 확실하오. 하니 대감은 폐하의 것에 손을 댄 것이란 말이오."

"그렇지 않습니다. 나마와 저는 그저 벗으로서……."

"벗?"

박후명이 비꼬듯 내뱉었다.

"저杵는 사람이 아니오. 저杵는 도구이니 결코 사람처럼 대해서도 안 되오. 또한 나마가 저杵가 아니라 사람이라 해도 나는 그를 얻으면 내 밑에 두고 부릴 것이오. 다스리는 자는 위에 있어야 하오. 나란히 섰다간 만만히 보이게 되오. 고개를 들게 하면 그들은 언제나 제 주제를 잊는단 말이오. 하나 이전에도 말했다시피 나는 나마에 대해서만큼은 관대하오. 하니 내 이 자리에서 분명히 약속하겠소. 나는 나마를 절대 해치지 않을 것이오."

중연은 실웃음이 나왔다.

"당연히 그러시겠지요. 아까우니까요."

"아깝소. 하여 내가 한 수 접고 이 자리에서 대감에게 사과하는 것이오. 이제 대감과 내가 한집안을 이루게 되었으니 앞에 저지른 서로의 실수들은 모두 털어 버립시다."

"한집안이라니? 무슨 말씀이신지 모르겠군요."

"폐하의 주선이오. 대감에게는 양친이 계시지 않으니 폐하께서 대신 내게 혼사를 청했소. 따지고 보면 폐하나 대감이나 모두 내물왕계의 혈통이니 한집안이 아니겠소? 하니 폐하께서 대감의 혼사에 나서는 것은 마땅하신 처사요."

박후명은 저杵와 신물을 얻어 그 자신이 왕이 되기로 마음을 바꿨다. 저杵는 왕을 바꿀 것이고 신물은 나라를 바꿀 것이다. 그러기 위해서는 김재운을 손에 넣어야 했다. 한데 암만해도 그가 잡히지 않으니 속이 달아 죽을 지경이었다.

한데 만이 그에게 김중연과의 혼사를 제안했다. 만이 무슨 꿍꿍이로 그런 제안을 했는지 의심스러웠다. 그러나 중연을 사위로 삼는다는 것은 재운을 절반쯤 얻는 것과 다르지 않다는 것을 이내 깨달았다. 재운을 얻기 위해 중연을 제거하는 것보다는 그와 한식구가 되는 것이 더 유리하다는 것을 왜 진작 생각지 못했을까.

중연은 어이가 없었다.

"농담하지 마십시오. 당사자인 저에게는 일언반구 없이 무슨 혼삽니까?"

"왕명이오."

박후명은 가는 일자 입술을 단단히 다문 채 중연을 주시했다. 중연은 눈썹을 찌푸렸다. 대궁의 그 여자가 마침내 정신이 나갔구먼. 그 여자가 저들의 속을 모를 리 없는데 어찌하여 나를 박후명에게 주려는 것이지?

"대궁을 어찌 구워삶았는지는 모르겠으나 이 사람을 얻어 기어이 나마를 갖겠단 말씀이시군요?"

중연이 정곡을 찌르자 박후명은 기다렸다는 듯 대답했다.

"폐하께서 먼저 제안하신 것이오. 대감을 얻으면 나마도 가질 수 있으니 내겐 일석이조요. 마다할 이유가 없었소. 내 집안의 여인들이 인물이 좋소. 내 누이가 한때 왕경 최고의 미인으로 꼽혔던 것을 대감도 아실 거요. 하여 내 여식의 인물도 그 못지않으니 봐 줄 만할 것이오. 그 아이를 사랑해 주지 않아도 되오. 그저 대감이 그 아이의 남편이 되고 내 사위가 되어 나와 한식구가 된다면, 더불어 대감의 벗까지 내 사람이 되어 준다면 나는 세상에 더는 욕심낼 것이 없소."

"그 욕심에 동참할 생각 없습니다. 이 혼사는 받아들이지 않겠습니다. 대궁에는 제가 고하지요."

중연은 자리에서 일어났다. 박후명이 따른 술잔에는 손도 대지 않았다. 중연은 처음부터 그와 화해할 생각이 없었다. 재운이 꼭 가 보아야 한다니 마지못해 나온 자리였다. 왕명을 거역할 수 없는 재운의 입장이 난처해질까 배려한 것일 뿐이었다.

박후명이 말했다.

"폐하께 가 봐야 소용없소. 폐하를 너무 믿지 마시오. 폐하께서는 이제 더는 나마를 지켜 줄 수 없소. 폐하께서 나와 대감의 집안을 맺어 주고자 하시는 저의를 아직 모르겠소?"

그 여자 혼자서는 끝까지 나마를 보호해 줄 수 없으리라 여기긴 했다. 하지만 어찌 이리 쉽게 예부령과 손을 잡고 타협할 수 있단 말인가? 아니, 왜 하필 예부령인가? 중연은 씁쓸한 기분이 되었다.

"나마는 폐하께서 감당할 수 있는 물건이 아니오. 대감이 내 식구가 되면 언젠가 나마의 진짜 이름을 내게 말하게 될 거요. 하나 그 전에 폐하께서 먼저 그 이름을 말해 줄 수도 있을 것이오."

젠장, 중연은 거칠게 방문을 열고 밖으로 나왔다. 복도 끝에서 화초가 무슨 일인가 싶어 쪼르르 달려왔다. 박후명은 중연을 따라 나와 잡지 않았다. 그는 방 안에 정좌한 채 말했다.

"내가 좀 전에 나마를 해치지 않겠다고 대감에게 약조했소. 한데 나 역시 사람인지라 언제 마음이 바뀔지 모르겠소. 무슨 뜻인지 아실 것이오. 나마의 안위가 대감의 손에 달렸소. 폐하께서도 대감이 이 혼사를 받아들이지 않으면 그 책임은 나마에게 물을 것이라 하였소."

화초는 환두도를 쥔 채 열린 방문 앞에 우뚝 서 있는 중연을 보았다. 그의 등 뒤에서 박후명이 큰 소리로 웃어 댔다. 화초는 중연이 돌아서서 그대로 웃는 자의 목을 벨 것 같은 살기를 느꼈다. 화초는 처음 보는 중연의 사나운 기운에 감히 다가서지 못한 채 떨었다.

중연은 인내심을 발휘하여 복도를 걸어 나왔고 화초를 향해 고개를 끄덕여 주며 안심을 시킨 후 마당으로 내려가 종복을 불렀다. 종복이 그의 말을 내오자 중연은 말을 집어타고 안가교를 나와 곧장 대궁으로 향했다.

사방팔방에서 꽃망울이 터지며 봄이 무르익을 대로 무르익었다. 가기들은 사내들과 어울려 북천에 꽃구경을 나가고자 안달이었다. 그러나 화초는 산천에 꽃이 피건 말건 밖의 풍경에는 눈길조차 내밀지 않은 채 내내 시무룩해 있었다.

중연이 혼인을 한다. 그의 나이가 올해 스물일곱이니 혼인을 할 나이는 이미 지났다. 그러니 혼인을 하는 것이 마땅함에도 화초는 서운했다.

중연은 감정에 휩쓸려 술독에 빠지는 사내는 아니었다. 그는 화초로부터 술상을 받았으나 술이라곤 한 모금도 입에 대지 않고 있었다. 허리를 세우고 반듯이 앉아 생각하고 또 생각하는 중이었다. 화초는 눈치가 빨랐다. 그녀는 중연의 생각을 방해하지 않기 위해 조용히 그 자리에서 물러났다. 지금은 그의 앞에 앉아 시샘을 부릴 때가 아니었다. 그 정도 눈치는 있었다.

중연은 생각했다. 대체 대궁의 그 여자가 무엇이기에 내게 혼인을 명한단 말인가? 이 혼인을 꼭 해야 하는 것인가? 그것도 다른 사람도 아닌 박후명의 여식과? 이번에는 혼인 중에 독이 든 술을 마실 수도 있겠구먼. 그거야 아무래도 상관없었다. 그가 가장 못마땅한 것은 박후명의 속셈을 훤히 들여다보면서도 속수무책 끌려 들어갈 수밖에 없다는 것이었다.

대궁의 그 여자는 단호하게 중연의 청을 물렸다. 뭐든 무른 여자인 줄 알았는데 이번만큼은 강경했다. 그 여자만큼은 무조건 재운의 편이라 여겼던 중연은 뒤통수를 맞은 기분이었다. 그 여자가 정말 더는 재운을 지켜 낼 자신이 없어 박후명의 손을 들어 준 것일까?

'재운을 죽이고 살리는 것이 내 손에 있다 하였다. 하니 내가 싫은 것을 하여 재운의 안위만 보장받을 수 있다면 받아들여야지. 어차피 부드러운 감정을 기다려 처를 맞을 생각은 해 본 적 없으니 어떤 여인을 얻든 내게는 마찬가지가 아닌가.'

간신히 마음을 정한 중연은 그제야 자리에서 일어났다. 중연의 기척에 방문 밖에서 귀를 기울이고 있던 화초가 얼른 문을 열고 들어섰다.

"기분은 좀 나아지셨습니까?"

화초는 중연의 마음처럼 꼭 닫혀 있던 창을 열었다. 기다렸다는 듯 냉큼 들어선 햇빛에 중연은 고개를 돌렸다. 버드나무 가지들이 바람을 따라 낭창낭창 춤을 추는 것이 꼭 사람 같았다. 마치 이리 나오라 손짓을 하는 양. 화초는 뾰로통했던 마음을 접고 어리광 부리듯 말했다.

"봄바람이 참 좋지요. 오늘 북천에는 꽃들이……."

"미안하구나. 갑자기 가 볼 곳이 생겼다. 다음엔 내 꼭 널 데리고 나가 꽃구경을 시켜 줄 터이니 오늘은 좀 봐 다오."

중연은 화초의 서운한 표정을 뒤로하고 안가교를 나와 목련방으로 달려갔다. 요 며칠 목련방에 걸음을 하지 않았다. 목련방에서 이런 복잡한 생각을 하고 있다간 금세 재운에게 들킬 것이 빤하여 안가교에 처박혀 있었다. 내키지는 않으나 이제 마음을 정하였으니 훌훌 털어 내고 재운부터 보아야 했다.

목련방에 당도한 중연은 거침없이 재운의 서재로 들어가 다짜고짜 청했다.

"이보게, 나마. 볕이 좋네. 이런 날 서책은 그만 보고 나와 함께 물가에나 나가 보세."

곁에 있던 계유가 말했다.

"대감 혼자 가세요. 여인들에게 수작을 걸기에는 그편이 훨씬 나을 겁니다."

"무슨 뜻이냐?"

"제 주인과 함께 가시면 아무래도 대감이 손해란 거지요."

"그러니까 여인들이 모두 나 대신 나마에게만 눈길을 준다는 뜻이냐? 시끄럽다. 넌 가서 네 볼일이나 보거라. 이보게, 나마! 좀 일어나 보게."

중연의 재촉에 재운이 마지못해 보던 책을 덮고 자리에서 일어났다. 재운이 중연에게 떠밀리다시피 대문을 나서는데 계유가 따라 나오며 말했다.

"오늘은 제가 모시겠습니다."

"됐다. 네가 제일 거치적거린다."

중연의 말에 계유가 의아한 듯 물었다.

"제가 왜요?"

"우리 셋 중에서 네가 제일 잘생겼기 때문이다."

"농담 마십시오."

"오냐, 농담이다. 너는 들어가 집이나 지키고 있어라. 문들이 제자리에 잘 달려 있는지도 확인하고."

"하지만 저도 꽃구경을 가고 싶습니다. 저도 풍류라면 한 자락 하니."

"네 풍류엔 관심 없으니 좀 빠져 다오. 너 없이 나마와 둘이서만 가고 싶단 말이다."

"혹 두 분이서 나눌 무슨 비밀 이야기라도 있습니까?"

"비밀은 무슨, 그냥 이야기다."

"한데 왜 굳이 저를 두고 가시려는데요?"

"네가 나를 밥으로 알지 않느냐?"

"예?"

"네가 나한테 좀 깐죽거리느냐 말이다. 하니 내가 너와 함께 있으면 부아가 나서 꽃이 눈에 들어오겠느냐? 너와 내가 말을 섞기 시작하면 나는 너에게 휘말리고 나마는 입을 다문다. 오늘 나는 나마와 이야기를 하고 싶단 말이다."

중연의 말에 계유는 실망한 표정을 지었다. 그는 잠깐 통쾌한 기분이 들었으나, 잘 다녀오시라 인사하고 돌아서는 계유의 등짝을 보며 이내 마음 한구석이 짠해졌다.

"너무 서운해하지 마라. 그래도 네가 나보다 나은 처지이다."

"어째서 말입니까?"

계유가 돌아보며 천진한 얼굴로 물었다.

"그런 게 있다."

중연이 걸음을 옮기자 재운이 조용히 그 뒤를 따랐다.

북천은 산개*를 쓰고 꽃구경을 나온 여인들로 북적였다. 바위틈을 따라 흘러내리는 물소리는 청량했고 몸을 접은 연꽃잎은 연둣빛 자벌레가 앉은 듯, 푸른 배춧잎이 말린 듯 재미난 자태로 시선을 끌었다. 목을 길게 뺀 우아한 연꽃 봉오리는 가녀린 소녀의 머리를 연상시켰고 땅바닥에 끌리는 버드나무 가지는 바람의 흔적을 드러냈다.

물줄기를 따라 걸으며 사람들이 드문 곳을 찾다 보니 어느새 상류 쪽으로 깊숙이 올라와 버렸다. 그사이 구름이 짙어졌다. 북악의 봉우리를 향해 고개를 들자 엷은 햇빛이 뺨에 와 닿는 듯했으나 이내 스러졌다. 희뿌연 운무가 바람 속에서도 꿈쩍 않고 산 곳곳을 휘감은 채 잔뜩 뿔을 세우고 있었다.

중연은 어떤 정경도 눈에 들어오지 않았다. 재운을 부추겨

---

* 양산.

목련방에서 데리고 나설 때는 그리도 말이 많더니 지금은 꿀 먹은 벙어리처럼 입을 다물고 앞만 보고 걸었다. 중연의 뒤를 한참이나 말없이 따르던 재운이 물었다.

"기분이 좋지 않으십니까?"

"그런 듯하네."

중연은 돌아보지 않은 채 답했다.

"하오면 여긴 왜 나오자고 했습니까?"

"기분이 좋아질까 기대했지. 한데 전혀 좋아지질 않네."

중연은 다시 입을 다문 채 걸음을 옮겼다. 재운도 더는 대화를 재촉하지 않고 조용히 걸었다.

구름이 가 버리고 버티던 연무마저 슬슬 물러서자 햇빛이 초목 사이로 쏟아졌다. 그러자 물소리조차 명랑해졌다. 그러나 중연은 여전히 시무룩했다. 내내 보폭을 맞춰 주며 걷던 재운이 어느새 중연의 존재를 잊은 듯 앞서 나가더니 길도 없는 관목 숲으로 들어가려 했다.

"어딜 가려고? 자네 정말, 너무하네."

"제가 별 도움이 되지 않는 듯하여 차라리 혼자 계시라 자리를 피해 드리려던 참이었습니다."

"참말 무정한 벗이로구먼. 내가 혼자 있고 싶은데 자넬 찾았겠는가?"

중연이 서운한 표정을 지으며 투정하자 재운은 곧 그의 곁으로 되돌아왔다.

"하오면 이제 말씀해 주시겠습니까?"

중연은 한숨을 푹 내쉬었다. 그러고도 얼른 입을 열지 않자 재운이 먼저 말을 시작했다.

"장자는 아내 전 씨와 금슬이 좋았지요. 어느 날 장자가 물었습니다. 내가 죽으면 어찌하겠소? 아내 전 씨는 수절하겠다고 대답했지요. 장자가 다시 물었습니다. 맹세하겠소? 그러자 아내는 대답합니다. 그럼요, 당신의 아내로서 오직 당신만을 생각하며 평생을 살겠어요. 장자는 아내를 시험하기 위해 죽은 척 연극을 해 보기로 했습니다. 장자가 죽은 후, 초나라의 왕손이 그 문하에서 공부를 하겠다고 찾아왔다가 상을 입은 것을 애석해했지요. 장자의 아내 전 씨는 제나라 왕실의 여인으로 미모가 아주 빼어났습니다. 초나라의 젊은 왕손은 남편을 잃은 전 씨를 가엾게 여기고 구애했지요. 과부가 된 전 씨 역시 왕손을 연모하게 되었습니다. 하여 단출한 가례를 올리고 화촉을 밝혔는데 갑자기 왕손이 쓰러졌습니다. 죽은 지 사십구일 이내의 시체 골수를 약으로 써야만 왕손을 구할 수 있다는 말을 들은 전 씨는 새신랑의 목숨을 구하기 위해 도끼를 들고 후당에 있는 전남편의 관을 쪼갰지요. 그러자 죽은 척하고 있던 장자가 놀라 벌떡 일어나며 외쳤습니다. 이럴 줄은 몰랐소! 전 씨는 부끄러움을 이기지 못해 그만 목을 매고 자살했지요."

중연은 다소 놀란 듯 물었다.

"자네 지금 내 심중에 무엇이 들어 있는지 알고 하는 이야기인가?"

"글쎄요. 그저 문득 이 고사가 떠올랐습니다. 굳이 그런 시험으로 아내를 죽게 만들 필요가 있었나 싶어서 말입니다."

"아내의 죽음이 장자의 잘못이란 말인가?"

"그런 시험이 없었다면 그녀는 장자의 충실한 아내로 살았을 것입니다. 남편이 죽은 다음에야 아내도 자기 삶을 살 권리가 있지 않겠습니까?"

"그렇긴 하나 그 고사가 말하려는 것은 생사의 세계가 다르다는 것이 아니라 혼인의 맹세이네."

"그 맹세에는 믿음도 들어 있습니다. 하오니 먼저 아내의 마음을 시험한 장자가 맹세를 깬 것입니다."

"혹 지금 자네 이야기를 하고 있는 겐가? 계유의 말이 자네에게 정인이 있었다고 하던데?"

재운이 고개를 돌리며 말했다.

"아닙니다. 그저 저 혼자 마음에 담아 둔 것입니다."

"하면 나와 처지가 같구먼. 궁금하네. 그 여인이 대체 누구인가? 왕경의 여인인가? 아직 혼인하지 않았다면 되돌릴 기회가 있지 않겠는가?"

"저者는 사람과 혼인하지 않습니다."

"그 여인이 자네를 시험했구먼. 해서 사람이 아님을 알고 떠났는가?"

재운이 고개를 저으며 입을 다물었다.

"하긴, 말해 무엇하겠는가? 어쨌든 자넨 좋겠네. 아무도 자네에게는 혼인을 강요하지 않으니 말일세. 이제야 고백하네만, 실은 오기일에 만났던 그 여인을 이후로 두 번 더 보았네. 운명이라 느꼈지만 잡을 수가 없었지. 쫓아갔지만 마치 안개처럼 북악의 어둠 속으로 사라져 버렸네. 이게 말이 되는가?"

"하오면 저는 말이 됩니까?"

"자네야 내 눈앞에 있으니 말이 되네. 하나 그녀는……."

중연의 우뚝한 콧날 위로 햇빛이 내려앉았다. 그는 뭔가 못마땅한 듯 눈살을 찌푸렸다. 재운이 말했다.

"저는 대감이 예부령의 사위가 되어서 저를 보호해 주시는 것도 나쁘지 않다 생각합니다."

"나 혼자서도 충분히 자넬 보호할 수 있네. 한데 대궁의 그 여자는 나를 믿지 못하는 게야."

"폐하께서는 대감도 지키고 싶으신 것입니다."

"지킴을 받는 것이 아니라 지키는 것이 내 일이네. 문제는 그게 아닐세. 자네도 아마 눈치를 챘으니 내게 장자의 이야기를 꺼낸 것이라 생각되네만, 그 혼인의 맹세 말일세. 솔직히 그것만은 잘 지킬 자신이 없네. 진심이 없는데 어찌해야 할지 모르겠단 말일세."

"진심이 아니어도 해야 하는 일을 하는 것이 어른이지요. 어른이 되는 것이라 여기십시오. 혼인을 해야 어른이 되는 것입니다."

"자네도 아직 혼인하지 않은 주제에 잘도 그런 말을 하고 있구먼."

"저는 혼인의 법칙 밖에 있는 존재입니다. 사람의 혼인에는 그에 따르는 무거운 책임과 의무가 있다지요. 대감께 색다른 경험이 될 것입니다. 하늘은 혼인한 자에게 지금껏 가져 보지 못했던 새로운 마음을 뚝 떨어뜨려 준다 합니다. 그것이 무엇인지 궁금하지 않습니까?"

"전혀 궁금하지 않네. 그렇게 궁금하면 자네가 직접 해 보든가."

"궁금해도 여력이 없습니다. 저는 이미 그보다 더 무거운 책임과 의무에 짓눌려 살고 있지요."

짓눌린 얼굴이 화사하기도 하구먼. 중연은 벽옥 같은 재운의 얼굴을 바라보며 코웃음을 쳤다.

"안채의 그 책들을 반만 갖다 버려도 한결 가벼워질 것이네. 내 도와줌세."

"대감께서는 부인이 무거워지면 갖다 버리실 것입니까?"

"그건 도리가 아니지."

"책임과 의무란 그런 것이 아니겠습니까?"

돌아서며 재운은 자신의 어깨를 스치는 버들가지를 잡았다. 재운의 손에 잡힌 버들가지가 부르르 떨었다. 재운이 버들잎을 차례로 따며 《초사》의 〈구가〉 중 '하백'을 읊기 시작했다.

"당신과 구하에서 노는데, 폭풍이 일어서 물결을 가로지른다. 물수레를 타고 연꽃 덮개를 씌우고 두 마리의 뿔 없는 용을 모는도다. 곤륜산에 올라가 사방을 바라보니……."

"또 제무祭舞를 추는가?"

"아닙니다. 대감의 혼인 말이 나오니 문득 떠올랐습니다."

"시끄럽네. 또 무슨 소릴 하려고? 자네가 장자의 고사를 이야기하는 바람에 더 혼인하기 싫어졌네. 내게 그런 식으로 혼인의 맹세를 지키라 돌려 훈계를 하다니."

재운은 잎이 모두 뜯겨 나가 벌거벗겨진 버들가지를 놓아준 후 중연을 돌아보았다. 중연을 바라보는 그의 무심한 듯 서늘한 시선이 오늘은 어딘가 화가 난 듯 보였다. 아마 착각일 것이다. 중연은 재운의 눈에 감정이 담긴 것을 본 적이 없었다. 하지만 이런 착각도 여태 해 본 적이 없지 않은가. 하면 재운이 정말 화가 난 것인가. 암만해도 내 불평이 지나쳤나 보구먼.

"미안하이. 내가 자네에게 괜한 골을 부렸네. 나는 이 혼사를 받아들이기로 결심했네. 다만……."

재운이 중연의 말을 뒤로하고 개울을 가로질러 띄엄띄엄 놓여 있는 돌들을 하나씩 밟으며 물을 건너기 시작했다. 할 수 없이 중연은 말을 끊고 그의 뒤를 따라갔다. 재운은 개울 중간쯤에서 멈춰 서더니 오른편으로 몸을 틀어 수면을 내려다보았다. 중연이 그 곁으로 다가와 서자 재운이 말했다.

"오기일의 그 여인은 바람입니다. 잊으십시오. 그 여인의 옷자락 한번 잡아 보지 못하셨다면서요? 하오니 그 여인은 허깨비다 여기시고 부인을 맞아 새로 정을 쌓으십시오. 박후명은 박후명이고 그의 딸은 또 그의 딸이 아니겠습니까? 혈연이라 해도 사람은 각기 다른 운명과 품성을 타고납니다. 설사 그렇지 않다 하여도 대감이시라면 부인을 대감의 사람으로 만들 수 있을 것입니다. 저杵가 사람에 의해 바뀌듯 사람도 사람에 의해 바뀝니다."

물에 비친 두 사람의 모습이 흐르는 물살로 인해 끊임없이 한데 엉키었다. 중연이 물었다.

"자넨 어찌 그리 내 마음을 잘 아는가?"

"그것 말고는 없지 않습니까?"

재운의 미동 없는 깊고 서늘한 눈빛은 평소와 다름이 없었다. 중연은 좀 전에 그 눈에서 재운의 감정을 읽었다 여긴 것이 착각임을 확신했다.

"내 마음이 이미 오기일의 그 여인을 품었네. 한데 다른 여인과 부부가 되어야 하니 이는 평생 부인을 속여야 하는 일일세. 거짓된 얼굴로 부인의 눈을 대하고 입을 맞추어야만 한단 말일세. 나는 내 마음이 원하는 것과 원하지 않는 것을 분명히 알고 있네."

"마음을 속이는 것이 힘드시군요."

"그러하네. 하나 걱정하지 말게. 곧 괜찮아질 걸세. 어떤 바보들은 자기 마음도 모른 채 그냥 그러려니 산다네. 그에 비하면 내 마음 정도는 알고 사는 내가 낫지 않겠나. 하니 그것으로 위안을 삼을 것이네."

"위안이 되지 않을 수도 있습니다."

"어찌하여?"

"말씀하신 대로 모르면 그러려니 살 수 있습니다. 하오나 알면서 그러려니 살자면 괴롭지요. 사는 것이 인내가 됩니다."

"그리 잘 아는 것을 보니 자네도 인내하고 있는 것이 있는 모양이로구먼."

"저라고 없겠습니까? 저도 절반은 사람입니다."

"하면 나보다 절반만 괴로운 것이니 역시 나보다 낫구먼."

"그런 셈 치지요."

재운이 다시 걸음을 옮겼다. 물을 다 건너간 그는 이내 중연을 앞서 훠훠 걸어 나갔다. 그를 놓칠세라 중연도 걸음을 서둘렀다. 하지만 자꾸 거리가 벌어졌다. 중연은 직감했다. 이 혼인에 엮인 사람들의 사이도 이처럼 모두 멀어질 것을.

'아비는 딸을 이용하여 저杵를 잡고, 나는 부인을 이용하여 벗을 지키고…… 서로가 서로를 이용하니 그저 쫓고 쫓기는 처지에서 벗어날 수 없을 테지.'

중연의 마음이 무거워졌다. 저만치 앞서가던 재운이 문득 돌아보며 말했다.

"아까 그 초사 말입니다, 하백이 장가가는 것을 노래했다고도 평하지요."

"무어?"

중연이 어리벙벙한 표정으로 바라보는 사이 재운은 다시 혼자 걸어갔다. 중연이 부지런히 따라갔지만 오늘따라 재운의 걸음이 유난히 빨라 도무지 거리가 좁혀지질 않았다.

"이보게, 나마. 잠깐만 기다려 보게. 내가 아직 할 말을 다 하지 못했네. 아까 그 초사 말일세……."

재운이 북악의 깊은 숲 속으로 사라진 후, 홀로 덩그러니 남은 중연은 심란해졌다.

'오기일의 그 여인만큼 빠르구먼. 자넬 보니 아무래도 오기일의 그 여인 역시 자네처럼 사람이 아닌 것이 확실하이. 한데 어째서 내 혼인을 하백이 장가가는 것에 비하였는가?'

중연은 고개를 갸웃거렸다. 그는 재운이 사라진 숲으로 따라 들어가 보았지만 재운은 어디에도 보이지 않았다.

저杵는 산에서 산다. 저杵는 숲의 일부다. 저杵는 본디 저杵가 원하지 않으면 사람에게는 보이지 않는다. 저杵는 교묘하게 자연의 일부가 되어 숨는 법을 알기 때문이다.

'재운이 왜 갑자기 내게서 숨어 버린 것일까?'

중연은 결국 재운을 찾는 것을 포기하고 목련방으로 먼저 돌아왔다. 그가 대문을 들어서자 안마당에 있던 산토끼들이 놀라 폴짝이며 숨었다. 중연은 토끼들을 향해 말했다.

"서운하구나. 너희마저 나를 피해 숨는 것이냐?"

계유가 달려 나와 중연을 맞으며 물었다.

"어찌하여 혼자 돌아오십니까?"

"네 주인을 잃어버렸다. 한데 웬일로 네가 날 맞으러 나온 게냐?"

"대감이 아니라 제 주인을 맞으려던 것이었지요. 함께 북천에 나가셨잖습니까?"

"그랬지. 그런데 멋대로 가 버렸다. 어디로 숨어 버렸는지 찾을 수가 없어 예서 네 주인이 돌아오길 기다리려고 한다."

중연이 침향의 향내가 짙게 배어 있는 재운의 서재에 앉아 기다리고 있으려니 계유가 차를 내왔다.

"혼인을 앞두신 분의 표정이 어찌 내내 그렇습니까?"

"또 내 표정을 읽고 아는 척할 것이면 그냥 물러가거라. 혼자 있고 싶구나."

"예, 그러십시오. 방해하지 않겠습니다."

웬일로 계유가 고분하게 대답하곤 입을 다물었다. 중연이 의아해서 쳐다보자 계유가 말했다.

"저도 할 일이 많습니다. 후원에 물도 주어야 하고 토끼들 먹이도 챙겨야 합니다. 널어놓은 종이들도 거둬들여야 하고……. 한데 말입니다."

계유는 잠깐 머뭇거리더니 결심한 듯 입을 열었다.

"그래도 이 말은 꼭 해야겠습니다."

"무슨 말?"

"대감은 정말 눈치라곤 없는 썩은 생선 눈을 가진 멍청이입니다."

"무어라?"

"제 주인께서 수주를 숨기기 위해 엿구리를 쨌던 그날 밤, 대감께 설씨녀의 이야기를 해 드렸지요."

"대체 무슨 소릴 하는 게야? 그리 돌려 말하지 말고 입이 있으니 똑바로 말해 보아라."

"제가 입이 있어 소리를 낼 수는 있으나 아무 말이나 할 수는 없어요."

"평소에는 아무 말이나 잘도 지껄이더구먼."

"대감에 관해서야 그렇지요. 그러나 제 주인에 대해서는 그럴 수 없어요. 제 주인께서 허락하지 않은 것을 제가 멋대로 말할 수는 없다고요."

"그러니까 무엇을 말이냐?"

"몰라요. 궁금하면 스스로 생각을 좀 해 보시든가요."

계유는 투정 부리듯 말해 놓고 문을 쾅 닫으며 나가 버렸다. 게다가 중연이 들으라는 듯 쿵쿵거리는 발소리까지 냈다. 중연은 어이가 없었다.

"참 알다가도 모를 놈이로구먼. 그리 말해 놓고 가면 무슨 소린지 내가 어찌 아누?"

중연은 찻물이 우러나기를 기다렸다가 차를 따랐다. 찻물이 찻잔에 떨어지는 소리, 뜨거운 김, 차향과 어우러져 한쪽 구석에서 타고 있는 침향의 향내…… 여러 감각에 동시에 사로잡힌 중연은 갑자기 어지럽고 숨이 막혀 왔다.

'왜 이리 덥지?'

중연은 자리에서 일어나 후원과 통해 있는 창을 열었다. 중연이 대문을 들어섰을 때 안마당에 있다가 놀라 숨었던 토끼들이 건너와 있었다. 계유가 토끼들에게 줄 별꽃과 질경이를 한 더미 들고 후원으로 들어섰다. 그러자 토끼들은 여느 때처럼 자리를 피해 어딘가로 숨으려 했다. 계유가 먹이를 던져 놓고 이리저리 토끼들을 쫓으며 소리쳤다.

"내가 너희를 아홉 해 동안 보았지만 여태 어느 놈이 수놈이고 어느 놈이 암놈인지 아직도 모르겠다. 그러니 오늘은 너희가 좀 가르쳐 다오. 왜, 너희 입으로는 차마 말하지 못하겠느냐? 하긴 입은 달렸으나 말할 수 있는 입이 아니지. 그러면 내가 직접 알아볼 터이니 좀 잡혀 다오, 요놈들아!"

계유의 말에 중연은 자기도 모르게 웃고 말았다.

'그렇지, 두 놈이 저렇게 뒤섞여 쏘다니면 다리를 쳐들지 않고서야 어찌 암수를 구별할 수 있을까.'

방금 마신 차에 취한 것인지, 재운을 찾으러 숲을 헤매 다닌 피곤함 때문인지 슬슬 잠이 쏟아졌다. 중연은 저도 모르게 앉은 자리에서 꾸벅꾸벅 졸았다. 정신을 차려 보니 해가 뉘엿뉘엿 넘어가고 있었다.

'벌써 시간이 이리되었구먼. 재운은 아직 돌아오지 않은 것인가?'

중연은 계유를 불렀으나 대답이 없었다. 후원으로 난 창밖을 내다보니 토끼 두 마리가 숨바꼭질 중이었다. 아홉 해를 보았지만 둘 중 어느 놈이 수놈이고 어느 놈이 암놈인지 아직도 모르겠다며 툴툴거리던 계유의 목소리가 떠올랐다. 그런데 아홉 해를 보다니? 토끼가 그리 오래 살던가? 중연은 문득 의구심이 들었다.

산토끼는 대개 오륙 년 정도 산다. 집토끼는 잘 키워야 팔 년 남짓이라 했다. 하면 여기 토끼들은 이미 고부랑 노인들이 아닌가. 그럼에도 어찌 저리 팔팔한 것인가? 저杵의 집에 기대 사는 토끼들이라 그런 것일까? 하긴 재운의 집 목련 나무들도 겨울 두세 달을 제외하고는 늘 꽃을 피우고 있다. 이상하다면 이상하지만 그러려니 여기면 또 그런 것이다.

차탁 위에 낯익은 물건이 하나 놓여 있었다. 계유가 차를 내왔을 때에는 없던 물건이었다. 뭔가 싶어 집어 들고 보니 호드기였다.

"이게 왜 여기 있지? 가만, 이건?"

호드기에 '연淵'이란 글자가 보였다. 아버지의 필체로 적힌 그의 이름자였다.

'이건 오래전 무평문 앞에서 잃어버렸던 내 호드기가 아닌가? 다시는 찾을 수 없을 거라 생각했는데 어찌 이것이 여기 있는 게야?'

그가 졸고 있던 사이에 계유가 가져다 놓은 것이 틀림없었다.

'한데 이것이 왜 계유에게 있는 것이지? 계유가 이것을 주웠을까? 이것이 내 것인 줄은 어찌 알았을까? 여기 적힌 이름자로 안 것인가? 하면 왜 진작 내놓지 않고 이제 와서?'

암만해도 이해가 되지 않아 중연은 다시 계유를 불렀다.

"계유야!"

암만 불러도 대답이 돌아오지 않았다. 중연은 호드기를 쥔 채 방을 나와 계유를 찾았다.

"계유야! 대체 어디 있는 게냐? 계유야, 이놈아! 내가 부르고 있지 않느냐?"

집 안 여기저기를 다니며 계유를 찾던 중연은 문득 이상한 생각이 들었다. 계유는 재운의 식신이라 하였다. 또 그는 재운의 정인이 남긴 물건이라 하였다. 재운의 정인은 계유를 잃어버렸고 재운은 계유를 주웠다고 했다. 오래전에 중연은 이 호드기를 잃어버렸다. 그런데 누군가 그의 호드기를 주웠다고 한다면?

중연은 걸음을 멈췄다. 고적한 바람이 그의 뺨을 두드렸다. 중연은 고개를 들고 사방을 둘러보았다. 온 세상이 어스름한 붉은색으로 물들었다. 하늘과 지붕, 흙과 기둥까지 모두 붉어졌다. 그 붉고 설레는 기운이 중연의 마음까지 스며들었다. 그는 기이한 기분에 사로잡혔다.

'설마 이 호드기가 계유일 리가?'

하지만 중연은 네 번째 호드기를 잃어버렸고 계유는 형제들 중 네 번째라 하였다. 모량부를 빠져나올 때 계유는 형제들이 어디 있는지 그냥 안다고 말했다.

'혹 그때 내가 분 호드기 소리를 듣고 그리 말했던 것일까?'

중연의 머릿속이 복잡해졌다. 남산에서 계유의 등에 업혔을 때 그에게서 풀 냄새가 났다. 사냥터에서 정신없이 쏘다니다가 아무 데나 드러누우면 언제나 중연을 둘러싸고 있던 풀 냄새. 그를 부르는 호드기의 소리도 어렴풋이 들었다. 그가 보이지 않으면 먼 곳에서 아버지가 이 호드기의 소리로 그를 불렀다.

'그래, 그때 산을 내려가면서 계유는 휘파람을 불고 있었지.'

중연의 숨이 가빠졌다. 하면 이 호드기를 주운 것은 재운이 된다. 대체 재운이 언제 이 호드기를 주웠을까? 중연은 호드기를 잃어버렸던 그날의 기억을 차근차근 더듬어 보았다.

호드기를 찾으러 무평문 앞으로 되돌아갔지만 찾을 수 없었다. 낙심한 중연의 눈에 저만치 가는 어린 소녀의 작은 뒷모습이 보였다. 옆에 사내가 따르고 있었기 때문에 그저 어린 궁인과 환수인 줄 알았다. 그러고 보니 그 사내의 호리호리한 체격이 계유와 비슷했다. 그곳에 그 두 사람 말고는 아무도 없었다. 만약 그 사내가 계유였다면 옆의 소녀는 재운이어야 했다. 하나 그 소녀가 재운일 수는 없지 않은가.

어린 궁인과 사내가 좀 전에 무평문을 지났으니 혹 그가 떨어뜨린 호드기를 보았을지도 모르겠다는 생각에 중연은 그들을 쫓아갔지만 두 사람은 거짓말처럼 어둠 속으로 사라져 버렸다. 그가 충분히 따라잡을 수 있는 거리였다. 그런데도 놓치고 말았다.

중연의 가슴이 벌렁벌렁 뛰기 시작했다. 오기일의 그녀도 매번 그렇게 그의 눈앞에서 사라졌다. 재운도 가끔 그런 식으로 사라지곤 했다. 바로 오늘처럼.

게다가 아무리 기억을 더듬어도 오기일에 보았던 그녀의 얼굴은 다시 생각나지 않았다. 그토록 강렬한 아름다움을 지녔음에도 이목구비 중 어느 것도 기억나지 않는 것이 늘 이상하다 여겼다.

한데 생각해 보니 재운도 그러하지 않은가. 중연은 재운과 헤어지고 나면 늘 그의 얼굴을 다시 기억해 낼 수 없어 답답해지곤 했다. 그러다 다음 날 재운을 보면 전날 보았던 그의 얼굴인 것이다.

저杵의 얼굴은 돌아서면 기억이 나지 않는다고 했다. 그러나 재운은 매일 보기 때문에 잊고 다시 보고, 잊고 또다시 보기를 반복하여 자신이 매일 그 얼굴을 잊고 있음을 잊을 수 있었던 것이다. 그렇다면 오기일의 그녀 역시 저杵란 뜻이 아닌가.
비록 뒷모습밖에 보지 못했으나 그 어린 궁인은 틀림없이 소녀였다. 그 소녀가 혹 오기일의 그녀일까? 만약 그 소녀 곁에 있던 사내가 참말 계유라면? 하면 재운은?
중연의 머릿속이 들쑤셔진 짚 더미처럼 엉망이 되어 버렸다. 처음 무평문 앞에서 만났을 때 재운이 말했다. 중연이 화를 던질 때 보았다고. 중연은 기억이 나지 않아 미안하다고 말했다. 만약 그날 그곳에서 누군가 그를 보았다면 그 어린 소녀와 사내뿐이었다.
'하나 재운은 여인이 아니지 않은가. 이거 도대체 뭐가 뭔지 모르겠구먼.'
석양의 붉은 기운이 물러가고 어둠이 내려앉았다. 익숙하게 보이던 사물들이 서서히 드리워지는 어둠 속에서 그 모습을 진중하게 바꾸기 시작했다. 주인이 사라진 집에 홀로 남은 중연은 집의 변신에 알 수 없는 두려움을 느꼈다. 그러나 이 밤이 지나고 아침이 오면 이 모든 풍경은 지난밤 입었던 어둠의 무게를 털어 내고 본래의 모습으로 돌아갈 것이다.
'가만, 빛이 대상을 본래의 모습으로 되돌려 놓는다고 하면? 반대로 빛이 본래의 모습을 감춰 줄 수도 있지 않을까?'
중연은 오기일의 그녀를 밤새 쫓다가 새벽에 재운을 만나러 목련방으로 왔었다. 그는 그날 아침 햇빛 속에서 재운의 모습이 일순 달라 보였던 것을 기억해 냈다. 그때 재운이 오기일의 그녀처럼 보였다. 중연은 자신의 눈이 잘못된 거라고 생각했다. 오기일의 그녀가 너무도 아쉬운 나머지 착시를 일으킨 것이라 여겼다. 하지만……? 중연의 심장이 쿵 하고 내려앉았다. 호드기를 든 그의 손이 부들부들 떨렸다.

재운은 저䄣다. 저䄣는 가면을 쓴다. 남산의 산신도 상염자의 가면을 쓰고 있었다. 중연은 호드기를 꽉 움켜잡았다. 그의 머릿속이 일순 환해졌다. 지금 재운이 쓴 가면이 누구의 가면이건, 그것이 햇빛과 달빛의 농간이건 아니건, 부정할 수 없는 명백한 진실은 이미 재운의 입에서 나왔다. 중연이 알아듣지 못하고 간과했을 뿐.

처음 만났을 때 재운은 이미 자신이 누군지 고백했다. 중연이 화를 던졌을 때 보았다는 말 속에 모든 답이 들어 있었던 것이다. 중연은 계유가 자신에게 동태 눈알이니 멍청이니 해 가며 타박을 준 이유를 그제야 알아차렸다.

꽉 막혀 있던 뚜껑이 열리자 거대한 바람이 들이닥쳐 중연의 기억 구석구석을 훑었다. 재운에게 남은 비밀이 하나 더 있다고 하였다. 중연이 나중에 자신의 눈으로 직접 보겠다고 했더니 재운이 처음으로 당황했다. 그것이 무엇인지 비로소 깨달은 중연의 입가에 놀라움과 미소가 동시에 떠올랐다.

영축산에서 수주를 받은 후 재운이 여러 날 앓아누워 있었을 때 계유가 그의 출입을 막았다. 이는 저䄣가 가면을 벗었기 때문인 것이다. 또 아채가 재운에게 가 버렸을 때 재운이 그를 위로하며 말하였다. 근심이 되는 미인이 둘 있는데 아직 하나가 남았다고.

재운은 언제나 중연의 근심이었다. 또한 재운은 왕경인들이 자신을 가리켜 형용할 수 없는 아름다움으로 칭하는 것과 달리 눈물 흘리는 달이 근심하는 바라고 하였다. 중연은 중얼거렸다.

"하여 그 미인이 바로 자네였구먼. 이제 알겠네. 내가 왜 그토록 자네에게 끌렸는지. 죽어도 자네와 떨어질 수 없었던 이유가, 매일 자네를 보지 못하면 죽을 것 같던 그 마음이 그저 저杵에게 홀린 탓인 줄로만 알았는데 아니었구먼. 미안하이, 내가 참으로 둔하였네. 계유가 이리 노골적으로 자신을 드러내지 않았다면 나는 하마터면 자네가 해 준《초사》의 이야기도 흘려들을 뻔했네."

그《초사》는 본래 제무祭巫가 강의 신과 함께 수레를 타고 곤륜산에 올라 제를 지내는 내용이다. 한데 혹자는 하백이 장가가는 내용이라고 말하는 이도 있다. 하백은 강의 신이다. 하백이 장가를 간다면 수레에 함께 탄 제무는 하백의 신부가 되는 것이다. 재운이 그 이야기를 빌려 혼인을 앞둔 중연에게 자신의 숨겨 둔 마음을 처음이자 마지막으로 드러낸 것이다.

'그나저나 계유가 대단한 작심을 했구먼. 그놈이 보기에 오죽했으면 이리 나섰을까. 그놈은 내가 제 주인을 두고 다른 여인과 혼인하는 것이 참으로 싫었던 게야. 기특한 놈! 네가 본래 내 것이었던 것이 맞구나. 고맙다.'

중연은 손에 쥔 호드기에게 절이라도 하고 싶은 심정이었다. 그 밤이 새도록 재운은 돌아오지 않았다. 중연은 홀로 어둠 속에 앉아서 뜬눈으로 새벽을 맞았다. 그는 호드기를 바닥에 내려놓고 자리에서 일어났다. 호드기는 그의 물건이었지만 지금 그가 가져갈 것은 아니었다. 당연히 호드기도 원치 않을 것이다.

중연은 재운을 다시 보기 전에 먼저 마무리해야 할 일이 생각났다. 그는 자신의 발목을 감고 늘어져 있는 이 불편한 끈들을 깨끗이 잘라 내고 결백한 마음으로 재운의 얼굴을 보리라 결심했다.

제11장 매듭을 짓다

"이 혼인을 물려주십시오."

중연은 머리를 숙였다. 이어 무릎을 꿇었다. 만은 눈살을 찌푸렸다. 그녀에게는 언제나 묵묵하고 뻣뻣하기만 했던 중연이었다. 그의 마음을 무너뜨린 것이 무엇인지는 물어볼 필요도 없었다. 그러나 만은 그의 입을 통해 들어야 했다.

"무엇 때문인가?"

"나마 때문입니다. 저의 마음이 그녀에게 있습니다."

중연은 이제 더는 자신이 아는 것을 감추지 않았다. 만의 입술이 일그러졌다. 그녀라, 결국 거기까지 알아 버렸구나. 그렇다고 해도 달라질 것은 없었다. 만은 마음을 다잡고 강경하게 밀어붙였다.

"그건 대감만의 생각일 뿐이오. 하니 대감만 마음을 접으면 되오. 나마는 짐과 같은 여인으로 태어났으나 여인으로 살 수 없소. 짐이 여인으로 태어났으나 원치 않는 왕으로 살며 감당하기 어려운 의무를 진 것처럼 나마도 그러한 운명을 지고 있기 때문이오."

"제가 그 운명을 나눠 질 것입니다."

중연이 한번은 자신에게도 그런 말을 해 줬어야 했다고 만은 생각했다. 만은 여인의 시샘을 내는 것이 아니었다. 그녀가 진 무거운 자리를 그저 지켜보기만 했던 중연에 대해 큰 서운함이 있었다.

"저와 나마는 이미 오래전부터 서로의 정인이었지요."

정인이라고? 재미있는 소리로군. 만은 쓴웃음이 나왔다. 짐은 그보다 더 오래전부터 너의 군주이자 너의 땅이었다. 너는 짐의 일족으로 태어났으니 죽을 때까지 짐의 신하여야만 할 것이다. 너에겐 선택의 여지가 없다. 만은 물었다.

"저杵가 어찌 사람의 정인이 될 수 있소? 대감이 나마의 진짜 이름을 알고 있으니 부릴 수는 있겠으나 정인으로 삼을 수는 없소. 저杵와 사람은 사는 세계가 다르오."

"하오나 같은 공간에서 같은 시간을 삽니다."

"대감과 같은 공간에서 같은 시간을 사는 것은 짐이오. 잘 들으시오. 저杵는 우리와 사는 방식이 다르오. 사람에게 저杵는 바라는 것을 이루어 주는 도구일 뿐이오. 대감은 혼인을 하고 혈연에 둘러싸여 살아야 하오. 대감의 집안을 물려받고 다시 자손에게 물려주고 그렇게 사는 것이오. 그것이 사람이 사는 방식이오. 짐은 명을 거두지 않을 것이오."

"폐하의 명을 받아들일 수 없습니다. 제가 이 억지 혼인을 하게 된다면 아무것도 모르는 한 여인에게 죄를 짓는 것입니다."

"눈에 보이지도 않는 마음의 가책을 말하는 것이라면 상관없소. 오히려 그 가책 때문에 대감은 부부의 도리에 어긋나는 행동을 하지 못할 터이니."

"마음을 속일 수는 없습니다."

"짐의 말뜻을 이해하지 못했군. 대감은 나마에게 마음을 주어서는 안 되오. 그 아이에게 정을 주면 줄수록 훗날 대감이 받을 고통이 커지기 때문이오. 모두가 대감을 위한 것이오. 짐은 대감이 저杵가 아니라 사람에게 정을 주기를 바라오. 살을 맞대고 살다 보면 자식이 생기듯 정도 생기는 법이오. 마음을 다스리기 어렵다는 것을 아오. 하나 그처럼 막을 길 없는 폭풍 같은 마음도 결국은 지나가기 마련이오."

만이 그러했다. 정을 준 사람들을 잃어 가며 참아 낸 고통은 끝내 허망함만을 남겼다.

"제게 주어진 고통은 제가 감당할 것입니다. 진심이 아닌 것을 행하느니 차라리 죽을 것입니다."

중연이 환두도를 뽑아 자신의 목을 겨눴다. 만은 화가 머리끝까지 차올랐다.

"대감의 무례함이 지나치오."

"마음이 원하지 않는 것을 하느니 차라리 아무것도 하지 않을 것입니다. 이 혼인만 아니면 무엇이든 하겠으니 부디 명을 거두어 주십시오."

만은 생각했다. 애초에 이 혼인을 주선한 것은 재운에 대한 중연의 정이 깊어지는 것을 막기 위함이었다. 그러나 중연의 마음은 이미 기울었다. 재운에 대한 정이 이리 깊어졌다면 둘을 떼어 놓는다 한들 그리움만 커질 터였다. 하니 이제 중연이 빼도 박도 못할 다른 무엇인가가 필요했다. 그런데 지금 중연이 자신의 입으로 어떤 의미인지도 모른 채 큰 약속을 걸었다.

"이 혼인만 아니면 무엇이든 하겠다?"

"하겠습니다."

"설사 그것이 또 한 번 대감의 마음이 원치 않는 일이라 해도?"

"이 혼인만 아니면 하겠습니다."

"짐에게 맹세하겠소?"

"맹세합니다."

"좋소. 대신 대감이 오늘의 이 맹세를 깨면 그 대가는 나마가 치르게 될 것이오. 그래도 괜찮겠소?"

나마가 대가를 치른다는 말에 중연은 잠시 머뭇거렸다.

"나마가 치러야 할 대가란 대체 무엇입니까?"

"혼인만 아니면 무엇이든 하겠다고 하지 않았소? 하니 그게 무엇이든 대감이 행하면 되는 것이오. 어찌하겠소? 혼인을 하겠소, 아니면 오늘의 맹세를 지키겠소? 결국 그게 그것이 되겠지만 말이오."

"그게 그것이 된다 함은 무슨 뜻입니까?"

"양자 모두 결국은 대감이 결정할 일이란 뜻이오."

중연은 겹겹의 수수께끼 속에 갇힌 듯 모호해졌다. 만이 무언가 거대한 비밀을 쥔 채 그에게 빼도 박도 못할 일을 시키고자 벼르고 있었다. 그렇다고 당장 박후명의 딸과 혼인을 할 수는 없었다. 하니 다음에 벌어질 일은 다음에 해결하여야 했다. 중연은 혼인을 무르는 대가로 훗날 만을 위해 무엇을 해야 할지 알지 못한 채 대궁을 나섰다.

그길로 목련방을 향해 달려간 중연은 허위허위 말에서 내렸다. 말보다 그가 더 숨이 찼다. 그는 마구간에 말을 넣어 둘 겨를도 없이 안마당을 가로질렀다. 희고 붉은 목련 꽃잎들이 그의 앞을 가로막듯 흐드러지게 떨어졌다.

'방해하지 말거라. 내 마음이 몹시 바쁘다.'

중연은 눈발을 헤치듯 손으로 꽃잎 바람을 내저으며 안채로 향했다. 안채는 목련 나무들로 에워싸여 가려진 재운의 집에서 가장 깊숙한 곳에 자리하고 있었다. 여태 중연은 재운이 안채에 거하는 이유가 저杵의 수상쩍음이 사람의 눈에 가급적 뜨이지 않도록 하기 위해서라고만 여겼다. 한데 지금 생각해 보니 그 이유가 전부는 아니지 싶었다.

재운은 후원에 나와 있었다. 계유가 성큼성큼 다가오는 중연을 보고 바짝 긴장한 채 한 걸음 물러났다.

"이보게!"

중연이 재운을 불렀다.

"오셨습니까?"

재운은 여느 때와 다름없는 모습이었다. 중연은 호흡을 고르며 생각했다.

'저건 껍데기다. 저杵가 쓴 가면이지. 저 모습 뒤에 내가 그토록 보고 싶어 하는 여인이 숨어 있다.'

여전히 얼굴은 기억나지 않으나 그립고 그리웠던 그 여인을 떠올리자, 아니, 그 여인이 지금 눈앞에 있다고 여기자 중연의 심장이 더는 참지 못하고 벌떡벌떡 뛰기 시작했다.

'지금 이 자리에서 빛이 한 번만 더 내 눈을 어지럽혀 주면 좋겠구먼.'

그러나 이제 중연은 눈에 보이는 모습 따위 아무래도 상관없었다. 중연은 막상 재운 앞에 서자 뭐라고 말을 해야 할지 머릿속이 혼미해졌다. 그가 더듬거리며 입을 열었다.

"그러니까…… 내가 다 알아 버렸네."

비밀을 들킨 재운의 표정은 오히려 담담하였다. 하긴 계유가 한 짓을 재운이 모르고 있을 리 없으니 이미 마음의 준비를 하고 있을 터였다.

"자네가 저杵라는 것보다 여인이라는 것에 더 놀랐네. 그것이 내게는……."

중연은 말을 잇지 못했다. 때맞춰 목련 꽃잎이 비 오듯 흩날렸다. 꽃잎들이 재운을 바라보는 중연의 시선을 자꾸만 가렸다. 재운의 모습이 꽃잎들 뒤로 가려져 기어이 사라질까 중연은 두려웠으나 성급히 걸음을 옮겨 재운을 붙들고자 하지 않았다. 하면 오기일의 그녀처럼 달아나 버릴지 누가 알겠는가. 중연은 인내심을 갖고 자리를 지킨 채 말했다.

"아닐세. 나는 어쩌면 자네가 여인임을 진작 느끼고 있었던 것 같기도 하네. 한데 말일세, 내 눈앞에 있는 자네는 예전과 다를 바 없는 사내의 모습이라 어찌 대해야 할지 알 수가 없구먼. 기분이 이상하네."

"침향 때문입니다."

재운이 말했다.

"침향?"

"구천 년 동안 물에 잠겨 있던 것이지요. 그것이 산신의 가면을 만들어 보입니다."

"자네 곁에서 늘 침향이 타고 있었던 이유가 바로 그것이었구먼. 하면 산신은 상염자의 가면을 쓰고 자네는 아비의 가면을 쓴 것인가?"

"그렇습니다."

"나는 햇빛 아래에서 자네의 본모습을 본 적이 있네. 자네가 오기일에 만났던 그 여인으로 불현듯 변했지. 내 눈이 이상해졌다 여겼네."

"그것은 대감께서 우연히 제가 덮어쓴 침향의 빈틈을 보신 것입니다. 가면을 쓰고 있다 해도 가끔은 햇빛이나 달빛이 환시를 걷어 내기도 하지요. 하오나 사람들은 모두 그 진실을 오히려 환시로 여기기에 들키는 경우는 없습니다."

"처음엔 나도 그랬지."

중연은 고개를 끄덕였다.

"하오나 대감은 저에 대해 아는 것이 너무 많았기에 이내 진실을 알아내셨지요."

"돌이켜 생각해 보면 단서들은 늘 수두룩했네. 내가 어리석어 이를 짜 맞추지 못했을 뿐."

"제가 오기일에 집 밖으로 나가지 말 것을 그랬습니다. 제가 가진 사람의 모습을 대감께 보이지 않았더라면."

"아닐세. 암만 꼭꼭 숨겼더라도 나는 결국 알아냈을 것이네. 호드기 때문에라도 말일세."

재운은 계유를 쳐다보았고 주인의 시선을 받은 계유는 고개를 푹 수그렸다.

"네 주인에게 단단히 야단을 맞았느냐?"

중연의 물음에 계유는 고개를 저으며 대답했다.

"여태 아무 말씀이 없으셔서 그게 더 무섭습니다."

"네 주인이 그리 무서우면 이제라도 내게 다시 돌아올 테냐?"

"아니요, 싫습니다."

계유가 눈을 동그랗게 뜨며 재운의 뒤로 몸을 감추려 했다. 중연은 크게 웃으며 재운에게 말했다.

"하면 오기일에 외출을 하지 않았다는 자네의 말은 거짓일세. 아니 그런가?"

"아닙니다. 전사서사 김재운은 그날 외출하지 않았습니다.

이름을 감춘 어느 처자가 등 구경을 나갔을 뿐이지요."

"하면 대궁에서 환수와의 일은?"

"환수가 동궁에 있는 저의 시가를 훔치려 하기에 수를 조금 썼지요."

"어쨌든 자네가 대궁에 들었으니 내가 보았고 환수가 본 것이 아닌가. 하니 자넨 내게 거짓을 말한 것이 맞네."

"대감과 환수는 김재운이 아니라 허깨비를 보았습니다."

"말장난일세. 그 둘은 다르지 않네."

"사람에게 허깨비는 현실에 존재하지 않는 것을 가리킵니다. 하오니 환수에게 그날의 일은 꿈입니다."

"아직도 그것을 꿈이라 하는가? 확실히 꿈은 아니었네."

"저杵에게 홀리는 것은 꿈을 거니는 것과 같습니다."

"난 정말이지 도통 모르겠구먼. 한데 오기일에는 어찌 그리 밖을 돌아다녔는가? 대문은 왜 굳이 닫아걸었고?"

"저杵는 평소에는 어둠과 숲과 산의 일부로 살지만 본디 시끌벅적하게 노는 사람 세상에 관심이 많지요. 다만 그날이 되면 등불과 소란에 이끌려 나오는 것이 저杵만이 아니기에 대문을 굳게 닫아건 것입니다."

평소에는 아비의 가면 뒤에 몸을 숨기고 사람의 눈을 피해 금줄을 친 곳에서 조용히 머무르지만 오기일과 같이 밤이 소란한 날이면 가끔씩 가면을 벗고 본모습으로 돌아가 세상 구경을 하는 것인가. 중연은 재운의 처지가 다소 애잔한 듯 물었다.

"왜 진작 말하지 않았는가?"

"대감께서 저에 대해 아는 것이 많아질수록 근심도 늘어납니다."

"자네는 처음부터 내 근심의 전부였네. 됐네, 아무래도 상관없네. 난 자네가 저杵이어도 좋고 돌덩이여도 좋네. 이제 나는 자네가 아닌 여인과 혼인하지 않아서 좋고 또 자네가 여인이지만 주당이라 좋고 또……."

중연은 자꾸 웃음이 나왔다.

"왜 자꾸 웃으십니까?"

"그게……."

중연은 차마 재운을 쳐다보지 못한 채 시선을 돌려 환두도를 쥔 자신의 손을 내려다보며 머쓱하게 입을 열었다.

"지금 솔직한 내 마음은 이러하네. 그러니까, 여인이 된 자네를 안아 보고 싶네."

"에?"

계유가 끼어들어 괴상한 소리를 냈다. 그러나 중연은 하고 싶은 말을 멈추지 않았다.

"아니, 그러니까…… 뭐, 어차피 자네는 저杵라서 내 손보다 빠르니 피할 터이지만 말일세. 사실 그것도 나쁘지 않네. 난 여전히 자넬 잡고 싶어 하니 그렇게 자네와 이리 피하고 저리 잡고 하는 놀이를 해 보는 것도……."

"시끄럽습니다. 그만 돌아가십시오."

재운의 표정이 그다지 밝지 않은 것을 보고 중연의 웃음도 쏙 들어갔다.

"미안하네. 내가 실없었네. 앞으론 조심하겠네. 하나 난 정말 자네가 너무 좋으이. 좋아서 죽을 것 같으이. 이러다 내 심장이 터질 것 같단 말일세."

"너무 노골적이십니다."

듣다 못한 계유가 재운의 뒤에서 고개를 슬그머니 내밀며 말했다.

"내 마음이 그런 것을 어쩌겠나. 거기다 이제 계유 네가 내 편이라는 것도 알았으니."

"저는 제 주인의 편입니다."

계유가 딱 잘라 말했다.

"그래도 내 마음을 헤아렸기에 그런 과감한 짓을 벌인 것이 아니냐?"

"대감의 마음 같은 것은 개나 줘 버리라지요. 저는 오로지 제 주인의 마음만 헤아린 것입니다."

그러자 중연은 불쾌해하기는커녕 만면에 떠오른 미소를 숨기지 못한 채 연신 고개를 끄덕이며 말했다.

"오냐, 그 말이 더 마음에 든다. 네가 입이 있어도 나마의 허락이 없으면 말할 수 없다 하였지. 한데도 감히 나서서 나불거릴 만큼 나마가 나를 아쉬워했다는 뜻이 아니냐?"

"그리 말씀하지 마십시오. 저는 그렇게 입이 싼 놈이 아닙니다."

"그러니 말이다."

이번에는 계유가 중연의 말에 말려들었다. 계유는 인상을 쓰며 재운의 눈치를 살폈다. 중연이 계유에게 말했다.

"어쨌거나 너는 나를 잘 아니 말은 그리해도 필시 내 마음도 보았을 것이다. 너는 내 호드기다. 애초에 내 것이었단 말이다."

"잃어버리셨으니 먼저 주운 자가 임자입니다."

"오냐, 오냐, 나마가 가진다면 뭐든 줄 것이다."

"오늘 참 주책이십니다."

계유가 못마땅하다는 듯 눈을 흘겼다.

"뭐라 말해도 좋다. 내가 지금 그토록 바라던 것을 이루었는데 네가 무슨 말을 한들 기쁘게 들리지 않겠느냐."

계유는 차반을 내려놓고 재운의 맞은편에 섰다. 차를 따르려던 재운이 고개를 들고 계유를 쳐다보았다.

"무슨 할 말이 있느냐?"

"예. 용서를 빌 것이 너무 많아서 뭐라 말씀드려야 할지 모르겠습니다. 대감이 다녀가신 뒤로도 주인님께서는 계속 말씀이 없으시니, 제가 숨이 막혀 죽을 것 같습니다."

"숨이 막혀 죽을 만큼 뭘 그리 잘못했느냐?"

재운의 냉랭한 시선이 닿을 때마다 계유는 정신이 졸아들고 무릎이 절로 구부러졌다. 재운이 화가 난 것은 확실했다. 한데 벌을 주지 않고 있었다. 그것이 바로 벌이라는 것을 계유도 알고 있었다. 그래도 계유는 하고 싶은 말이 있었다.

"주인님께서 효원 아가씨께 문구를 써 주었지요. 그러니까 대감의 혼인을 주선한 것은 사실 주인님이세요."

"그랬지."

재운은 나직한 어조로 대답했다. 계유는 침을 꿀꺽 삼켰다. 목구멍에서 바람 소리가 났다. 재운이 설계해 둔 모든 일이 자신의 가벼운 입놀림으로 틀어졌다. 효원이 박후명의 딸인 줄 알면서도 재운이 위험을 무릅쓰고 문구를 써 준 것에는 이유가 있었다.

"효원 아가씨는 좋은 분이지요. 또 대감을 향한 마음도 진심이고요. 그 아비가 어떻든 대감이 휘둘리지 않을 것을 주인님께서는 아세요. 해서 아비는 보지 않고 대감의 배필이 될 여인만 보았지요."

"하고 싶은 말이 무엇이냐?"

"전 알아요. 주인님께서는 대감을 걱정하여 효원 아가씨께 그 문구를 내주었어요. 언젠가 주인님이 이곳에 계시지 않게 되어도 대감이 무너지지 않고 삶을 계속 이어 나갈 수 있도록 효원 아가씨를 끈으로 삼아 이 세상에 매어 두려 한 것이지요. 그런데 제가 그만 성급하게 입을 놀리고 말았습니다. 한데 말입니다. 제가 토끼들에게 한 말을 대감이 그리 금세 알아챌 줄 몰랐습니다. 제가 정말 큰 잘못을 저질렀어요."

"하면 호드기는?"

"그건……."

계유의 말문이 막혔다.

"너는 대감이 혹여 토끼들에게 한 너의 말을 알아채지 못할까 봐 호드기까지 내보인 것이다. 아니냐?"

재운은 찻잔을 입으로 가져갔다. 푸른 찻물에서 오르는 따뜻한 김이 코끝에 닿았다. 찻잎 향과 침향이 어우러진 방 안에 봄볕이 따뜻하게 내리쪼였다.

"그래도 말입니다. 저는 이 혼인이 그리 쉽게 깨질 것이라고는 생각하지 않았어요. 전 정말 대감이 주인님의 처지를 조금이나마 알아주었으면 하는 마음에서……."

"네가 어찌하든 달라지는 것은 아무것도 없다."

"그건 모르는 일이지요. 대감께서 어찌 나올지는 사실 주인님께서도 지금은 알 수 없는 거잖아요."

"하여 네가 잘했다는 것이냐?"

"아니요, 그건 아니고요……."

계유는 입을 우물거리며 고개를 숙였다.

"전 그냥, 계속 걱정이 되어서요. 대감의 혼인이 이리 쉽게 깨진 것을 보니 아무래도 그 문구가 효원 아가씨가 아닌 다른 사람 손에 들어간 듯해요. 그게 혹시 박후명이면 어쩌지요?"

"그럼 어쩔 것인데?"

"그 문구를 되찾아와 없애 버려야죠. 아니면 그 문구가 주인님의 발목을 잡게 될 거예요. 제가 하겠어요."

"내게 지금 그 일을 벌로 달라 청하는 것이냐? 네가 깨뜨린 이 판을 네 손으로 수습하겠다?"

"예."

"되었다. 나는 그자가 스스로 무덤을 파기를 기다릴 것이다."

"만약 주인님의 생각처럼 되지 않으면요?"

"욕심이 많은 자의 마음은 하나를 향하지 않는다. 그자는 나 말고도 갖고 싶은 것이 많지. 너무 걱정하지 마라. 사람의 세상이니 사람의 마음에 맡기면 되는 것이다. 글이 사람의 마음을 잡기는 하나 사람의 마음은 어디까지나 사람의 마음이 아니냐."

만은 조원전 월대 위에 서서 그가 들어오는 것을 보고 있었다. 달빛에 반짝이는 흰 수염, 고랑이 파인 뺨, 상염자의 얼굴이 흔들흔들 고갯짓을 했다. 조원전 앞마당을 돌며 춤을 추던 상염자가 기어이 탈을 벗어 던져 버렸다.

청수 미모의 젊은 사내가 얼굴을 드러냈다. 그 춤사위에 홀려, 그 매혹적인 저杵의 얼굴에 홀려 만은 넋을 놓은 채 바라보았다. 가만히 보고 있노라니 재운인가 여겨졌다. 그러나 저 얼굴은 재운의 진짜 얼굴이 아니었다. 단지 재운이 쓰고 있는 가면일 뿐. 아비의 가면, 저杵의 가면.

저杵가 소맷자락을 흔들며 어둠을 향해 손짓하자 어둠은 이내 젊은 여인을 토해 냈다. 갓 스무 살쯤 되어 보이는 여인이 비단 치맛자락 사각이는 소리를 내며 걸어 나왔다. 여인이 입은 옷은 얼른 보아 어떤 옷인지 알 수 없을 만큼 빛깔이 바랜 데다 불면 먼지가 되어 날아갈 듯 해지고 낡았다. 하지만 만은 그 옷이 대례복임을 알아볼 수 있었다.

여인이 만을 쳐다보았다. 만의 가슴속으로 찬 서리가 내렸다. 만은 가슴이 시려 몸을 움츠렸다. 이어 한바탕 바람이 일었다. 만은 눈을 뜰 수가 없어 소매로 얼굴을 가렸다. 정신을 차려 보니 여인은 어느새 조원전 보좌 위에 올라앉았다. 보좌 뒤에는 저杵가 기둥처럼 우뚝 서서 처연한 얼굴로 여인을 내려다보고 있었다.

동당과 서당의 문들은 활짝 열려 있었고 회랑으로 한 줄기 달빛이 뱀처럼 구불거리며 지나갔다. 만은 그 빛이 눈부셔 고개를 돌렸다.

돌아보니 남산이 코앞에 다가와 있었다. 산이 움직였다. 만은 무서워 소리를 질렀다. 그러자 산이 그녀를 덮쳐 짓눌렀다. 만은 두 손으로 그 산을 밀어내려 온 힘을 쓰다가 간신히 꿈에서 깨었다. 아직 한밤중이었다.

만은 궁인들을 물리고 침전을 나와 홀로 조원전으로 향했다. 달을 지고 있는 월정루에서 흐느낌이 들려왔다. 다시 귀를 기울이니 바람 소리였다. 만은 조원전 앞에 섰다.

굳게 닫혀 있던 조원전의 문이 그녀를 기다렸다는 듯 끼이익 소리를 내며 저절로 열리자 꿈에서 본 것과 똑같은 광경이 보였다. 조원전 보좌 위에 앉아 있던 여인이 만을 내려다보며 애원했다.

"살려 주시오. 부디 살려 주시오."

만은 차마 조원전 안으로 발을 들이지 못한 채 말했다.

"미안하오. 이 일은 정해져 있는 것이오. 짐에겐 바꿀 힘이 없소."

여인의 눈에서 눈물이 흘렀다. 멀리서 보아도 알 수 있었다. 젖은 뺨이 반짝였다. 여인이 다시 간청했다.

"살려 주시오. 부디 살려 주시오."

만은 고개를 저었다.

"짐에게 매달려 봐야 소용없소. 이 일은 애초에 짐이 한 약속이 아니라오. 약속을 한 자는 죽은 지 오래이니 왕릉에나 가서 빌어 보시오. 아니면 그 바람을 놓아 버리든가."

만이 돌아서서 걸음을 옮기려 하자 어느새 보좌 위에서 기어 내려온 여인이 바닥에 엎드린 채 치맛자락을 꼭 움켜잡고 있었다. 기겁한 만이 놀라 소리쳤다.

"놓으시오."

만이 뿌리칠수록 여인의 손은 더욱 끈질기게 매달렸다.

"살려 주시오, 부디 살려 주시오."

어떻게든 여인의 손을 떼어 내려던 만이 행동을 멈추고 단호하게 말했다.

"짐이 진작 그대를 내치려 했소. 하나 그대의 처지가 딱하여 여태 참아 준 것이오. 그를 구나의 우두머리로 삼은 이유가 오직 그대 때문임을 안다면 그만 물러가시오."

여인은 흐느끼며 손을 거두었다. 재운은 구나 의례에서 모든 제액을 몰아내지만 오직 이 여인만은 남겨 두었다. 그것을 허락한 것은 만이었다. 재운이 간청했다.

'그 여인을 가끔 볼 수 있게 해 주십시오.'

만은 내키지 않았다.

'그날이 되면 제가 반드시 보내 드릴 것입니다. 하오니 그날까지만 그 여인이 거기 계시도록 허락해 주십시오.'

만은 재운의 눈물을 보았다. 눈물이란 이름을 가진 아이가 눈물을 흘리니 만은 들어주지 않을 수가 없었다.

그러나 이제 그만 모두 내려놓을 때가 되었다. 재운을 대궁의 사슬에서 풀어 주면 지박령이 되어 버린 이 여인도 진저리나는 월성을 떠날 수 있을 것이다. 또한 만도 보위에서 자유로워질 것이다. 중연은 재운을 얻고자 그 혼인을 물렸지만 그 덕에 만은 마음을 결정하는 것이 오히려 쉬워졌다.

만이 비틀거리자 멀리서 동태를 살피던 환수 용이 득달같이 달려와 부축했다.

"괜찮으시옵니까?"

만은 손을 내저으며 말했다.

"가서 전사서의 김재운을 불러오너라."

"지금 말입니까? 자시가 넘었습니다. 관원들은 모두 퇴궐하였습니다."

"그 아이는 아직 퇴궐하지 않았다. 하니 어서 데려오너라."

조원전의 여귀는 월성 내에 재운이 있어야만 나타난다는 것을 만은 알고 있었다.

"그리하겠습니다. 하온데 소인이 좀 전에 여인의 흐느낌을 들은 듯하옵니다. 혹 조원전의 그 여귀가……."

"시끄럽다. 너도 늙으니 귀가 헛것을 듣는 모양이로구나."

만은 창백하고 냉정한 얼굴로 환수 용을 쳐다보았다. 만의 얼굴 어디에도 다급하게 눈물을 감춘 흔적은 보이지 않았다.

'확실히 폐하가 낸 소리는 아니야.'

환수 용은 틀림없이 여인의 흐느낌 소리를 들었다. 그러나 만은 그 소리를 부정했다.

"황공하옵니다."

환수 용이 계속 우물쭈물하고 있자 만이 다그쳤다.

"뭘 하고 섰느냐, 어서 가서 김재운을 데려오라는데!"

환수 용은 조원전 쪽을 힐끗 본 후, 돌아서서 전사서로 달려갔다. 가는 동안에도 환수 용의 의혹은 여전히 가시지 않았다. 폐하는 이 시각에 김재운이 전사서에 있을 것을 어찌 아셨을까?

"짐은 그만 태자 요에게 양위하고 북궁으로 물러나려 한다."

만은 보위에 오르기 전 북궁의 장공주로 불렸다. 만의 부름을 받고 내전에 든 재운은 잠자코 선 채 만의 말을 기다렸다. 만은 불면증에 시달리고 있어 늘 눈시울이 붉었고, 금과 보주로 장식한 무거운 가채에 눌려 고개와 어깨가 삐뚤었다. 그러나 지금은 가채를 올리고 있지 않아서인지, 혹은 그보다 더 무거운 왕위를 내려놓겠다고 말한 때문인지 다소 홀가분해 보였다.

"대궁의 바람이 짐의 뼈를 삭이고 짐의 살을 먹는다. 짐은 홀로 이 대궁에서 밤을 지새우는 것이 두렵다. 천 년의 기둥이 무너지는 소리를 듣는 것이 버겁다. 짐이 대궁을 물러나면 네가 어찌 될 것인지 안다. 하나 짐이 더는 버티지 못하겠으니 어쩌겠느냐? 또한 시간이 지날수록 너를 향한 중연의 마음은 더 깊어질 것이니 이제 미룰 수 없게 되었다. 그만 약속을 지켜 다오."

"알겠습니다."

만은 재운의 표정을 살폈다. 보고 있노라면 홀연히 빠져드는 용모였으나 재운은 단 한 번도 그 얼굴에 감정을 내비친 적이 없었다. 하여 만은 재운이 사람처럼 여겨지지 않았다. 그녀에게 그는 그저 저杵일 뿐이었다. 그렇다 해도 자신의 운명을 앞에 두었으니 저杵에게도 느끼는 것이 있을 터이지. 만은 재운의 진심을 알고 싶었다.

"짐은 미련이 없다만, 너는 그렇지 않아 보이는구나."

"아닙니다."

재운은 담담히 대답했다. 그 선연한 눈매 역시 흔들림이 없었다. 만은 고개를 끄덕였다.

"하나 중연은 받아들이기 어려울 것이다. 너와 중연은 서로 정을 나누지 말았어야 했다."

"저에게는 인연이었으나 그에게는 필연인지라 물리칠 수가 없었습니다."

박후명은 '선인정결選因定結'의 문구가 적힌 홍색 종이를 쥔 채 생각했다. 이 문구대로라면 북악에 놓았던 덫은 성공했어야 했다. 대체 뭐가 잘못된 것일까? 종이에 배어 있는 침향의 향내가 흐릿해져 가고 있었다. 침향의 향내처럼 재운도 점점 손에서 멀어지고 있다는 생각에 박후명은 초조해졌다.

재운이 쓴 글에 손을 댔던 승균은 그 글에 걸린 신주로 말을 잃었다. 승균의 혀를 묶은 신주가 풀리지 않으면 적두는 제자의 청아한 독경 소리를 두 번 다시 들을 수 없게 될 것이다. 하니 이 문구도 이 문구를 가진 자의 소망대로 신주가 되어 재운의 발목을 잡았어야 했다. 한데 재운은 용케 빠져나갔다.

그리고 이번엔 김중연과의 혼인이 깨졌다. 만이 변덕을 부렸다. 만이 중연과의 혼인을 제안했을 때 박후명은 이번에야말로 이 문구가 힘을 발휘했다고 여겼다. 효원이 본래 이 문구로 얻고자 했던 인연이 재운이 아니라 중연이라는 것을 알았기 때문이다. 중연과의 혼사 이야기를 꺼냈을 때 효원은 비로소 속내를 털어놓았다.

'바라고 바라던 일이어요.'

그때서야 딸의 마음을 눈치챈 박후명이 물었다.

'혹 그 일로 목련방을 찾아갔었느냐?'

효원은 다시 입을 다물었다.

'아비가 묻고 있지 않느냐?'

'그 일은…… 말씀드릴 수 없어요.'

'왜, 나마가 비밀로 하라더냐? 이제 그럴 필요 없다. 이미 알

고 있으니.'

이미 알고 있다니 효원도 더는 숨길 이유가 없었다. 게다가 문구를 잃어버렸음에도 소망이 이루어지려 하고 있지 않은가. 어차피 김재운이 나중에 직접 아버지께 말씀드린다고 하였다.

'나마가 벌써 아버님께 말씀드렸을 줄은 몰랐어요. 하면 제가 받은 문구에 대한 셈은 치르셨나요?'

'오냐, 치렀다. 한데 그 문구는 어쨌느냐?'

박후명은 거짓으로 말했지만 효원은 알지 못한 채 조심스레 대답했다.

'잃어버렸어요.'

'잃어버려?'

효원은 되묻는 박후명의 눈치를 살피며 말했다.

'예, 어디에 뒀는지 모르겠어요. 어쩌면 누가 훔쳐 갔을지도 모르고요. 나마에게는 말하지 말아 주세요. 절대 잃어버리지 말라고 신신당부했거든요. 그럼에도 일이 이리 성사되어 참 다행이어요.'

효원의 말대로라면 참으로 신통하기 짝이 없는 일이 아닌가. 만이 무슨 꿍꿍이인가 싶었더니 바로 이것 때문이었군. 과연 저杵의 문구로다. 하지만 박후명은 그 문구가 효원이 아니라 자신의 손에 있음에도 애초에 효원이 바란 대로 이루어지고 있는 것이 다소 마음에 걸렸다.

재운이 문구를 효원에게 내주었다는 것은 그 역시 이 혼인을 바라고 있다는 뜻이었다. 박후명은 재운의 저의가 의심스러웠다. 그렇다고 해도 이 혼인은 그에게 불리하기보다는 유리한 쪽이었다. 해서 박후명은 이 혼인을 받아들인 것이었다.

그런데 어찌 된 일인지 결과는 또 뒤집어졌다. 혹 재운이 이 문구를 가지고 뭔가 술수를 쓰고 있는 것이 아닐까? 아니다. 효원에게 잃어버리면 안 된다고 당부한 것은 문구가 다른 사람의 손에 들어갈 것을 경계했기 때문이다. 하면 재운이 위험을 무릅쓰고 효원에게 문구를 써 줬다는 뜻인데 대체 무슨 속셈이었을까.

저杵의 꿍꿍이에 대해서는 적두가 잘 알 것이다. 그러나 박후명은 적두에게 이 문구에 대해 말할 생각이 추호도 없었다. 무엇이 문제인지는 알 수 없으나 문구는 아직 모든 효력을 발휘하지 못했다.

원인이 되는 일이 두 번이나 벌어졌지만 여전히 결과를 얻지 못하였다. 문구의 네 글자 중 두 글자만이 움직인 것이다. 하니 기어이 재운을 잡는 날, 적두가 그에게서 재운을 빼앗아 가려 한다면 그때 이 문구의 남은 두 글자를 사용할 수 있을 것이다.

효원은 후원 연못가에 앉아 수면에 어지러이 떨어진 꽃잎을 바라보며 울고 있었다. 중문 앞을 지나던 적두가 그 광경을 보았다. 효원이 적두를 보고 일어나 합장을 했다. 적두는 효원이 왜 넋을 놓은 채 눈물만 짓고 있는지 알고 있었다.

혼인을 앞둔 효원은 누가 보아도 들떠 있었다. 그녀는 얌전한 성품이라 평소에도 말이 많지 않았다. 그럼에도 간절한 진심은 사람의 눈을 속이기 어려운 법인지라, 그녀가 여태 중연을 얼마나 연모하였는지 이 혼인을 앞두고 그 마음이 고스란히 드러났다.

적두가 월성에서 내쳐진 후, 박후명은 적두와의 만남에 신중을 기하였다. 대아찬이 예전과 다른 눈으로 그를 보고 있었다. 만 또한 그의 심중을 알아챘다. 하여 박후명은 적두를 집으로 부르는 일을 삼갔다. 대신 그가 사람들의 눈을 피해 늦은 밤이나 새벽에 은밀히 문수사를 찾았다.

그런데 오늘은 무슨 일인지 박후명이 시간과 장소를 가리지 않고 사람을 보내 그를 불러들였다. 아마도 그만큼 다급하게 상의할 일이 있는 것이겠지. 적두는 서둘러 모량부로 들었다.

적두는 청각이 자신의 진언을 걷어 갈 줄은 미처 생각지 못했다. 그의 실수였다. 청각으로 재운을 제거할 것만 생각했지 실패하면 그것이 되레 그에게 역용될 것을 계산하지 못한 것이다.

이 일로 그는 저杵를 겨눠 성공하지 못하면 자신이 덮어쓰게 된다는 것을 배웠다. 그가 조금만 더 신중을 기했더라면 이는 저杵의 글이 때론 저杵의 발목을 잡게 되는 것과 같은 이치임을 진작 알아차렸을 것이다.

적두는 이쪽의 모든 속셈을 간파한 만이 박후명에게 대뜸 중연과의 혼인을 주선하자 뭔가 일이 이상하게 돌아간다고 여기던 참이었다. 때문에 혼인이 깨지자 오히려 안도감을 느꼈다.

"상심하지 마십시오. 그저 인연이 아닌 것입니다."

중문 밖에 선 채 적두는 효원에게 인자한 미소를 내보였다. 효원은 고개를 저으며 말했다.

"인연이 아니어도 인연이 될 수 있었습니다. 제게는 목련방의 문구가 있었어요."

무심했던 적두의 노르스름한 눈빛이 이내 사냥꾼의 것으로 바뀌었다. 그는 중문 안으로 걸음을 들여놓으며 물었다.

"목련방의 문구라 하셨습니까? 뭐라 쓰여 있었지요?"

"선인정결選因定結입니다."

연유를 가려 결과를 정한다. 중연을 두고 효원의 입장에서 해석한다면 이 문구는 인연을 택해 매듭을 묶는다는 의미일 것이다. 그 순간 적두의 머릿속에서 퍼뜩 떠오른 생각은 '만약 이 문구가 김재운에게 씌워진다면?'이었다.

원인을 일으키는 것은 사람의 의지이나, 결과를 정하는 것은 사람의 의지와 상관없이 오직 원인에서 기인한다. 고심 끝에 고르고 골라 일으킨 원인이 원하는 결과를 내지 않을 수도 있었다. 원인에서 결과까지 일이 진행되는 동안 어떤 변수가 개입될지 알 수 없기 때문이다.

"그 문구가 정말 김재운이 쓴 것입니까?

"예. 한데 잃어버렸어요. 아마 그래서 이 혼인이 깨진 것 같아요. 대체 어디로 가 버렸는지 모르겠어요. 틀림없이 베개 밑에 넣어 뒀는데, 제가 놓아둔 장소를 착각했을까요? 아니면 밤 사이에 도둑이 든 것일까요? 어쩌면 바람이 들어 훔쳐 갔을지도 모르겠어요. 창문이 열려 있었거든요."

효원은 눈물로 젖은 뺨을 닦을 생각도 하지 않은 채 말했다. 적두는 조심스럽게 물었다.

"아가씨, 그 문구를 어찌 손에 넣었습니까?"

"목련방으로 찾아갔더랬지요."

효원은 울먹이며 대답했다. 적두는 믿을 수 없다는 표정이었다.

"하오나 목련방에 있는 김재운의 집은 여간해서는 찾기 어렵다 들었습니다."

"저는 쉽게 찾았어요. 마치 절 기다리고 있었던 듯 얼른 맞아 주셨지요."

이는 김재운이 일부러 금줄을 열어 주었다는 뜻인데 대체 왜? 적두가 물었다.

"아가씨가 그 문구를 가지고 있다는 것을 누가 알고 있지요?"

"아무도 몰라요. 목련방엔 저 혼자 갔거든요. 또 나마가 아무에게도 말하지 말라 했지요. 아, 아버님은 알고 계셔요. 처음 제게 혼삿말을 꺼내셨을 때 말씀드렸지요. 어떻게 해서든 비밀로 하려고 했는데 이미 알고 계셨어요."

"아버님이 이미 알고 계셨단 말입니까?"

"문구에 대해서는 아마도 혼삿말이 나오면서 나마가 말씀올렸을 거예요. 그 문구에 대한 셈을 아버님께 받겠다고 했거든요. 하지만 제가 목련방을 찾았던 것은 진작 알고 계셨어요. 하지만 그땐 아무것도 말씀드릴 수 없었지요."

박후명의 가병들이 늘 목련방 근처에 잠복하고 있었다. 그들은 재운과 관련된 일이라면 무엇이든 물어 갔다. 아마도 효원의 걸음이 그들의 눈에 띈 모양이다. 하면 문구를 훔친 것은 박후명인가? 그런데 내게는 그 일을 감췄단 말이지. 적두의 미간이 좁아졌다.

효원이 물었다.

"선사님, 어찌하면 이 혼사를 다시 성사시킬 수 있을까요? 나마께서는 제게 두 번은 글을 써 줄 수 없다고 하였어요."

적두가 효원의 눈을 쳐다보았다. 그녀는 적두의 노르스름한 눈동자가 늘 무서웠다. 그러나 그 평범하지 않은 눈이 곧 비범한 재주를 증명하는 것 같아 그를 신뢰하지 않을 수가 없었다. 아버지가 월성에서 내쳐진 그를 여전히 찾는 것도 아마 그런 이유 때문일 것이다.

"선사님, 부디 가르침을 주시어요. 이제 영영 방법이 없는 건가요?"

"글쎄요, 딱히 방법이 없는 것은 아닙니다. 이미 그 문구에 담겨 있던 아가씨의 일념이 움직였습니다. 왕명이 떨어졌고 혼인의 말이 오갔으며 납폐가 들어갔지요. 즉 그 문구의 효력이 절반쯤 발생했다는 뜻입니다. 다만 문구의 해석은 대상에 따라 이렇게도 저렇게도 적용될 수 있기에 이제부터는 주의가 필요하지요. 만약 누군가 그 문구의 남은 절반의 효력을 아가씨가 가졌던 본래의 일념과 다른 용도로 사용하고자 한다면 부작용이 생길 것입니다. 바람이 가져갔건 쥐가 물어 갔건 남의 것을 가져갔으니 대가를 치르게 되는 것이지요."

"하면 저는 이제 어찌하면 되지요?"

"일단 서둘러 문구를 되찾아야겠습니다. 문구의 남은 글자가 가진 효력은 아직 아가씨의 것입니다. 그 힘에 다시금 기대어 보아야지요."

"그게 가능할까요?"

"물론이지요. 그런 일은 소승이 아주 잘 해낸답니다."

"하지만 문구를 어디서 되찾을 수 있을까요?"

"소승이 도와 드리지요."

"정말요?"

"예, 소승이 문구를 찾아 아가씨의 눈앞에 가져다 드리지요. 대신 아가씨께서는 앞으로 소승의 말만 따르셔야 합니다. 아시겠지요?"

"그럼요, 선사님이 시키는 대로 할 것입니다. 고맙습니다."

효원은 눈물이 그렁그렁한 얼굴로 적두를 바라보며 합장하였다.

"조원전에서 여인의 흐느낌 소리를 들었다고? 아마 폐하였겠지. 본디 그런 나약한 성정을 지닌 여인이니 이상할 것도 없다."

박후명은 환수의 말을 대수롭지 않게 여겼다.

"폐하는 아닙니다. 소인이 지켜보았습니다."

"하면 누가 울고 있었다는 게야? 혹 조원전의 그 소문을 말하려는 것이냐?"

"맞습니다. 아시다시피 헌강왕 시절부터 조원전에서 밤이면 묘령의 여인이 배회한다는 소문이 있었습니다. 목격자도 간혹 있었지요. 해마다 구나 의식을 치르지만 그 여인만큼은 쫓아낼 수가 없었습니다. 그 여인이 틀림없습니다."

"해서 하고 싶은 말이 뭐냐?"

"폐하께서는 악몽을 꾸셨지요. 그러곤 잠을 이루지 못하시다가 그곳으로 납셨습니다. 폐하는 그 여인이 누군지 알고 있습니다. 틀림없어요. 폐하의 불면증도 그 여인으로 인한 것이 분명합니다."

대체 그 여인이 누구이기에 감히 대궁에 붙어 있단 말인가. 박후명은 잠깐 누이동생인 여를 생각했으나 이내 고개를 저었다. 언제나 그 소문이 들려올 때마다 여가 떠올랐다.

그러나 그는 누이가 대궁의 귀鬼가 되었을 것이라 여기지 않았다. 오라비의 말 한마디에 순순히 입궁을 받아들였다. 무엇이든 그가 하자는 대로 들어주던 순하고 착한 아이였다. 그런 아이가 하룻밤 만에 사라져 여태 죽었는지 살았는지 시신조차 찾아내지 못하고 있었다. 그 아이에게 무슨 일이 벌어졌는지는 모르나 설령 죽어 그 시신이 대궁 어딘가에서 썩어 가고 있다 해도 가슴에 원망을 품을 줄 모르는 심성이니 귀가 될 리 없었다. 하니 여는 아닐 것이다. 지난 천 년의 시간 동안 대궁에 한을 품은 여인이 어디 한둘이겠는가.

박후명은 적두를 쳐다보았다.

"어떻소? 선사께서는 혹 짐작 가는 것이 있소?"

"글쎄요, 김재운도 내보내지 못했다 하니 보통은 넘는 귀겠습니다."

적두는 건성으로 대답했다. 그의 머릿속은 온통 효원이 말했던 그 문구에 대한 생각뿐이었다. 박후명의 손에 재운을 잡을 문구가 있었다. 하지만 그는 그것을 내놓을 생각이 없어 보였다. 적두는 효원과 헤어질 때 박후명이 오늘 다급하게 사람을 보내 자신을 부른 이유가 어쩌면 그 문구 때문이 아닐까 잠깐 생각했다. 하지만 곧 자신의 예상이 빗나갔음을 알았다. 박후명은 안가교에서 재운을 꼬여 낼 미끼인 가기를 내놓으며 덫의 성공을 확신했다. 그 근거가 어디에 있었는지 적두는 이제야 알 것 같았다.

박후명이 말했다.

"그 귀가 누구인지는 중요하지 않소. 더는 이렇게 기다리고만 있을 수 없으니 뭔가 방법을 강구해 보시오."

이것이 오늘 박후명이 적두를 부른 이유였다. 환수 용이 박후명의 눈치를 살폈다. 환수가 오늘 대궁에서 물어 온 이야기는 새로울 것이 없었다. 그저 환수 자신이 직접 여인의 울음소리를 들었다는 것 외에는.

박후명은 저杵에 대해 아직 알지 못하는 환수를 경계하여 적두에게 은밀한 눈짓을 보내며 말했다.

"아무래도 사냥물을 바꿔야겠소."

적두는 박후명의 말을 알아들었다. 사냥물을 재운에서 신물로 바꾸겠다는 뜻이었다. 적두는 고개를 끄덕였다. 그는 저杵만을 원했지만 저杵가 잡히지 않으니 박후명의 말대로 달리 방법을 강구해야 했다. 사냥물을 바꾼다 해도 결과는 같았다. 김재운을 잡으면 신물도 얻는 것에서 이번에는 신물을 얻으면 김재운도 잡는 것이다.

환수도 이 자리에서 뭔가 그럴듯한 수를 내놓고 싶었지만 얼른 떠오르는 것이 없었다. 그런데 사냥물을 바꾼다니? 그가 아는 박후명의 사냥물은 신물이었다. 그 신물 때문에 문수사의 승려까지 끌어들인 것이 아닌가. 한데 다른 사냥물이 또 있단 것인가?

그는 물어보고 싶었으나 섣불리 말을 꺼낼 수가 없었다. 보나 마나 천한 것이 알고자 하는 것도 많다며 이 자리에서 쫓아낼 것이다. 아니나 다를까 아직 입도 뻥긋하지 않았는데 박후명이 그에게 물러가라 손짓을 하였다. 그러자 적두가 새삼 말리고 나섰다.

"그냥 두십시오. 그에게도 기회를 주셔야지요. 드디어 환수가 동궁에서의 실수를 만회할 때가 되었습니다."

"그게 무슨 소리요?"

"소승에게 좋은 생각이 떠올랐습니다. 한데 그 일에 환수가 꼭 필요합니다."

"환수가 대체 무슨 일을 할 수 있단 것이오?"

박후명이 물었다. 환수는 눈을 끔벅이며 적두의 말에 귀를 세웠다.

"천존고*에 수주가 하나 더 있습니다. 폐하께 조원전의 변고를 몰아낼 방법으로 그 수주가 필요하다 말씀드려 보면 어떻겠습니까?"

"글쎄?"

박후명은 탐탁지 않은 얼굴이었다.

"폐하는 내가 무엇을 원하는지 이미 알고 있소. 한데 어찌 또 수주 이야기를 꺼낼 수 있단 말이오. 조원전의 변고가 핑계에 불과하다는 것을 금방 눈치채실 것이니 허락하지 않을 것이오."

"하오니 예부령께서는 도당을 움직이십시오. 소승은 이미 월성에서 내쳐졌고 예부령께서도 대놓고 나설 수 없으니 그것이 최선입니다. 도당이 집요하게 청하면 폐하도 허락하지 않을 수 없을 것입니다. 폐하의 허락이 떨어지면 천존고의 수주를 꺼내야 하지요. 그 전에 우리가 먼저 수주를 훔쳐 내야 합니다. 물론 김중연이 대궁의 숙위를 서는 날로 말입니다. 하오면 김중연이 그 책임을 지게 될 것입니다."

박후명이 가늘어진 눈매를 더욱 좁히며 중얼거렸다.

"김재운이 스스로 수주를 꺼내게 만들겠다?"

"예, 김중연을 살리려면 수주가 있어야 하니까요. 천존고의

---

* 천존고는 만파식적과 같은 악기뿐 아니라 각종 제천 행사에서 사용되는 신물의 보관 장소이다. 월성 내에 존재했으나 정확한 위치는 아직 알 수 없다.

수주는 그들이 절대 꺼낼 수 없는 곳에 숨길 것입니다. 그러니 김재운은 자신이 가진 수주를 내놓지 않고는 다른 방법이 없을 것입니다."

그러나 박후명은 여전히 미심쩍은 듯 물었다.

"김재운이 과연 그렇게 하겠소? 김중연과 호국의 신물 중 김중연을 택하겠느냐는 말이오. 왕이 맡긴 물건이오. 그자는 왕명을 거역하지 못하오."

"할 것입니다."

"어찌 그리 장담할 수 있소?"

"폐하 역시 김중연이 죽도록 내버려 두지 않을 터이니까요. 폐하의 측근에는 신뢰할 만한 사람이 그리 많지 않습니다. 하여 폐하가 김중연을 왕경에 들이고자 얼마나 정성을 들였습니까? 폐하가 그런 자를 쉽게 잃고자 하겠습니까? 도당이 천존고의 보물을 잃은 책임을 김중연에게 물으면 목숨을 부지하기 어렵습니다. 하니 폐하는 반드시 다른 수주라도 꺼내 보이며 그 위기를 넘기고자 할 것입니다."

환수 용은 침을 꿀꺽 삼켰다.

'신물이 김재운에게 있었구나. 해서 예부령이 김재운을 손에 넣고자 그리 안달이 났던 거야.'

박후명은 이마를 굳힌 채 물었다.

"하나 천존고에서 보물을 훔치는 일이 그리 쉬운 일이오?"

적두는 환수를 보며 말했다.

"동궁의 시가를 훔치는 것에는 비록 실패했으나 환수의 솜

씨라면 믿어 볼 만하지요. 설마하니 김재운이 천존고까지 손을 써 놨겠습니까?"

"그렇다면야."

박후명이 시선이 환수를 향했다.

"선사의 말씀을 잘 들었느냐? 이번에도 얼토당토않은 꿈 이야기가 나오면 그땐 목숨을 부지할 수 없을 것이다. 하니 잘 들어라."

박후명은 환수 용의 수락 따위 묻지 않은 채 명을 내렸다.

"천존고의 열쇠는 모두 세 개로 내황전과 신궁, 천존지기에게 있다. 내황전과 신궁의 것은 손댈 수 없으니 천존지기에게서 훔쳐 낼 수 있을 것이야."

환수 용은 숨이 가빠졌다. 어려운 일이었다. 또한 마음만 먹으면 쉬운 일이기도 했다. 그러나 환수 용은 겁이 났다. 천존고의 보물을 훔치다니, 만약 일이 잘못되면 참수를 면치 못할 것이다. 환수 용은 떨리는 혀를 간신히 놀리며 말했다.

"하오나 천존고는 예부 산하이니 예부령께서 마땅히 천존지기로부터 열쇠를 받아 오실 수 있지 않겠습니까? 물론 천존지기의 입을 막는 것도 훨씬 용이하실 것이니."

"나는 이 일에 관여하지 않는다. 하니 일이 잘못되었다 해도 너는 끝까지 내 이름을 발설해서는 안 될 것이야. 그래야 내가 나서서 너를 구명할 수 있다. 무슨 말인지 알겠느냐?"

환수 용은 고개를 저었다.

"압니다. 하오나 소인은 못합니다. 소인은 그릇이 작아서…….”

“할 수 있는 자가 너뿐이다.”

“만에 하나 잘못되면 소인은 죽은 목숨입니다.”

“하면 선택을 해야겠다. 너는 이미 우리 계획을 모두 들었다. 하니 이 자리에서 죽든가, 천존고의 수주를 훔쳐 오든가. 어찌하겠느냐?”

환수 용에게는 선택의 여지가 없었다. 발설하지 않겠다고 맹세한들 박후명이 죽인다 하면 죽는 것이다. 또한 이 자리에서의 죽음은 정해진 것이지만 천존고의 수주를 훔치는 쪽은 성공하면 살 수도 있는 길이다.

그러나 워낙 중대한 사안이라 일이 잘못되면 천하의 예부령이라 해도 구명할 길이 없을 것이다. 환수는 난감했다. 그래도 사주를 한 것이 예부령이니 이를 약점으로 삼으면 어떻게든 빠져나갈 길이 생길 수도 있지 않을까? 기왕 이렇게 된 바에야……. 망설이던 환수 용이 대담하게 입을 열었다.

“소인을 여기서 죽이시면 두 분께서도 손해십니다. 소인 말고는 어차피 사람이 없지 않습니까? 하오니 먼저 합당한 대가를 약조해 주십시오. 소인이 무엇을 원하는지 예부령께서는 잘 아십니다.”

환수 용은 박후명의 눈을 보았다. 절대 웃지 않는 그 눈에 조소가 어려 있었다. 환수 용은 불길함을 느꼈다. 박후명이 말했다.

“너의 뻔뻔함을 더는 참고 보지 못하겠구나. 네가 내 머리

꼭대기 위에 올라서고 싶은 모양인데, 내겐 네가 아니라도 얼마든지 방법이 있다. 나는 말이다, 지금 너에 대해 이렇게 생각하는 중이다. 기르던 개가 복종하지 않으면 죽이는 것이 낫다. 하물며 너는 언제 누구를 물지 모르는 월성의 떠돌이 개가 아니냐."

박후명이 벌떡 일어나 걸려 있던 환두도를 집어 들었다. 시퍼런 칼날이 검집에서 뽑혀 나오자 환수 용은 머릿속이 하얘졌다.

"살려 주십시오."

환수 용이 엎드려 머리를 바닥에 처박았다.

"예부령의 말씀대로 한때 소인은 월성의 떠돌이 개였습니다. 하오나 지금 소인은 예부령의 개입니다. 아시지 않습니까? 소인은 지난 이십여 년간 오직 예부령의 눈과 귀였습니다."

"왜냐하면 나만이 너의 뼈에 품계를 내려 주겠다고 약속했기 때문이지. 하나 나는 알고 있다. 네가 여전히 나 말고 다른 자들의 개 노릇도 하고 있다는 것을."

"그건 오해십니다. 소인은 오직 예부령을 위하여 움직였을 뿐."

"네가 나를 만만히 보았구나. 너는 내게 했듯 그들에게서도 여전히 말을 전하며 재물을 뜯어내고 있다. 내가 모를 줄 아느냐? 너는 언제라도 나를 배신할 놈이다. 너에게 더 많은 재물을 건넬 자, 너의 뼈에 하루라도 빨리 품계를 내릴 자가 나타난다면 말이지. 혹 나에 관해 이미 대궁에 발설했느냐?"

"아닙니다, 아닙니다, 천만부당한 말씀이십니다."

환수는 죽어라 빌었다.

"살려 주시지요."

적두가 환수의 편을 들어 박후명을 제지하고 나섰다.

"누구의 개면 어떻습니까? 환수가 지금까지 한 번도 예부령을 배신한 적이 없었던 것은 사실이지요. 그것만으로도 소승은 환수의 충심을 의심하지 않습니다. 환수의 뻔뻔함은 살고자 하는 마음에 겁을 먹은 탓일 뿐이오니 관대하게 보아 주시지요. 환수의 말이 옳습니다. 환수가 아니면 누가 예부령을 위해 이 일을 해 줄 수 있겠습니까?"

환수는 적두의 말에 힘을 얻어 사정했다.

"그렇습니다. 소인은 여태 예부령께 충심을 보였습니다. 다만 이번 일은 너무도 큰 일이라 두려운 나머지 눈에 뵈는 게 없었나 봅니다. 용서해 주십시오. 소인은 이 일로 참수되고 싶지 않습니다."

환수는 머리 위로 두 손을 올린 채 빌었다. 박후명이 못 이기는 척 칼을 내려놓으며 말했다.

"오냐, 하면 너의 참수만은 내가 기필코 면하게 해 줄 터이니 안심하고 수주를 가져오너라."

"참으로 참수를 면할 수 있는 것입니까?"

"내게 그 정도의 권세도 없을 줄 알았더냐? 도당이 내 손안에 있다."

"그러하옵지요."

"한데도 감히 네가 할 일에 대한 대가를 내게 먼저 요구한단 말이냐. 내가 이미 약조하였다. 하니 너는 그저 기다리는 것이 마땅할 것이다. 천한 뼈에 품계를 내리는 일이 어디 그리 쉬운 일인 줄 알았더냐. 완산주의 적들을 베어 왕경에 바치는 정도라면 모를까. 고작해야 물건 하나 훔치는 것으로 그 같은 보상이 가당키나 하냔 말이다."

"예부령의 말씀이 옳습니다. 소인이 생각이 짧았습니다. 하오나 무장도 아닌 소인 주제에 그 같은 일을 어찌?"

"그와 맞먹는 공을 세우란 뜻이다. 사직의 안위가 걸린 일은 앞으로 월성 내에서도 얼마든지 벌어질 것이니. 무슨 말인지 알겠느냐?"

"예? 예!"

환수 용은 부지런히 머리를 조아렸다. 월성 내에서 사직의 안위가 걸린 일이라면 반역의 일 말고는 없지 않은가? 설마 예부령이……? 그렇구나. 하여 내게 기다리라 하는 것이로구나. 그리만 된다면 나는 새 왕의 공신이 될 것이니 뼈의 품계는 응당한 것이다.

박후명이 말했다.

"대궁과 도당이 너에게 참수를 내리는 일은 결코 없을 것이다. 내 너에게 그것만은 약속할 수 있다. 대신 네가 이번에 천존고의 수주만 무사히 내오면 네 몸무게만큼의 금을 줄 것이다."

환수 용은 그제야 두 손을 내리고 고개를 들었다. 그는 박후명을 똑바로 쳐다보며 자신에 찬 어조로 말했다.

“참수만 면하게 해 주신다면야 소인, 반드시 그 수주를 가져 옵지요.”

제12장 또 하나의 수주水珠

천존고를 지키는 천존지기는 늘 그의 허리춤에 열쇠를 매달고 다녔다. 천존지기는 평소 자신의 열쇠를 누가 훔쳐 갈 것이라고 감히 생각해 본 적이 없었다. 천존고는 행사가 있을 때만 개방되었고 평소에는 굳게 잠겨 있는 곳이라 숙위군도 크게 신경 쓰지 않는 곳이었다.

환수 용은 천존지기와 본래 안면이 있었다. 사실 환수 용은 월성의 모든 사람과 안면이 있었다. 모두가 환수를 천한 것으로 취급했지만 왕의 측근이기에 어디든 통과할 수 있었다. 이를테면 사람이 아니라 개라서 봐주는 것이었다. 하여 천존지기가 환수의 얼굴을 보고 잠깐 천존고 안으로 들여보내 줄 수는 있었다.

그러나 나중에 수주가 없어지면 천존지기는 환수의 출입을 말할 것이다. 천존지기에게 은자를 쥐여 주는 것으로 입막음이 될 수는 없었다. 천존고의 보물이 사라지면 천존지기의 목숨도 떨어지기 때문이었다. 어차피 죽을 천존지기의 목숨, 환수 용은 말끔한 일처리를 위해 그를 먼저 죽이기로 마음먹었다.

환수 용은 사람을 죽여 본 적이 없었다. 때문에 처음엔 어떻게든 죽이지 않고 해결할 방법을 찾으려 했다. 그는 천존지기에게 술을 잔뜩 마시게 했다. 물론 수면제를 탔다. 그가 술과 약에 취해 잠이 들자 환수 용은 생각했다.

지금 열쇠를 빼내 수주를 훔쳐 내고 다시 열쇠를 천존지기의 허리춤에 매달아 놓는다. 그런 다음 술에 취한 척 천존지기 옆에 누워 자다가 아침에 그와 함께 눈을 뜬다. 그리하면 나중에 서로가 서로에게 증인이 될 수 있을 것이다. 천존고에서 수주가 사라지던 시각, 두 사람이 함께 술을 마시고 곯아떨어졌던 것으로.

그러나 환수 용은 천존지기의 입에서 그 시각에 자신과 술을 마셨다는 빌미조차 남겨 둬서는 안 된다는 것을 깨달았다. 더구나 술을 마시면서 환수 용은 천존지기에게 수주의 위치까지 물어보았다. 천존고에 그냥 들어가서는 날이 새도록 뒤져 봐야 수주가 어디 있는지 찾을 수 없기 때문이었다. 그러니 수주가 사라지면 천존지기가 가장 먼저 의심할 자는 환수 용이었다. 그러므로 천존지기는 영원히 입을 다무는 편이 유리했다.

환수 용은 허리띠를 풀었다. 천존지기는 환수가 산다 하니 공짜 술이라고 대놓고 마음껏 마셨다. 그는 술과 약에 완전히 취해서 술상을 앞에 둔 채 그대로 고꾸라져 바닥에 뻗었다. 환수 용은 그를 바로 눕힌 후 가슴 위에 올라앉았다. 손에 쥔 허리띠를 그의 목에 감아 조르기 시작했다.

얼굴이 벌겋게 단 천존지기가 갑자기 눈을 번쩍 떴다. 예상치 못한 반응에 식겁을 한 환수의 손이 일순 풀렸다. 수면제가 너무 적었나? 천존지기가 버둥거리며 목에 감긴 끈 사이로 손가락을 밀어 넣으려 했다. 그러나 끈은 이미 살 사이로 깊숙이 파고들었다. 천존지기는 두 손을 뻗어 환수를 밀어내려 했다. 환수는 꿈쩍도 하지 않았다. 입궁한 이후로 제법 살이 뒤룩뒤룩 찐 터라 환수의 몸무게가 만만치 않았다. 천존지기가 죽을 힘을 다해 저항할수록 끈을 조이는 환수의 손에도 덩달아 힘이 가해졌다. 부릅뜬 천존지기의 눈이 점점 붉어지더니 마침내 숨이 끊어졌다.

환수는 진땀을 흘리며 천존지기의 시신 위에서 내려왔다. 온몸이 후들거렸다. 그는 서둘러 주가酒家를 빠져나왔다. 주가에서는 그가 누군지 아무도 알아보지 못했다. 나중에도 기억하지 못할 것이다.

환수 용은 걸음을 옮길 때마다 자신의 심장을 자근자근 밟는 듯 가슴이 졸아들었다. 어쩌자고 내가 천존고에 발을 들였을까? 박후명이 칼을 뽑았을 때 환수는 체념할 수밖에 없었다. 그는 궁지에 몰렸고 더는 빠져나갈 수 없는 처지가 되었음을 깨달았다. 박후명이 앞으로 무엇을 약속했든 막상 천존고로 들어오니 그저 두렵기만 했다.

천존고는 호국 사찰인 황룡사 구층탑의 모습을 빌려 지은 목조건물이었다. 건물 자체가 신묘한 하늘 사다리의 역할을 부여받은 것이다. 또한 천존고의 이름은 하늘에서 내린 신의 선물을 보관하는 창고란 뜻이었다. 거기에는 왕실의 삼보三寶* 중 하나인 옥적玉笛**과 보물 삼기三機***뿐 아니라 신국의 온갖 제천 행사에서 사용되는 신물과 악기가 있었다.

옛날에 고구려의 왕이 말하기를, 신라에는 보물 삼기가 있어 감히 침범할 수 없다고까지 하였다. 그리하여 천존고의 모든 물건은 보물이 아닌 것이 없고, 모든 보물은 신물이기에 스스로 둔갑할 수 있다는 말까지 있었다. 환수는 그런 천존고의 신물을 훔쳐 내야 하는 것이 내키지 않았지만 도리가 없었다.

환수는 등잔불을 이리저리 비추며 내부 구조를 살폈다. 다층으로 이루어진 천존고 내의 물건들은 일목요연 정돈이 잘되어 있었으나 천존고에 처음 들어가 본 환수는 어디가 어디인지 그저 복잡하기만 했다. 그는 천존지기가 알려 준 대로 목조 계단을 올라 삼 층 오른쪽 구석 끝에 이르렀다.

그는 벽을 살폈다. 자물쇠가 달린 작은 문고리가 보였다. 환수는 천존지기의 열쇠 꾸러미에서 열쇠를 골라 자물쇠를 열고 벽을 안쪽으로 밀었다. 그러자 오른쪽으로 복도가 보였다. 복

---

* 분황사 탑에서 나온 선덕여왕의 화주는 분실되었고, 박혁거세의 금척은 인공산을 만들어 숨겼다고 전한다.

** 만파식적.

*** 황룡사 구층탑, 장육존상, 천사옥대를 말한다.

도 끝에 이르자 가로세로 다섯 자 크기의 방 한가운데 아무런 문양도 새겨지지 않은 흑단 상자가 놓여 있었다. 다행히 상자에는 자물쇠가 달려 있지 않았다.

'이렇게 귀하게 따로 보관할 정도면 상자에도 자물쇠가 달려 있을 법한데……. 하긴, 요 비밀의 방이 자물쇠인 셈이지.'

환수는 등잔불을 내려놓고 상자 앞에 쭈그려 앉았다. 그가 상자에 손을 대자 서늘하고 차가운 기운이 혈관을 타고 스며들어 심장까지 전해졌다. 환수는 심장이 얼어붙는 것 같은 한기에 등골이 오싹해졌다. 상자 안에 물이 가득 차 있다고 했다. 아마 그래서일 것이다. 상자는 묵직했다. 마치 그 위에 아주 차갑고 무거운 것이 올라앉아 지키고 있는 듯.

환수는 한 번도 수주를 본 적이 없었다. 적두는 그에게 수주에 대해 이렇게 설명했다.

'그 수주는 야명주와 비슷하나 물에 넣으면 보이지 않소. 하여 눈으로는 찾을 수 없으니 손을 넣어 보아야 할 것이오. 단 맨손이어야만 잡을 수 있다는 것을 잊지 마시오.'

환수는 상자의 뚜껑을 열었다. 적두의 말대로 상자 안에는 물이 가득 차 있을 뿐 수주는 보이지 않았다. 검은 상자 속에 담긴 물은 검었다. 환수는 그 불가사의한 물속에 손을 집어넣을 엄두를 내지 못한 채 물끄러미 들여다보았다. 잔잔했던 수면이 빗살무늬를 그리며 조금씩 흔들렸다. 환수는 오금이 저렸다.

'아마도 바깥 공기가 들어온 탓일 것이다.'

환수는 어서 이 방에서 나가고 싶었다. 그는 잔뜩 긴장한 채

숨을 삼킨 후 소매를 걷어 올리고 상자 속으로 두 손을 넣었다. 물은 얼음처럼 차가워 살이 에이는 듯했다. 서둘러 이리저리 더듬어 보는데 이내 손끝에 곡면의 매끄러운 감촉이 닿았다. 순간 갑자기 등잔불이 훅 꺼져 버렸다. 사방이 칠흑 같은 어둠 속에 잠겼다.

환수는 까무러칠 듯 놀랐다. 바람이라곤 한 점도 없었다. 그런데도 그의 옷자락은 사정없이 흔들리고 있었다. 수면이 심하게 출렁거리며 금방이라도 뭔가 튀어나올 것 같았다.

너무 무서워서 환수는 숨도 쉬어지질 않았다. 그는 황급히 두 손에 담은 수주를 물 밖으로 꺼냈다. 환한 빛 덩어리가 비밀의 방을 밝혔다. 그 빛이 너무 강렬하여 환수는 눈이 부신 나머지 잠깐 고개를 돌렸다.

그 순간 수주의 빛이 허물어지며 그의 손바닥 안으로 녹아들었다. 방금까지 그의 손에 쥐어져 있었던 수주가 거짓말처럼 사라진 것이다. 환수는 영문을 몰라 잠깐 어리둥절했다. 떨어뜨렸나? 환수는 허겁지겁 손으로 바닥을 더듬어 훑었다.

그러나 환수는 이내 그 수주가 그의 몸 안으로 들어온 것을 깨달았다. 양쪽 손바닥에서 물컹한 기운이 잡혔다. 환수는 자기도 모르게 주먹을 쥐었다. 손에 힘이 가해졌다. 그러자 두 개로 분리된 수주가 달걀만 한 덩어리가 되어 그의 손목에서 팔을 타고 기어오르며 꿀렁꿀렁 움직였다.

기겁한 환수가 두 손으로 번갈아 수주의 움직임을 잡아 보려 했으나 그것은 곧 그의 양쪽 어깨를 타고 올라와 가슴 언저리에서 하나로 합쳐지더니 다시 원래의 크기로 돌아왔다. 혹이라도 자라난 듯 명치가 불룩해졌다. 환수는 일순 숨을 쉴 수가 없어졌다. 수주가 창자를 비집고 배 속으로 내려가는 것이 느껴졌다. 호흡은 돌아왔으나 장기가 뒤틀리는 고통에 그는 식은땀을 흘리며 기다시피 천존고를 빠져나왔다.

'뭐가 어떻게 된 거야? 변을 봐야 할까? 그러면 항문으로 수주가 빠져나올까?'

환수는 시험 삼아 아랫배에 힘을 주어 보았다. 그러자 수주는 오히려 물고기처럼 펄떡이며 머리 쪽을 향해 거슬러 올라가기 시작했다. 환수는 두려움에 정신이 아득해졌다.

'신물이라더니, 살아 있어! 어쩌지?'

몸으로 들어갈 때도 괴이하게 들어갔으니 나올 때도 만만치 않을 것을 그는 깨달았다. 도움을 구할 곳은 수주에 대해 잘 아는 적두 선사뿐이었다.

월성을 빠져나온 환수는 모량부로 달렸다. 그사이 수주는 목구멍까지 올라왔다. 환수는 수주를 이대로 토해 낼 수만 있다면, 하고 생각했으나 수주는 거기서 꼼짝도 하지 않았다. 목구멍에 돌덩이가 낀 듯 괴로웠다. 환수는 입을 벌린 채 가쁜 숨을 내쉬었다.

박후명의 집 대문이 열리자 환수는 허겁지겁 말에서 내리다가 그 자리에 고꾸라지듯 떨어졌다. 쓰러진 자리에서 일어나고 싶었지만 몸을 제대로 가눌 수가 없었다. 가복들이 달려가 그들의 주인을 부르고, 박후명과 적두가 걸어 나오는 것이 보였다. 환수는 뭐라 말하려 했으나 목소리가 나오지 않았다. 그는 자신의 목을 가리키며 살려 달라는 몸짓을 하였다. 적두가 발버둥 치는 환수를 태연히 바라보며 박후명에게 말했다.

"이제 이자가 할 일은 끝났으니 제거하지요."

뭐라고? 안 돼! 환수는 숨을 헐떡이며 박후명을 향해 기어갔다. 그는 박후명의 옷자락을 잡고 매달리려 손을 뻗었다. 소인을 살려 주십시오. 박후명은 그를 피해 한발 물러섰다. 웃지 않는 그의 두 눈이 냉혹하게 빛났다. 사색이 된 환수는 적두를 쳐다보았다. 선사님! 저를 살려 주십시오. 그러나 적두는 무심하게 말했다.

"아쉽게도 살 방법이 없소. 수주를 맨손으로 만지면 죽소. 수주는 본디 물을 좋아하지만 그보다 더 좋아하는 것이 있지. 바로 사람의 체온이오."

무슨 소리야? 선사가 분명 내게 말했어. 맨손이어야만 수주를 잡을 수 있다고. 수주가 목에 걸려 말을 할 수 없는 환수는 눈빛으로 고래고래 소리를 질렀다.

그러나 박후명은 환수의 고통이 재미있는 구경거리라도 되는 듯 웃었다. 환수는 그제야 속았다는 것을 깨달았다. 이게 아니야, 내가 원한 건 이게 아니라고. 분을 이기지 못한 환수의 눈에서 더운 눈물이 쏟아졌다.

박후명이 말했다.

"억울할 것이 무어냐? 내가 너에게 남들은 평생 살면서 한 번도 볼 수 없는 보물을 봬 주고 만질 수도 있게 해 주었다. 하니

원 없이 가거라. 선사, 그만 수주를 거두고 이자를 치우시오."

적두가 법구 속에 숨겨진 진검을 뽑아 들었다. 법구가 살기를 내자 신물이 알아차리고 벌떡벌떡 뛰며 달아나려 했다. 적두가 이를 놓치지 않고 순식간에 환수의 목을 베었다. 붉은 피를 뒤집어쓴 수주가 환한 빛을 뿌리며 튀어나오자 적두가 천을 쥔 손으로 수주를 움켜잡았다. 적두는 수주에 묻은 피를 닦으며 환수의 시신을 향해 말했다.

"대궁과 도당이 환수를 참수에 처하지 못하도록 막자니 소승이 먼저 목을 베는 수밖에 없었소이다. 하면 이것으로 예부령께서는 환수와의 약조를 지킨 것이오. 또한 그동안 예부령께서 환수를 참고 보아 준 값으로 그 몸무게만큼의 금을 받고자 하였으니, 수주를 가져온 금값은 그것을 사해 주는 것으로 치렀다 여기시오."

새벽녘에 중연은 천존고의 문이 활짝 열려 있다는 보고를 받았다. 아침나절 조사한 끝에 중연은 간밤에 천존고에서 수주가 사라졌고, 천존지기는 동시東市 근처에 있는 주가에서 술에 취한 채 목이 졸려 죽었으며, 천존지기의 허리춤에 매달려 있던 천존고의 열쇠 꾸러미는 도난당했음을 알았다.

수주와 함께 대궁에서 환수 용도 사라졌다. 따라서 자연스레 범인으로 지목된 환수 용이 다른 보물들을 두고 굳이 수주만을 훔쳐 달아난 이유에 대해 이런저런 말이 많았다.

얼마 전 도당에서 조원전을 두고 떠도는 불온한 소문에 대해 논의가 오갔다. 헌강왕 시절부터 내려오던 그 소문을 더는 두고 보지 않겠다는 것이었다. 구나 의례에서 쫓아내지 못한다면 다른 수단을 강구해서라도 신국의 보좌에 귀가 앉는 것을 막겠다. 도당은 민심이 신국의 보좌에 의혹을 품지 못하도록 이번 기회에 뿌리를 뽑겠다는 입장이었다.

소문은 이미 오래전에 왕경에 퍼져 있었다. 백성들은 만을 탓하였다. 죽은 여인이 보좌에 앉은 것과 여왕이 보좌에 앉은 것을 동일시 여겼다. 그들은 죽은 여인을 보좌에서 끌어내리려면 여왕이 보좌에서 내려와야 한다고 믿었다.

이제 도당이 그 같은 불경을 더는 좌시하지 않겠다고 나섰다. 여귀는 폐하와 아무런 상관이 없다. 오히려 여귀가 폐하의 안위를 해하여 옥체가 나날이 쇠약해지고 바른 잠을 잘 수 없으니 이를 물리치리라.

천주사에서 방편을 내놓았다. 신국을 바로 세우고 여왕이 건강을 되찾기 위해서는 대궁의 남쪽에 영험한 샘을 파야 한다. 영험한 샘은 수주를 의미했다. 누구도 그 입에 수주를 올리지 않았으나 그것이 수주를 의미한다는 것은 모두가 알고 있었다.

북쪽은 수水 기운의 자리였다. 음수陰水와 양수陽水 중 영험한 샘은 양수陽水를 의미했다. 왕궁은 본디 북쪽을 등지고 세워지나 월성은 남쪽을 등지고 북을 바라보며 조성되었다. 그 덕에 신국이 천 년을 버티었으나 이제 천 년의 기운이 다시 자리를 바꾸고 있으니 월성을 돌려세워야 한다는 것이었다. 그러나 월성을 돌려 앉힐 수는 없으니 천지의 방향을 바꾸어야 했다. 해서 대궁의 남쪽에 새로운 물의 씨앗을 심겠다는 것이었다.

그런데 누군가 이를 방해하고자 물의 씨앗이 되는 수주를 빼돌렸다. 여왕의 보위가 흔들리는 것을 기회로 삼고자 하는 불순한 세력이 있는 것이다.

아무도 환수 용이 혼자 그런 일을 저질렀을 것이라 생각하지 않았다. 환수 용을 매수한 세력이 있는 것이다. 그 세력은 누구든 될 수 있었다. 환수 용은 생전에 월성의 모든 이들과 교류하며 왕실의 비밀을 팔았고 또한 그들의 비밀을 사들였다. 사라진 환수 용을 찾아내어 족치면 뭔가 나올 것이다.

그러나 오후나절에 남산 동쪽 기슭 아래 마른 도랑에서 목이 반쯤 잘린 환수 용의 시신이 발견되었다. 불순한 세력이 수주를 얻은 후 환수 용의 입을 막기 위해 죽인 것으로 추정하나, 갑자기 길이 뚝 끊긴 듯 그 이상은 알아낼 수가 없었다.

대궁에서 천존고의 수주를 필요로 하던 참에 수주를 도둑맞았으니 예삿일이 아니었다. 게다가 천존고의 물건에 손을 댄 것은 그만큼 왕실의 권위가 땅에 떨어진 것을 의미하는 것이기도 했다.

월성의 숙위를 바로 서지 못한 책임은 무관청 전체의 책임이나 직접적인 처벌은 마땅히 지난밤 숙위를 섰던 시위부 대감 김중연에게로 떨어질 것이다. 천존고의 수주를 찾아내고 일의 배후를 밝히지 못하면 중연은 물론이고 그의 수하들까지 목이 위태로웠다.

일이 터지자 중연은 제일 먼저 예부로 찾아갔다. 그는 앞뒤 정황을 재어 보자마자 무엇 때문에 이런 일이 벌어졌는지 이내 짐작할 수 있었다. 박후명은 짐짓 모르는 척 말했다.

"어찌 나를 찾아왔는지 모르겠소. 월성의 숙위는 시위부의 일이지 예부의 일이 아니오."

"하나 천존고의 일은 예부의 일이지요."

중연은 자신의 안일함과 불찰을 탓했다. 천존고의 숙위는 따로 전각 앞에서 보초를 서지 않는다. 천존고의 신물은 누구도 감히 훔칠 마음을 먹지 않기 때문이다. 천존고의 도난 사건은 효소왕 때 부례랑이 말갈족에게 납치되면서 옥적과 현금玄琴이 불가사의하게 사라졌다가 다시 돌아온 것이 전부였다.

"해서 어떻단 말이오?"

"제가 숙위를 책임진 밤을 골라 이런 일이 벌어진 것은 우연이 아닙니다."

중연은 박후명의 얼굴을 살폈다. 우연일 수도 있었다. 그러나 그는 먼저 박후명을 의심할 수밖에 없었다. 자신의 의심이 맞는지는 이제부터 따져 보면 알 수 있을 것이다. 그러나 굳이 그럴 필요가 없게 되었다. 박후명이 당당히 중연의 말에 맞장구를 쳤기 때문이다.

"내 생각도 그렇소. 이는 결코 우연이 아니오. 내가 대감을 사위로 맞았다면 이런 일은 절대 벌어지지 않았을 터이니. 하나 어쩌겠소? 일이 이렇게 되고 천존지기까지 살해된 마당이니 마땅히 천존고의 보물을 잃은 책임은 대감이 져야지. 어떤 수주든 상관없으니 수주를 찾아오시오. 아니면 대감뿐 아니라 대감의 수하들까지 모두 목이 달아날 터이니."

"아무래도 찾고자 하시는 것이 천존고의 수주가 아니라 다른 수주인 듯하군요. 좋습니다. 천존고의 수주를 어디에 숨기셨는지는 모르겠으나 제가 기필코 찾아낼 것입니다."

"내가 가져갔다는 물증이라도 있소?"

"심증이 있으니 물증도 찾으면 나오겠지요."

"무엇이든 찾아오시오. 기다리고 있을 터이니. 하나 서둘러야 할 것이오. 대감 때문에 나마가 제 몸에 칼을 댈 수도 있으니 말이오."

"예부령이 노리는 것이 바로 그것임을 압니다. 해서 제가 표적이 된 것이겠지요. 하오나 절대 예부령의 생각대로 되지 않을 터이니 그쪽은 아예 기대하지 마십시오."

그러나 중연은 박후명의 말대로 될 것을 우려하고 있었다. 재운에게 당부해 둬야 할까. 아니다. 굳이 그런 말을 할 필요는 없지. 재운이 이 일에 대해 알기 전에 먼저 천존고의 수주를 찾아내면 그만이다.

전사서사 김재운이 만나러 왔다는 소리를 듣고 중연은 잠깐 놀랐다. 재운이 시위부까지 그를 찾아온 적은 한 번도 없었다.

재운을 찾거나 기다리는 쪽은 늘 중연이었다.

'살다 보니 이런 일이 다 있구먼.'

요 며칠 중연은 수주의 행방을 조사하느라 목련방을 찾지 못했다. 재운을 보러 가고 싶은 마음이야 이루 말할 수 없었으나 그보다는 그를 이 일에 끌어들이지 않는 것이 중요했다. 중연은 설렘과 불안이 교차하는 복잡한 심정을 누른 채 밖으로 나갔다.

재운이 햇빛 아래 서 있다가 고개를 돌려 중연을 바라보았다. 그 순간 중연은 아찔해졌다. 햇빛이 번지면서 재운의 모습이 일순 여인으로 보였던 것이다. 중연은 그 모습이 사라질까 두려워 눈도 깜빡일 수가 없었다.

이것이 착시가 아니라 진실임을 이제는 안다. 그러나 중연이 아무리 그 모습을 오래 잡고 있으려 해도 여인의 모습은 이내 다시 햇빛 속으로 숨어 버렸다. 남은 것은 자신을 바라보는 맑고 서늘한 여인의 청안 뿐. 그것은 재운의 청안이기도 했다.

"어쩐 일인가?"

"요 며칠 통 뵐 수가 없어서요."

"자네 입에서 그런 말이 나오는 것을 들으니 기분이 이상하구먼."

"어찌 이상합니까?"

"그런 질문도 평소의 자네답지 않네."

"대감도 평소의 대감답지 않습니다. 해서 제가 이리 발걸음을 할 수밖에 없었지요."

"그게 무슨 말인가?"

"대감은 늘 질문과 걱정을 가지고 저를 찾으셨지요. 한데 이번에는 왜 절 찾지 않으십니까?"

재운이 기어이 알아 버린 것이다. 하긴 오래 숨길 수 있는 문제도 아니었다. 조사는 은밀히 행해지고 있었으나 이미 월성 내에 소문이 파다하게 퍼져 있었다. 중연은 머뭇거리더니 말했다.

"자네가 저杵라서 나쁠 것이 무에 있을까 여겼는데 이제 보니 한 가지 있구먼. 저杵의 귀는 바람이 말해 주는 온갖 것을 들을 수 있다더니 참말 그런 모양일세."

"제가 저杵라서 사람이 모르는 것을 아는 것이 아닙니다. 아무리 쉬쉬한다 해도 천존고의 수주가 없어진 것을 어찌 비밀로 할 수 있겠습니까? 게다가 그날의 숙위 책임자가 대감이라는 것도 월성에서 모르는 이가 없습니다."

"어쨌든 별일 아닐세."

중연은 햇빛 아래 서 있는 재운의 팔을 덥석 잡아 관아 뒤편 후미진 곳으로 데려갔다. 그는 자신의 손에 잡힌 재운의 서늘한 체온을 느꼈다. 심장이 방망이질을 해 대다가 살을 찢고 밖으로 튀어나올 것만 같았다.

중연의 시선은 재운의 눈동자를 떠나지 못했다. 재운의 기이하리만큼 검고 깊은 눈동자를 보고 있노라면 햇빛의 조작 따위 필요치 않다는 것을 깨달은 것이다. 그 눈동자를 통해 보는 재운의 모습은 더는 아비의 가면을 쓴 사내가 아니라, 오기일 밤에 그를 홀렸던 여인이었다.

재운은 중연이 자신의 팔을 잡은 채 놓아주지 않자 물었다.

"계속 저를 이리 잡고 계실 것입니까?"

"그러고 싶네."

"저는 도망가지 않을 것입니다."

"하나 자네가 예전에 이리 말한 적도 있지. 내가 잡으려 하면 자넨 사라질 것이라고."

"그래도 몇 번 잡혀 드렸지요. 지금도 잡혀 있습니다."

"그것으로는 부족하네. 자네가 언제 사라질지 몰라 나는 늘 불안하다네."

"대감께 이미 저를 드렸습니다."

"하면 자네는 참말 내 것인가?"

중연은 다시 한 번 확답을 구하였다.

"예, 하오니 이제 놓으셔도 됩니다."

"그래도 계속 잡고 있고 싶네."

"먼저 무평문에 나와 대감을 기다리고 있었던 것은 저였습니다."

"응?"

"실은 처음부터 대감의 것이었습니다. 상염자가 잡판 어른께 저를 부탁한 것이지요."

"내 아버지께 말인가?"

얼떨떨해진 중연은 그제야 재운의 팔을 놓았다. 아버지는 그에게 무평문 누각 지붕 위에서 죽은 여인을 안고 춤을 추던 사내의 이야기를 남겼다. 하여 중연은 무평문을 바라보며 그 사내가 다시 나타나기만을 기다렸다. 한데 바로 그 사내의 가면을 쓴 재운이 그보다 앞서 나와 그를 기다리고 있었던 것이다.

"하면 그때 상염자가 안고 있던 여인은?"

"제 어미입니다. 상염자는 저를 얻은 대신 자신의 여인을 잃었지요. 그때 무평문을 나서던 잡판 어른과 같은 처지였습니다."

"그리된 것이로구먼. 이 얼마나 기묘한 인연인가? 한데 어찌하여 상염자는 내 아버지를 택하였는가?"

"잡판 어른께서는 남에게 속임수를 쓰지 않을뿐더러 자신의 마음도 속이지 않는 반듯한 분이셨습니다. 그런 잡판 어른께서 상염자를 보고 진심으로 울어 주었습니다."

"그건 내 어머니 때문에 흘린 눈물이기도 했네."

"자신의 여인을 잃은 사내들끼리의 동병상련이지요."

"하면 우리는 아버지들이 맺어 준 운명이로구먼."

"인연입니다."

"필연일세."

"무엇이 되었건 저와 대감의 관계를 매듭지으려면 일단 대감께서 살아 계셔야 하지 않겠습니까?"

중연의 부드러웠던 표정에 날이 섰다.

"이보게, 혹 예부령이 자네를 협박했는가? 수주를 내놓지 않으면 내 목을 치겠다고? 걱정하지 말게. 잃어버린 수주는 내가 찾아낼 것이니 자네는 나서지 않아도 되네. 이 일은 누가 봐도 빤한 짓일세. 예부령과 그 승복을 입은 사냥꾼이 환수를 매수한 것이네. 환수의 훔치는 재주가 남달랐다고 하더구먼. 그들이 환수의 입을 막으려고 죽인 것이 틀림없네. 환수의 시신에서 천존고의 열쇠 꾸러미가 발견되었네. 환수의 목을 벤 자가 열쇠 꾸러미를 가져가지 않은 것은 그에게 모든 혐의를 덮어씌우려는 속셈일 것이네. 하나 그들의 뜻대로는 되지 않을 것일세. 수주가 사라지기 며칠 전, 환수가 모량부로 들어간 정황이 있네. 하니 당장 천존고의 수주를 찾지 못한다 해도 저들의 관계와 혐의만 입증할 수 있다면……."

재운은 고개를 저었다.

"환수 용은 예부령뿐 아니라 다른 관원들과도 두루두루 관계를 맺어 두었습니다. 또한 대감은 예부령이 가람의 수주를 원한다는 것을 알기에 이 일이 빤히 보이시는 것입니다. 천존고의 수주가 없어지자마자 대감이 제일 먼저 예부령을 찾아간 것은 그 때문입니다. 거의 본능적인 직감이었지요. 하지만 다른 이들이 보기에는 그렇지 않습니다."

"여하간 자네는 빠지게. 내가 알아서 할 것이네. 어차피 천존고의 수주와 가람의 수주는 다른 것이 아닌가."

천존고에서 사라진 수주는 대식국*이 당과 우호를 맺으며 공물로 바친 것이었다. 전하는 말에 의하면 군대가 행군을 하다가 휴식하는 지역에 땅을 두 자 정도 파고 구슬을 묻으면 곧바로 샘물이 솟아난다 하여 수주라 불렸다.** 도당이 이 수주를

* 아라비아.

** 《태평광기》 권402와 우숙牛肅의 《기문紀聞》에 전하는 기록에 의하면, 이 수주는

이용하여 대궁의 남쪽에 수水의 기운을 안치하려는 근거는 바로 여기에서 기인했다.

"그 다름 역시 다른 사람들은 모릅니다. 어떤 수주가 되었든 수주를 내놓지 않으면 대감이 다치게 됩니다."

"걱정 말게. 나 하나의 목만 걸려 있는 것이 아니니 목숨 걸고 찾을 것이네."

"찾기야 찾을 수 있지요."

"참말?"

"그럼요."

"꼭꼭 숨겨 두었을 텐데 그게 나 같은 일개 범부의 눈에 쉬이 보이겠는가?"

"대감은 일개 범부가 아닙니다. 범부는 저杵를 이처럼 사심 없이 대할 수 없습니다."

"자네가 몰랐던 게지. 난 사실 예전부터 자네에게 사심이 많았네. 해서 늘 자네를 귀찮게 하였지."

"소박한 사심은 봐 드리지요."

"고맙구먼. 어쨌든 자넨 신경 쓸 것 없네. 솔직히 그런 하찮은 구슬 때문에 죽는다면 너무 억울하지 않은가. 하니 내 꼭 찾아냄세."

무 황후의 아들들 중 막내인 단旦이 상왕으로 있던 시절 얻었다. 상왕 단은 684년 그의 형인 중종 이현이 어머니 황태후 무씨에 의해 폐위되자 바로 황제가 되는데 곧 당의 제 오 대 황제인 예종이다. 예종은 장락방에 대안국사를 세워 이 수주를 시주했다. 대안국사에서 이 보주를 거의 백여 년간 지켜오다가 현종 개원 십 년(722년)에 어디선가 온 호인胡人이 이를 사 갔다.

재운이 빙그레 웃으며 말했다.

"수주를 하찮은 구슬이라고 말할 수 있는 분은 세상에 대감뿐일 것입니다. 따라오십시오."

"어디를?"

"제가 절반은 사람이 아니라는 것을 또 깜빡하셨군요. 어디에 숨겨도 저杵의 눈으로부터 수주의 빛을 감출 수는 없습니다. 저들도 그것을 알고 있습니다."

"하면!"

"저들이 지금 대감과 저를 시험하려는 겁니다."

중연은 눈을 어디 둬야 할지 난감했다. 말방리 빈자촌에서 그는 뒤통수의 머리뼈가 기이하게 튀어나온 예닐곱 살 남짓해 보이는 소년을 보고 당황했다. 재운이 말했다.

"저 아이의 머릿속에 천존고에서 없어진 바로 그 수주가 들어 있습니다."

중연은 소년을 보는 순간 그리 짐작했지만 막상 이야기를 듣고 보니 당혹스러웠다.

"자네의 몸 안에 가람의 수주를 숨긴 것과 같은 이치로구먼. 하면 살을 찢고 머리뼈를 갈랐다는 것인데?"

"아닙니다. 가람의 수주와 달리 저것은 사람이 맨손으로 잡으면 체온에 반응하여 그 몸 안으로 스며듭니다. 그러고는 적당한 곳에 자리를 잡지요."

"무슨 그런 물건이 다 있는가?"

"저 수주의 본래 모습은 돌의 파편처럼 생겼고 붉은색입니다. 하여 다른 야명주처럼 보이도록 손을 가한 것입니다. 하지만 그 성질은 변하지 않았지요."

재운은 마당 한쪽에 쪼그리고 앉아 콩을 고르고 있는 아이의 어미에게 곧장 다가갔다. 아이의 어미는 재운을 보고 눈이 동그래졌다. 일어나다 만 엉거주춤한 자세로 아이의 어미는 넋을 놓고 재운을 바라보았다. 커진 눈은 좀처럼 제 크기로 돌아오지 못한 채 그저 끔벅거리기만 했다. 아이의 어미가 재운에게서 시선을 떼지 못하는 것은 아마도 세상에 태어나 처음 보는 미려한 아름다움에 홀렸기 때문일 것이다.

중연이 아이의 어미를 향해 말했다.

"이보오!"

"아, 예!"

아이의 어미가 그제야 정신을 차리고 마저 몸을 일으키며 물었다.

"무슨 일이시온지요?"

아이의 어미는 중연을 향해 물었다. 재운보다는 그를 보는 쪽이 편한 때문이었다. 하지만 그는 재운이 아이의 어미에게 무슨 말을 하려는지 알지 못했다. 중연이 재운에게로 다시 시선을 돌렸다.

재운이 말했다.

"값은 얼마든지 쳐줄 터이니 저 아이의 머릿속에 들어 있는 것을 내게 파시오."

아이의 어미는 머뭇거리는 시선으로 재운을 향해 조심스레 물었다.

"무슨 말씀이신지 모르겠군요. 혹 나리께서 제 아이의 병을 고칠 수 있다는 것인지요?"

"아니오, 아이의 목숨값을 묻는 것이오. 하니 값을 많이 불러야 할 것이오."

순간 아이의 어미는 사색이 되었다. 중연조차 깜짝 놀라 물었다.

"어찌 그런 말을 하는가?"

재운은 냉랑한 얼굴로 담담히 말했다.

"사실이니까요. 수주가 저 아이의 머릿속에 있습니다. 하오니 저 아이의 목숨값을 치른 후, 대감께서는 그 머리를 갈라 수주를 꺼내시면 됩니다."

재운은 중연이 쥐고 있는 환두도에 시선을 주었다. 그의 말이 진심임을 깨달은 중연이 곤란한 듯 한 발자국 뒤로 물러섰다.

"지금 내게 저 아이를 죽이란 말인가? 안 될 말이네. 그렇게는 못 하네. 그냥 의원을 부르세."

"의원을 불러서 꺼낼 수 있다면 제가 저 아이의 목숨값을 입에 올렸겠습니까?"

상황을 파악한 아이의 어미가 겁에 질린 얼굴로 달려가 아이를 치맛자락 뒤로 숨겼다. 중연은 침을 꿀꺽 삼키며 말했다.

"하면 계유에게 맡겨 보는 것은 어떠한가? 그의 솜씨가 좋으니."

"저도 계유도 달리 방법이 없습니다. 대감께서 이리 나오시니 저라도 대신 나서서 저 아이의 머리를 갈라 드리고 싶습니다만, 저는 할 수가 없습니다. 아시겠지만 저는 사람의 피를 보는 것이 어렵습니다. 물론 어떤 사람이냐에 따라 경중이 있기는 하나 대체적으로 그다지 좋지 않은 영향을 미치지요."

"지금 무슨 소릴 하는 겐가? 자네도 나도 해서는 안 되는 일이네. 내가 살고자 어찌 아이를 죽일 수 있단 말인가. 참으로 못 할 짓이네."

중연은 잔뜩 경직된 얼굴로 말했다.

"하오나 이 일은 대감 한 사람만의 문제가 아닙니다. 천존고의 수주를 찾지 못하면 그날 밤 숙위를 섰던 대감의 수하들도 그 책임을 져야 합니다."

"그래도 못 하네."

중연은 버티었다. 아이의 어미가 아이를 끌어안은 채 애원했다.

"지아비 없이 키운 하나뿐인 아들입니다. 아이의 머릿속에 무엇이 들었다는 것인지는 모르겠으나 제발 살려 주세요."

재운은 아이의 어미가 하는 말은 들은 척도 하지 않고 계속 중연을 재촉했다.

"어찌하시겠습니까? 저 아이 한 목숨과 대감을 비롯한 여러 명의 목숨을 바꾸는 일입니다."

"어찌할 것도 없네. 한 목숨이나 여럿의 목숨이나 모두 같네. 아이는 그냥 두게. 일단 수주가 어디 있는지 알아냈으니 그걸로 됐네. 나머지는 내가 알아서 할 터이니."

중연은 더 생각해 볼 것도 없다는 듯 잘라 말했다.

"어찌 말입니까? 혹 이 아이를 데려가 수주를 찾았다고 하실 것입니까? 머리를 열기 전에는 수주임을 증명할 수 없습니다."

"그 말은!"

재운의 말을 듣고서야 중연은 정신이 퍼뜩 들었다.

"이 아이가 곧 수주입니다."

"그렇구먼! 하마터면 내가 큰 실수를 범할 뻔했네. 무슨 말인지 알겠네. 하면 이 아이는 보지 못한 것으로 하겠네. 수주는 찾지 못한 것이네."

아이를 살리고자 마음먹었으니 그리하는 것이 옳았다. 중연은 자신의 결정을 후회하지 않았다.

"대감의 수하들이 치를 희생도 감수하시겠다는 뜻입니까?"

"그들의 생각도 나와 다르지 않을 것이라 생각하네."

재운은 더는 중연을 설득하지 않았다. 대신 그는 다짐받듯 중연에게 말했다.

"하오면 대감은 분명 저 수주를 포기하신 겁니다."

중연이 고개를 끄덕이자 재운은 아이의 어미에게 말했다.

"방금 본 대로 내가 아니라 이분의 뜻이오. 아이의 머릿속에 든 것은 대궁에서 잃어버린 수주라는 보물이오."

아이의 어미가 바들바들 떨며 말했다.

"그런 귀한 것이 어찌하여 제 아이에게 들어왔는지 모르겠습니다. 뭔가 잘못되었지요. 그저 개천가에 굴러다니던 것을 주웠을 뿐이라는데, 그것이 마치 산 것처럼 몸속으로 파고들어서는 저 지경이 되었습니다. 이제 흉측하기 짝이 없는 몰골로 살아야 하는 것도 서러운데……."

아이의 어미는 말을 잇지 못하고 울기 시작했다. 재운은 아이의 어미가 흘리는 눈물에 전혀 감응하지 못한 무심한 얼굴로 말했다.

"살다 보면 가끔 설명할 수 없는 일이 일어나곤 하오. 수주가 심장이나 목으로 갔더라면 오래 살 수 없었을 터이나 다행히 머리 뒤쪽에 자리를 잡았소. 이는 수주도 자신의 숙주가 어린아이라는 것을 알았기 때문이오. 수주는 신물이라 무고한 목숨을 잡지는 않소. 살면서 다소 불편하기는 하겠으나 아이의 목숨을 위협하지는 않을 것이오. 다만 신물을 탐하는 다른 사람들이 이 사실을 알게 되면 아이를 가만두지 않을 터이니 오늘 밤 안에 아무도 모르게 이곳을 떠나시오."

"다른 사람이라니요? 나리들이 모른 척해 주시고, 저희 모자 또한 입을 다물면 아무도 모를 것입니다."

아이의 어미가 울먹이며 말했다. 재운은 그 차가운 눈매를 더욱 굳히며 말했다.

"수주를 훔쳐 낸 자들이 수주를 보관하기 위해 잠시 아이를 빌린 것이오. 그들은 수주가 어디 있는지 알고 있소. 우리가 지금 수주를 꺼내 가지 않은 것을 알면 그들이 돌아와 수주를 되찾으려 할 것이오. 하면 아이는 살아남기 어렵소."

그러니까 박후명과 승려 사냥꾼은 처음부터 이 아이의 목숨 같은 것은 염두에 두지 않았다는 거로군. 중연의 마음속에서 분노가 일었다. 동시에 이런 상황에서도 전혀 사람의 마음에 동요하지 않는 재운의 차가운 성정이 서운했다. 재운이 저杵라는 것을 알지만 그래도 절반은 사람이라 하지 않았던가. 하면 절반의 흔들림은 있어야 마땅하거늘.

"어디로? 어디로 가야 하지요?"

아이의 어미는 엉망진창으로 흐트러진 얼굴을 소매로 닦으며 물었다. 그 와중에도 그녀의 시선은 좀 전에 고르던 콩을 보고 있었다. 중연은 아이의 어미가 삶에 강한 의지를 가진 여인임을 알아보았다.

아이는 무슨 일인지 영문을 몰랐지만 그 어미의 눈물을 보았기에 적의에 가득 찬 시선으로 재운을 쏘아보고 있었다. 재운은 그 아이의 시선도 돌아보지 않았다. 그저 해야 할 말만 차분히 내놓고 있을 뿐이었다.

"어디가 되었든 왕경 밖으로 나가시오. 왕경을 나가 북쪽으로 가다 보면 아이가 머리를 바로 대고 눕는 자리가 있을 것이오. 이는 아이의 머리에 든 수주가 스스로 안전하다고 여기는 장소이니 거기 정착하시면 될 것이오."

"하지만……."

아이의 어미는 여전히 어찌해야 할지 몰라 우왕좌왕했다. 재운이 품에서 은자를 꺼내 아이의 어미에게 건네며 말했다.

"걱정할 것 없소. 어디를 가든 여기 이 빈자촌보다는 나은 삶이 될 것이오."

아이의 어미가 은자를 받아 들자 재운은 미련 없이 걸음을 돌렸다. 중연은 이들 모자의 뒤를 좀 더 봐주어야 하는 것이 아닐까 여겼지만 재운의 말대로라면 별다른 문제는 생기지 않을 것이다. 돌아오는 길에 중연이 물었다.

"그 아이의 머릿속에 든 수주는 이제 어찌 되는 것인가? 훗날 그 아이의 명이 다하여 함께 땅에 묻히면 영원히 세상에서 사라지게 될 터인데?"

"글쎄요, 모든 보물들은 마땅한 주인이 있고 쓰임새가 정해져 있으니 언젠가 어떻게든 되겠지요."

"자네 입에서 그놈의 '언젠가'라는 말이 왜 안 나오나 하였구먼. 세상에 그리 흐리멍덩한 이야기가 어디 있는가? 그 모자의 삶은 더 나아질 거라 예견해 놓고선 보물에 대해서는 왜 그리 애매하게 답을 하는 게야?"

"그것은 예견이 아니라 일종의 주문이었지요. 그리 믿고 살면 그리될 것이라는."

"하면 그 모자가 저杵의 말에 홀려 낙관적인 쪽으로 마음을 바꿔 먹은 게로구먼."

"좋은 바람으로 유도하였을 뿐이지요."

"어쩌면 자네가 건넨 은자 때문일 수도 있겠지."

"그 말씀도 맞습니다. 한데 말입니다. 대감께서는 왜 아이의 머리를 열어 수주를 꺼내지 않으셨습니까? 바로 눈앞에 있으니 그냥 가져가시면 될 것을."

중연이 걸음을 멈추고 재운을 뚫어져라 보았다.

"진심으로 그리 묻는 것인가?"

"예."

자신을 바라보는 재운의 눈빛에서 중연은 감정의 기울기를 전혀 느낄 수 없었다. 거짓을 말하지 못하는 저杵가 아닌가. 하면 참으로 그것이 궁금한 것이다. 중연은 재운을 이해하고자 했다. 세상을 바라보는 타고난 시선이 사람과 다른 것을 어찌 그의 탓이라고만 할 수 있겠는가. 그래도 중연은 씁쓸한 기분을 떨칠 수 없었다.

"자네에게 그리 잔인한 구석이 있는 줄 몰랐구먼."

재운의 입매가 살짝 들렸다. 중연은 방금 재운이 미소를 지은 것인가 의심했다. 사람이 품은 동정을 두고 저杵가 비웃은 것일까?

"저는 사람의 피를 보는 것이 어렵습니다. 그런 제가 잔인합니까?"

"그리 따지면 확실히 잔인하다 말할 수는 없겠지. 하나 자넨 분명 아무렇지도 않게 아이의 머리를 가르라 하였네."

"저는 제가 아니라 대감의 입장에서 여쭤 본 것입니다. 대감께서는 이미 사람의 피를 보는 것이 익숙하지 않습니까?"

그제야 중연은 재운의 저의를 이해했다. 따지고 보면 지난날 잔인했던 것은 자신이었다. 왕경을 수호해야 한다는 명분에 따라 그는 피를 보는 것을 꺼리지 않았다. 재운은 이번에도 그와 다르지 않다고 여긴 것이다. 중연이 말했다.

"익숙해서 벨 수 있었던 것은 아니었네. 언제나 내가 베어야 하는 대상에 대해 생각한다네. 대상의 손에 무엇이 쥐어져 있는지, 그 마음에 무엇이 들어 있는지 말일세. 부득이한 경우라 해도 결국 사람을 다치게 한다는 점에 있어서는 같다는 것을 늘 새기고 있네."

"말방리에서의 일은 부득이한 경우가 아니었습니까?"

"내가 어찌할 수 있는 일은 부득이한 경우가 아니네. 다른 사람의 목숨을 앗는 일도, 자네의 몸에 상처를 내는 일도 나는 절대 원치 않네."

중연이 그 말을 한 이후, 재운은 집으로 돌아가는 내내 한마디도 하지 않았다. 그는 괜스레 미안한 마음이 들었다. 재운이 기껏 수주가 있는 곳을 알려 주었음에도 그는 거절할 수밖에 없었다. 중연은 무거워진 분위기를 지우고자 말했다.

"이보게, 계속 그리 입을 다물고 있을 터인가? 뭐라 말 좀 해 보게. 나 때문에 우울해진 거라면 그만 마음 풀게."

중연은 주변을 둘러보며 화제를 돌리고자 하였다.

"보게! 아쉽게도 벌써 봄이 가고 있네. 그래도 자네 집 목련들은 계절과 상관없이 여전히 한창이겠지."

"그 목련 아래에서 오늘 저와 술이나 한잔하시겠습니까?"

중연은 재운의 제안이 반가웠으나 또다시 그 호의를 거절할 수밖에 없었다.

"그러고 싶네만 오늘은 시간이 없네. 수주를 가져갈 수 없게 되었으니 박후명을 쓰러뜨릴 다른 물증을 찾는 일이 급하네."

"그래도 시간을 좀 내 주십시오."

웬일로 재운이 매달리는가 싶어 중연은 의아해졌다. 그러고 보니 오늘따라 재운의 안색이 몹시 창백했다. 말방리까지 다녀온 것이 재운에게 그리 고된 길이었을 리는 없을 터이고, 아무래도 자신이 재운의 크나큰 근심이 되어 버린 모양이었다.

"알겠네. 기왕에 이리되어 버렸으니 오늘은 자네와 함께함세. 너무 걱정 마시게. 나는 괜찮네. 천존고의 보물을 잃어버린 것은 큰 잘못이나 그렇다고 꼭 죽으란 법은 없네. 수주가 없어도 저들이 수주를 훔쳐 냈다는 물증만 찾아내면 얼마든지 이 상황을 뒤집을 수 있을 것이네."

목련방에 도착하자 계유가 기다렸다는 듯 거하게 술상을 봐왔다. 중연은 술동이를 보며 웃었다.

"목이 잘리기 전에 먼저 취해 죽으란 말이로군."

계유가 못마땅한 얼굴로 중연을 힐끗 쳐다보더니 말했다.

"오시는 길에서는 그리 말씀하지 않으셨지요. 꼭 죽으란 법은 없다며 물증을 찾아 상황을 뒤집을 것이라 하였습니다. 한데 그새 죽기로 마음을 바꾸셨습니까?"

"거참, 귀도 밝은 호드기일세. 사람의 일이란 늘 어찌 될지 모르는 것이다. 하니 각오는 해 둬야지. 해서 말인데, 나마! 내가 자네에게 작은 부탁이 하나 있네."

"말씀하십시오."

재운은 손에 든 술잔을 비우고 중연을 보았다. 중연은 머뭇거리다가 말을 꺼냈다.

“내 여인을 제대로 한번 보게 해 주게. 내가 여태 그녀를 얼마나 그리워했는지 자네는 알고 있지 않은가? 지금 이 자리에서 그녀를 다시 볼 수만 있다면 언제 죽어도 여한이 없을 것 같네.”

재운은 말없이 자신의 빈 잔에 술을 그득 따랐다. 중연은 재운이 저 잔을 비우고 나면 자신의 부탁을 들어주려나 기대했다. 재운이 잔을 들어 비우는 동안 중연은 더운 숨을 내뱉으며 그에게서 시선을 떼지 못했다. 재운이 잔을 내려놓은 후 말했다.

“침향이 너무 깊어 지금은 이 모습을 벗을 수가 없습니다. 대감이 제 눈을 통해 이미 한참 전부터 그 여인을 보고 계심을 압니다.”

“하니 거절이로구먼. 그것도 그리 차디찬 얼굴로 말일세.”

실망한 중연의 고개가 푹 수그러졌다. 계유가 그 꼴을 보고 혀를 찼다. 중연이 여인의 모습을 한 재운이 보고 싶어 뻔히 보이는 엄살을 떨었기 때문이다.

“참으로 너무하이!”

“그 여인보다는 지금 이것이 대감께 더 요긴할 것입니다.”

재운이 소매 안에서 무엇인가를 꺼내 중연의 앞에 내놓았다. 중연은 물건을 싼 천을 한눈에 알아보았다. 수주를 받기 위해 야밤에 이름 없는 들판에서 정신없이 재운에게 벗어 주었던 그의 속옷이었다. 이런 민망할 데가! 그때는 재운이 벗이라 여겼기에 상관없었지만 이제 생각해 보니 여인의 손에 자신의 속옷을 덥석 쥐여 준 것이 아닌가. 아니지, 지금 그것이 중요한

게 아니지.

“이게 무슨 짓인가? 내가 이미 받지 않겠다고 말하지 않았는가? 한데 어쩌자고 또다시 그 몸에 상처를 내었는가? 자네, 참말……!”

중연은 자책했다. 나는 어찌 이리 눈치가 없을꼬. 재운은 내가 그리 나올 줄 알고 진작 그 몸에서 수주를 꺼낸 것이다. 재운은 내가 말방리 빈자촌에서 보게 될 아이를 죽이지 못할 것을 알았다. 하여 내 눈으로 직접 아이를 보게 하고 그 수주를 포기시킨 것이다. 그렇게 되면 기어이 재운이 가진 수주밖에는 답이 없게 될 터이니.

“자네에게서 그것을 꺼내게 하는 것이 저들의 목적이었네. 잊었는가?”

“걱정 마십시오. 저보다는 내전의 보호를 받는 것이 안전합니다. 처음부터 내전에 맡기고 싶었으나 나중 일을 생각하여 여태 제가 보관했던 것입니다.”

“나중 일이라니?”

“저는 애초에 이 수주를 받지 않으려 무던히 피했습니다. 하오나 대감 때문에 마음을 바꿨지요.”

“나 때문이라니?”

“이 수주가 한 사람, 어쩌면 여러 사람의 목숨을 살리게 될 것이라 말씀드렸지요.”

그랬다. 그리고 그날 밤, 재운이 설씨녀에 관한 이야기도 했었다. 그때 계유가 말했다. 설씨녀도 재운이고 가실도 재운이라고. 중연은 설씨녀가 대궁의 그 여자를 말하는 줄 알았다. 그래서 재운이 가실이라고 여겼다. 그러나 설씨녀는 저杵인 아비를 위해 자신을 바친 여인으로서의 재운이며, 동시에 중연을 위해 수주를 받은 가실이기도 했다.

"자네 입으로 말했네. 저杵에게는 미래를 예견하는 능력이 없다고."

"없습니다. 수주가 예견한 것이지요. 신물을 받으면 반드시 주변에 피를 흘리는 일이 생깁니다. 피를 흘리는 자는 대개 신물을 받는 자이나, 저는 이미 수주를 품으며 피를 흘렸기에 제가 아닌 대감께 화가 미칠 것을 안 것입니다."

"어째서 나인가?"

"그날 수주를 받으라고 말씀하신 것이 대감이기 때문입니다. 신물에게 뱉은 말은 곧 언령이 작용하여 그대로 약속이 되어 버립니다. 해서 대감의 그 말씀 때문에 저는 수주를 받아야만 했습니다. 기억하시지요?"

"하면 이 모든 일이 그 순간 내가 입을 잘못 놀려 이리된 것이로구먼. 내가 잘못했네. 아무것도 모르면서 내가 자네를 상하게 하였어."

"아닙니다. 그 덕에 오늘 대감께서 목숨을 구하시게 된 것입니다. 또한 폐하의 명도 있었지요."

"대궁의 그 여자는 자네의 몸이 아무 때나 열고 닫을 수 있는 궤짝인 줄 아나 보구먼. 자네가 얼마나 고통스럽게 수주를 몸에 넣었는지도 모르고 이리 아무렇지도 않게 다시 꺼내라 하다니, 그저 왕명이면 다인가."

"대감을 살려야 하니까요. 폐하께서 대감을 얼마나 아끼시는지 아시잖습니까. 또한 대감께서 살아야 제가 선왕들과 맺은 약속을 지킬 수 있게 됩니다."

"그놈의 약속! 참 지치지도 않고 나오는구먼. 대체 선왕들과 맺은 약속이 무엇이기에 내가 거기에 그리 절실하게 필요한 것인가? 내가 그 약속을 이행하는 데 꼭 필요한 사람이라면 그 약속은 곧 나의 일이기도 하지 않은가."

옆에서 가만히 듣고 있던 계유가 중연을 탓하였다

"대감은 참으로 둔하십니다."

"뭐가 말이냐? 내가 또 무엇을 놓쳤느냐?"

"아닙니다. 제 입은 이미 크나큰 실수를 범하였지요. 하여 이번만큼은 끝까지 입을 다물렵니다. 그러니 대감께서도 모르면 모르는 채로 그냥 그렇게 계시는 것이 좋겠습니다."

계유는 자리에서 벌떡 일어나 방을 나가 버렸다. 화가 난 것 같지는 않았다. 그저 목이 멘 듯, 숨이 잘 쉬어지지 않는 듯, 불편함을 느끼는 것 같았다.

'또 무엇인가, 내가 지금 모르고 있는 것이?'

중연은 이제 감정에 겨워 내뱉은 계유의 말을 간과할 수 없었다. 분명 왕들과 재운의 약속 사이에 자신이 끼여 있었다. 자신도 모르게 주어진 역할이 있다는 것을 깨달은 중연은 심각해졌다.

"보게, 내가 모르고 있는 것이 대체 무엇인가? 말해 주게."

"당장은 모르시는 편이 낫습니다. 또 제 입으로는 말씀드리기가 어려우니 기다리십시오. 나중에 때가 되면 폐하께서 말씀해 주실 것입니다. 지금은 수주를 안전하게 내전으로 옮기는 것만 생각하십시오. 수주가 내전으로 들어가면 이후로 박후명은 두 번 다시 이 수주를 찾을 수 없을 것입니다."

"박후명은 마음만 먹으면 내전 따위 얼마든지 출입할 수 있네."

"이 수주는 아주 차고 음한 것이라 여인이신 폐하의 손을 거쳐 내전에 봉하면 누구도 찾아낼 수 없게 됩니다."

"하나 그 음한 것을 가지고 월성으로 들어가면 가뜩이나 흉흉한 소문이 떠도는 대궁에 더 많은 변고들을 끌어들이는 셈이 아닌가."

"천존고에는 수주와 같은 보물들이 한두 가지가 아닙니다. 천에 두엇 더 붙이는 셈이니 그리 신경 쓰지 않으셔도 됩니다. 그보다 수주가 제 몸 밖으로 나왔으니 서둘러 움직여야 합니다. 지금쯤이면 빈자촌의 모자가 왕경을 떠난 것이 저들의 귀에도 들어갔을 것입니다. 하오니 저들은 우리가 목련방 밖으로 나오길 눈이 빠져라 기다리고 있겠지요."

"하면 월성으로 바로 가지 않고 목련방으로 나를 부른 이유가!"

"그렇습니다. 월성으로 바로 가면 고문을 지나기도 전에 저들을 만나게 됩니다. 하오나 우리가 목련방에 있는 한은 저들도 어쩌지 못하지요."

"당장은 그렇지만 어쨌든 월성으로 가려면 목련방을 나서야 하네. 뭐, 내가 있으니 크게 걱정할 것은 없네만……."

재운은 빙긋 웃었다.

"그보다 쉬운 방법이 있습니다."

"뭔가, 그것이? 오호라, 수주를 혼자 들여보내려고? 그것도 괜찮겠구먼. 수주가 자네를 처음 찾아왔을 때처럼 말일세."

"하오면 금세 적두의 눈에 뜨일 것입니다. 그에게는 신물을 보는 눈이 있지요. 물론 대감의 속옷이 잠깐은 수주의 빛을 감춰 주겠으나 오래 버티지는 못할 것입니다."

"해서 대체 어쩔 작정인가?"

"오늘 밤 폐하를 이리로 모셔 올 작정입니다. 김암 선생과 옥보고 선생을 모셔 왔던 그날처럼 말입니다. 대감께서는 이 자리에서 폐하께 그 수주를 넘기시기만 하면 됩니다."

중연은 눈이 동그래져 어리둥절한 표정으로 잠시 말을 잃었다. 그날 밤의 일이 꿈이 아니라는 것은 익히 알고 있었다. 하면 목련 나무를 신목 삼아 이곳과 월성 사이에 다리를 놓는 것인가. 저杵의 재주가 이처럼 신묘하니 박후명이 그리 욕심을 내는 것이로구먼.

편전인 내황전에서 만은 중신들을 향해 가람의 수주를 내보였다. 조정으로 성큼 들어선 아침 햇빛이 문 앞까지 이르렀다.

희푸른 빛을 머금은 수주는 만의 손 위에서 중신들을 굽어보았다.

"도당의 중론이 짐과 신국을 위한 것임을 충분히 이해하오. 하나 이 신물을 두고 음모가 난립하는 일은 이제 두 번 다시 일어나지 않아야 할 것이오. 하여 대궁의 남쪽에 물을 파는 일은 없을 것이오."

환수 용을 사주한 자를 밝혀내는 것은 용이하지 않았다. 환수 용이 축적한 재산은 모두 국고로 귀속시켰으나 그 재물을 통해 배후를 밝혀내는 것은 불가능한 일이었다. 환수 용에게 재물을 건네지 않은 왕경의 귀족이 없었으니 그 모두가 음모의 배후가 될 수 있었다.

그들은 수주의 일에 자신들이 가담하지 않았음에도 혹여 환수와의 다른 관계가 드러날 것을 경계한 나머지 일을 덮는 데 급급하였다. 덕분에 사건의 전말은 점점 모호해져 가고 있었지만 만은 이 일의 배후에 박후명이 있음을 알고 있었다. 다만 확실한 물증을 찾기 전에는 그를 어찌할 도리가 없었다.

"대신 이 신물을 짐의 손으로 직접 내전에 봉하여 앞으로 왕들의 잠자리를 지키게 할 것이오. 또한 신물을 봉한 자리는 영원히 비밀로 삼을 것이니 이제 이 신물의 주인은 짐이오."

만의 선언은 사실 도당의 조신들이 아니라 천지 사방에 고하는 것이었다. 새 신물의 주인이 여기 있다. 하니 더는 이 신물을 탐하지 말라.

"애초에 경들이 수주를 거론한 것은 조원전의 보좌를 두고

도는 흉측한 소문에서 기인했음을 알고 있소. 민심이 짐의 보좌를 그 여귀의 보좌에 간주한다고 들었소. 하니 짐이 이제 그 여귀를 조원전 보좌 위에서 내려오게 할 것이오"

만은 처음으로 도당에서 그 여귀의 존재를 인정하였다.

"사실을 말하자면 구나에서 그 여귀를 내보낼 수 없었던 것이 아니오. 짐에게는 그 여귀를 대궁에 두어야만 하는 이유가 있었소."

"하오면 폐하께서는 그 여귀가 누구인지 아시는 것이옵니까?"

박후명이 물었다.

"알고 있소. 대궁의 일이니 마땅히 짐이 알고 있어야 하지 않겠소."

박후명을 바라보는 만의 얼굴은 이전과 달리 편안해 보였다. 박후명은 기분이 좋지 않았다. 그녀의 너그러움이 신물을 쥔 까닭이라 여겼기 때문이다. 신물이, 그가 그토록 원했던 신물이 지금 그녀의 손에 있었다. 그는 지난 밤새 목련방에서 대궁으로 가는 길목을 악착같이 지켰음에도 결국 신물을 내주게 된 것이 억울해 죽을 지경이었다. 한편으로는 여전히 신물이 어떤 경로를 통해 만의 손에 들어갔는지 알 수 없어 속이 탔다.

그가 차지해야 할 운이었다. 그의 손에서 사용되어야 할 운이었다. 하지만 저 운의 이름은 국운이니 아무래도 신물은 왕의 손을 원하는 모양이었다.

'왕을 바꿀 수 있는 저杵를 먼저 손에 넣었어야 했어.'

박후명은 후회했다. 사냥의 대상을 신물로 바꾸지 않았더라면 적어도 저 수주는 아직 재운의 몸 안에 들어 있었을 것이다.

"하나 이 자리에서 그 여귀의 이름을 입에 담지는 않겠소. 경들과는 상관없는 일이오. 때가 되면 내보낼 작정이었고, 이제 그때가 되었소. 대궁 정화를 통해 그 여귀가 물러가면 나 역시 요 태자에게 양위하고 북궁으로 돌아갈 것이오. 이로써 지난했던 모든 문제들이 해결될 것을 경들에게 약속하오."

만은 마치 조원전의 여귀와 보위에 앉은 자신이 하나인 것처럼 말하였다. 여귀가 떠나면 자신도 보위를 내놓을 수밖에 없다는.

그러나 아무도 만의 말에 토를 달지 않았다. 그들은 다만 만이 보위에서 내려오겠다는 의지를 밝힌 것에만 집중했다. 그들은 대체로 만의 결정이 온당하다고 여겼다.

월성을 나선 박후명은 평강방 대로에 면한 골목 앞에서 말을 멈췄다. 그는 주변에 가병들을 세우고 말에서 내려 골목 안으로 들어갔다. 주가의 후미진 방에 홀로 앉아 아침부터 술을 기울이던 적두는 박후명이 들어서자 깊게 눌러쓴 갓을 들어 올리며 물었다.

"수주가 대궁으로 들어간 것이 확실합니까?"

박후명이 적두의 술상 맞은편에 앉으며 말했다.

"내 눈으로 똑똑히 보았소. 이게 대체 어찌 된 것이오? 우리 모두 밤새 두 눈 뜨고 지켰소. 한데 수주는 이미 폐하의 손에 들어 있었단 말이오. 선사라면 저杵가 이 같은 조화를 부릴 줄 알았을 터인데?"

박후명은 노골적으로 의심의 눈초리를 드러냈다. 적두는 그의 시선에 신경 쓰지 않은 채 말했다.

"소승이 저 사냥꾼이라 하나 저杵에 대해 모든 것을 알지는 못한다고 분명히 말씀드렸습니다. 수주가 제 발로 폐하를 찾아갔다면 필시 소승의 눈에 뜨였을 터인데, 소승 역시 밤새 수주의 빛을 보지 못했습니다. 하오니 예부령의 말씀대로 저杵가 어떤 술수를 부린 것이 틀림없습니다."

박후명은 적두가 사실을 말한다는 것을 알았지만 더는 그를 믿을 수가 없었다. 적두가 물었다.

"수주는 이제 어찌한답니까?"

"내전에 봉한다 하오. 하나 이는 아마도 나를 속이려는 게 아닌가 싶소. 폐하가 양위를 하겠다고 했소. 하니 수주는 요 태자에게 물려질 것이오."

"아닙니다, 폐하의 말씀은 사실일 것입니다. 수주는 그 빛 때문에 큰 저杵가 아니면 숨길 수 없습니다. 다시 김재운에게 맡기지 않는 한 신물의 음기를 누를 수 있는 대궁의 내전 말고는 수주를 안치할 다른 적합한 자리가 없습니다. 이는 군주가 여인이기에 그 손을 빌릴 수 있기 때문입니다."

적두는 수주에 대한 대궁의 처리가 뭔가 이치에 닿지 않는다는 생각이 들었다. 보군공은 수주를 원래 있던 자리인 황룡사 오른쪽에 돌려놓으라고 말했다. 그러므로 만은 그 수주를 재운에게 다시 맡기는 것이 옳았다. 또한 그것이 수주를 가장 안전하게 보관하는 방법이기도 했다.

한데 내전에 봉한다니? 이는 음기에 음기를 더해 수주의 운을 아예 막아 버리겠다는 것과 다를 바 없는 처사가 아닌가. 즉요 태자의 손에 수주를 쥐어 주는 것이 아닌 것이다. 적두는 만의 속내를 알 수가 없어 혼란스러웠다. 만이 수주를 두고 뭔가 속임수를 쓰는 것 같았다. 적두는 만이 박후명에게 김중연과의 혼사를 제안했을 때처럼 꺼림칙했다.

"하오면 김중연과의 혼인 역시 폐하께서 예부령을 속였다 생각하십니까?"

"아니오, 그건 좀 달랐소. 무슨 꿍꿍이가 있어 보이긴 했으나 폐하는 분명 혼인을 주선하여 내게 김중연을 주려고 했소. 김중연 역시 마뜩잖아 했지만 김재운을 위해 받아들이는 눈치였지. 한데 갑자기 김중연이 폐하 앞에서 칼을 뽑아 제 목을 베려 했다더군. 그 혼인을 무르겠다고 말이오. 심경의 변화를 일으킨 것은 폐하가 아니라 김중연이었소."

"하오나 그 정도에 폐하께서 명을 거둘 것 같았으면 애초에 혼인을 강요하지도 않았을 것입니다. 폐하의 의지가 확고했던 걸로 압니다만."

"하면 폐하께서는 왜 갑자기 의지를 굽히고 김중연의 청을 받아들였다 생각하시오? 혹 뭔가 짚이는 것이라도 있소?"

"이제 와 생각해 보니 그렇습니다."

법구를 쥔 적두의 손에 힘이 들어갔다.

"뭐가 말이오?"

"예부령께서 의혹을 품었던 그 폐하의 꿍꿍이 말입니다. 폐하께서 김중연을 예부령께 주려던 것이 진심이었다면 소승의 생각으로는 한 가지 이유밖엔 없습니다."

"뭐요, 그게?"

"김중연을 김재운에게서 떼어 놓으려는 것이지요."

"대체 왜?"

"그건 소승도 모르겠습니다. 대체 폐하께서는 왜 김중연이 김재운과 가까이 지내는 것을 새삼 꺼리게 되셨을까요?"

"김중연에게 대궁의 저杵를 빼앗긴다고 생각했겠지. 하여 시샘이 난 게 아니오? 사실 김중연이 대궁의 것을 탐할 자는 아니지. 한데도 믿을 수 없었던 게요. 저杵의 몸 안에 신물이 있으니 만에 하나 김중연이 다른 마음을 품는다면 어찌 되겠소? 가만……."

박후명이 말을 멈췄다. 그의 얼굴에 일순 한 줄기 의혹이 지나갔다. 적두가 물었다.

"뭔가 있지요?"

"갑자기 마음에 걸리는 것이 하나 떠올랐소. 신물에 관해 환수로부터 들은 말에 의하면 신물은 왕에게 속하나 왕은 주인이 아니라고 했소. 한데 오늘 폐하께서 말씀하시기를 이제 그 수주의 주인은 폐하라고 했소. 신물을 가질 자는 그 신물을 얻기 위해 가장 많은 눈물을 흘린 자라고 했는데, 그게 과연 폐하일까 싶단 말이오."

박후명의 말을 듣고 있던 적두의 미간이 움직였다.

"폐하께서 직접 수주의 주인임을 말씀하셨다는 겁니까? 그렇다면 이는……."

적두는 머릿속으로 희미한 빛이 새어 드는 것 같았다. 이를 눈치챈 박후명이 다그쳤다.

"뭐요?"

"뭔가 그림이 그려지는군요. 소승은 폐하께서 왜 보군공의 뜻대로 신물을 처리하지 않고 갑자기 내전에 봉하려는지에 대해 계속 생각하고 있었지요. 보군공은 신물을 황룡사 우방에 두기 위해 저杵를 얻었습니다. 한데 말입니다. 수주가 지난날 왕경 밖을 떠돌 때도, 지금 대궁으로 들어간 뒤에도, 황룡사 오른쪽 자리를 지키고 있던 것은 늘 김재운이었단 말이지요."

적두의 눈이 가늘어졌다. 가늘고 가는 틈새에서 비밀을 찾아낸 그의 눈동자가 탁하게 누르스름한 빛을 뿜었다.

"하면?"

박후명은 의외의 사실을 새삼 발견하고 그것이 무슨 뜻인지 깨닫자 낯빛이 창백해졌다.

"저杵입니다!"

"설마?"

"목련방의 그 집, 언제부터 김재운의 집이었습니까?"

"그 집은 헌강왕이 어린 김재운에게 하사했던 집이오."

"하오면 김재운은 거기서 월성으로 입, 퇴궐을 했습니까?"

"아니오, 그 아이는 어릴 때부터 헌강왕이 늘 곁에 두었기에 월성 내에 머물렀소. 가만, 그러고 보니 보군공이 신물을 원래 있던 자리에 돌려놓으라고 했던 바로 그즈음에 김재운이 월성에서 나와 그 집으로 옮겨 갔소."

"역시, 그랬군요."

"하면 김재운이?"

"예, 저杵가 바로 호국의 신물입니다. 보군공이 황룡사우방, 원래 있던 자리에 돌려놓으라고 한 것은 수주가 아니라 김재운입니다. 틀림없습니다."

하면 여의 일에 이어 이번에도 잘못 짚었단 말인가? 박후명의 갸름했던 눈매가 크게 벌어졌다.

"저杵가 신물을 숨길 가장 적합한 그릇이라 하지 않았소? 한데 바로 그 저杵가 신물이라니?"

"소승의 불찰입니다. 소승이 황룡사 오른쪽에 무엇이 있느냐는 예부령의 질문에만 집중한 탓이지요. 하여 깊이 생각지 못하고 간과했던 것 같습니다."

박후명은 머리에 열이 올랐다. 대체 지금까지 나는 무엇을 했던 게야? 저 사냥꾼을 들여 갖은 노력을 했음에도 오히려 저 사냥꾼의 농간에 놀아나 먼 길을 돌아온 셈이 아닌가. 하면 애초에 내 생각대로 신물은 월성에 있었던 것이다. 보군공은 신물을 보러 왕경에 왔었다. 하지만 재운을 만난 것 말고는 아무것도 하지 않고 한기부로 돌아가려 했었지. 그때 알아챘어야 했다. 재운을 만난 것이 곧 신물을 본 것임을. 박후명은 당시 적두의 말에 동의하여 수주가 신물이라 단정해 버린 자신의 판단을 후회했다.

“하면 신물인 김재운은 폐하께 속하지만 폐하의 것이 아니라는 말이 되오. 하면 김재운의 주인은 누구란 말이오? 아니, 신물의 주인이 누구란 것이오?”

“소승의 추측으로는 김중연이 아닐까 여겨집니다. 하면 그것이 폐하께서 김중연이 김재운과 가까이 지내는 것을 꺼리는 이유가 됩니다. 예부령의 말씀대로 그자가 폐하의 것을 가졌기 때문이지요. 물론 당사자는 신물을 탐하는 자가 아니니 대궁의 것을 손에 넣었는지조차 모르고 있을 겁니다. 왜 진작 이를 생각지 못했는지 참으로 원통하군요.”

적두는 붉어진 얼굴로 분한 기색을 감추지 않고 말했다. 그러나 냉정을 찾은 박후명은 말끔한 눈빛으로 물었다.

“하나 나는 여전히 이해할 수가 없소. 신물을 가질 자는 신물을 얻는 데 가장 많은 눈물을 흘린 자라 했소. 한데 어째서 김중연이오? 김중연은 오히려 눈물을 한 방울도 흘리지 못하는 자가 아니오?”

“물론 그러하오나 김중연이 김재운을 가진 자라는 것만큼은 확신이 듭니다.”

제13장 어무산신御舞山神

해가 붉은 그림자를 남기며 서편으로 가라앉고 있었다. 초여름이 성큼 다가왔는데 진작 졌어야 할 목련꽃들은 여전히 피고 또 피어났다. 계유는 마당에 수북이 쌓여 가고 있는 목련 꽃잎들을 실성한 사람 모양 발로 툭툭 차서 공중으로 날리며 중얼거렸다.

"이제 나는 어쩌지? 이제 나는 어쩌면 좋냐 말이다."

"애꿎은 그 아이들이 무슨 대답을 해 줄 것이라고 괴롭히느냐?"

계유는 화들짝 놀라 돌아보았다. 청사 관복을 입은 재운이 서 있었다.

"가십니까? 이제 가시는 겁니까?"

"오냐, 이제 간다. 오늘이 너와 내가 보는 마지막 날이로구나."

계유는 이를 앙다물고 눈물을 삼키며 물었다.

"이제 가면 다시는 이 집으로 돌아오지 못하시겠지요?"

재운이 고개를 끄덕였다. 지는 석양의 뒤를 따라 성큼 다가선 저녁 그림자가 그의 시선이 미치는 그늘 아래에 머무르고 있었다. 어둠이 드리워진 재운의 눈동자 속에서 아련하고 눈부신 별빛이 아름다움을 발했다. 계유는 재운의 그늘을 오래도록 잡아 두고 싶었다. 그 그늘이 여태 그가 있던 자리였다.

"주인님 없이 저는 이제 어쩝니까?"

언젠가 재운과 헤어질 날이 올 것을 모르지 않았다. 살아 있는 모든 것은 이별을 하기 마련이다. 당연한 진실을 앞에 두고 계유는 여전히 미련을 버리지 못했다. 준비하고 있던 마음이었다. 기어이 다가올 이 순간을 각오하고 있었다. 그럼에도 눈앞이 아득해지고 가슴이 막막했다.

"대감이 너를 다시 거두어 주실 것이다."

"하지만 제게 말씀을 건네는 주인님이 계시지 않으면 저는 아무것도 아닙니다. 그러니 저도 데려가 주세요."

"너는 너의 쓰임이 필요한 곳에 있어야지."

"꼭 가셔야 합니까? 가지 않으시면 안 됩니까? 그냥 모른 척 달아나실 수는 없습니까?"

"나도 그러고 싶구나. 한데 그럴 수 없으니 어쩌겠느냐?"

"주인님이 가엾습니다."

"괜찮다. 이제 너를 놓아줄 터이니 가거라."

"갈 수 없게 되었습니다. 저의 마음은 진작 이곳에 붙들렸습니다. 하여 주인님이 가셔도 저는 늘 여기서 주인님을 기다릴 것입니다. 언제가는…….”

“오냐, 언젠가는 또 볼 날이 있지 않겠느냐?”

“그날이 반드시 있어 다시 주인님을 모실 수 있기를 바라고 또 바랄 것입니다. 그동안 고마웠습니다. 주인님 덕에 말하고 웃고 행동하는 사람의 즐거움을 누렸지요. 하여 이제 주인님을 잃고 그 외로움이 무엇과도 비할 수 없게 되었습니다. 그래도 참아 보렵니다. 언젠가 다시 볼 날이 있을 테니까요. 이곳이 아니라 저곳에 계셔도 저는 귀 기울이고 있을 것입니다. 하오니 다녀오십시오.”

계유는 무릎을 꿇고 목련 꽃잎이 소복하게 쌓인 위에 이마를 대고 절을 올렸다. 재운이 돌아서서 걸어가니 바람이 그의 옷자락을 떨어 소리를 냈다.

‘가신다. 월성의 호부가 이제 금줄을 걷고 목련을 버리고 이곳을 떠나신다.’

계유는 고개를 들 수가 없었다. 그는 재운이 대문을 나서는 것을 차마 볼 수가 없었다. 그는 그대로 머리를 처박은 채 새어 나오는 소리를 죽였다. 이제 곧 침향의 무거웠던 향내가 걷힐 것이다. 그러고 나면 그와 이곳은 오랫동안 그 향내를 그리워하며 무심한 시간을 견디고 또 견뎌야 할 것이다. 그와 재운이 주고받은 언젠가 반드시 있기를 바라는 그날이 지독히도 기약이 없기 때문이다.

재운이 목련방을 벗어나 버드나무 곁을 지날 때 좁고 가냘픈 관을 통해 새어 나오는 호드기 소리가 들려왔다. 꾹꾹 눌린 그 호드기 소리는 울고 있었다.

박후명은 김재운만을 남기고 대궁을 비우라는 왕명 따위는 아무래도 상관없었다. 이를 어겨 대궁 정화 의식에 문제가 생기건 말건 그에게는 남의 일이었다.

목련방에는 저杵의 금줄이 걸려 있어 재운을 잡기는커녕 접근조차 할 수 없었고, 월성 내에서는 보는 눈이 있어 함부로 손을 쓸 수가 없었으며, 월성 밖으로 내치는 일은 실패로 끝났고, 공들여 놓은 덫은 무용지물이 되었다.

그러니 오늘 밤 대궁 안에 재운 혼자 남아 있을 때 그를 도모해야 했다. 늘 재운의 곁에 붙어 있어 방해가 되었던 중연도 이번만큼은 대궁에 남아 있을 수 없었다. 중연이 대궁 근처에는 얼씬도 하지 못하도록 만이 알아서 북궁의 숙위를 명하였다.

중연은 북궁의 숙위를 서면서도 마음은 여전히 대궁에 매여 있었다. 그는 오문을 모두 개방한 채로 대궁의 안팎이 완전히 비어 있는 것이 마음에 걸렸다. 적어도 무관청의 시위군 몇 명은 대궁 가까이에 세워 뒀어야 했다. 그런데 그 여자는 대궁 내에서 무슨 일이 벌어지는지 보지도 듣지도 못하도록 오문의 숙위를 치우고 시위군의 경계를 고문에서 오백 보 이상 떨어진 곳까지 물리라 명하였다.

무슨 의식을 어찌 치르기에 이렇듯 사람들을 모두 내쫓는가? 중연은 의구심이 들었다. 대궁의 의식은 무엇이 되었건 많은 손이 필요하고 많은 의례가 따랐다. 재운이 아무리 뛰어난 재주를 가진 저杵라 해도 그 많은 몫을 혼자 해낼 수는 없을 터였다. 암만해도 대궁 정화 의식은 핑계가 분명했다. 오늘 밤의 의식이 재운이면 족하다는 것은 오직 저杵만이 필요하다는 뜻이었다.

그렇다면 누구든 대궁에 한 사람이라도 남아 있거나 새로이 발을 들이면 대궁 정화의 모든 의식이 틀어지게 될 것이라는 경고도, 거기에 시위군까지 물린 것 역시 저杵를 가까이에서 보지 못하도록 하기 위해 내린 방편이 틀림없었다.

'대체 오늘 밤에 무슨 일이 벌어지려는 것인가?'

중연은 막연한 불안감에 휩싸인 채 북궁의 누각 위에서 대궁을 바라보며 마음을 졸였다.

만월이 되어 버린 언덕 위의 월성, 은빛 눈물을 가득 담은 둥그런 달. 그 안에 가득 찬 눈물을 쏟아 내고 나면 홀쭉해진 몸으로 천 년의 근심을 훌훌 털어 버리고 또다시 만월이 되는 날을 맞기 위해 조금씩 제 안을 눈물로 채워 가겠지.

누! 그 이름을 떠올리자 중연의 가슴속에서 뜨거운 눈물이 조금씩 차오르기 시작했다. 그때 수하가 다가와 말했다.

"대감, 폐하께서 부르십니다."

젠장, 중연은 숨을 들이마신 후 돌아섰다. 가슴에 고였던 눈물이 흩어졌다.

"대감은 나마의 진짜 이름을 알고 있소."

"예."

"또한 대감은 나마를 가진 자이지."

"예. 또한 저를 가진 자가 나마입니다."

중연의 대답에 만은 웃었다. 그 웃음은 중연에게 잔인함과 처연함을 동시에 전했다. 예감이 좋지 않았다.

"대감은 시위부의 무관이오. 시위부의 주인은 짐이니 대감을 가진 자는 짐이오. 한데 어찌 그리 불경한 말을 짐의 앞에서 입에 담을 수가 있소?"

"송구합니다. 이는 나마와의 사적인 감정을 이야기한 것일 뿐 다른 뜻은 없었습니다."

"그 감정이 대감의 의무를 저버리지 않도록 하시오."

만의 표정에서 어느새 웃음이 사라졌다.

"저杵는 오래전에 짐의 오라비인 헌강왕과 약속을 했소. 그 약속에 대해 들어 본 적이 있소?"

"예, 그 약속이 저와 어느 정도 관련되어 있다는 것을 압니다. 하오나 약속의 내용에 대해서는 알지 못합니다. 나마는 폐하께서 제게 직접 말씀해 주실 것이라며 기다리라 하였습니다."

"그러하오. 이는 짐이 대감에게 내릴 왕명이기 때문이오."

"그 약속에서 제게 주어진 일이 무엇입니까?"

"그 전에 먼저 이 일은 대감의 마음과는 상관없다는 것을 명심해야 할 것이오. 하긴, 따지고 보면 이 일은 대감이 지금 시위부에 몸담고 있는 것과 다를 바 없는 것이지. 우습지 않소?"

중연은 대답하지 않았다. 뭐가 우습다는 것이지? 대체 내게 무슨 일을 시키려는 것이야? 그는 왕들과 저杵가 자신에게 곤란한 역할을 맡겼을지도 모른다는 생각이 들었다.

"시위부는 왕의 직속군으로 오롯이 왕을 위한 조직이오. 한데 대감은 짐을 싫어하지. 왕을 싫어하는데 왕을 지켜야 하니 모순이 아니오? 이는 짐은 싫으나 월성과 왕경은 버릴 수 없었기 때문이오. 이제 대감은 그 반대 상황에 놓였소. 역시 잘 해낼 수 있으리라 믿소."

"무슨 말씀이신지 모르겠습니다."

"여태 싫은 것을 지켰듯 이번엔 좋아하는 것을 버려야 할 차례란 뜻이오."

"무엇을 말입니까?"

만은 자리에서 일어나 중연이 있는 쪽으로 걸어 내려왔다. 만은 중연의 곁을 지나 몇 걸음 더 걸어간 후 멈춰 섰다. 만은 그에게 등을 돌린 채 물었다.

"대궁에 홀로 남아 있는 나마에게 가고 싶소?"

"그리하여도 됩니까? 누구든 대궁을 침범하면 의식이 제대로 행해지지 않을 것이라 들었습니다."

"대감은 월성의 호부인 나마와 함께 그 의식에 꼭 필요한 자요. 대감이 바로 그 호부를 가진 자이기 때문이오."

월성의 호부! 어디선가 들어 본 말이었다. 꿈에서 김암 선생이 말했던가? 아니면 옥보고 선생이 말했던가? 아니다, 그 일은 꿈이 아니었다. 그 일은 생생한 사실이었다.

"나마는 헌강왕이 상염자와의 거래를 통해 얻은 호국의 신물이오."

"수주가 아니라 나마입니까?"

의외의 사실에 중연의 목소리가 갈라졌다.

"듣자니 예부령은 여태 그리 착각했던 모양이오."

만의 숨에서 가벼운 비웃음이 새어 나왔다.

"나마요, 나마가 바로 반백년도 남지 않은 이 왕경에 천 년, 어쩌면 그 이상의 시간을 더해 줄 신물이오. 짐과 내 형제들의 보위가 끝나면 그 신물의 목숨을 거두어 왕경에 묻어야 하오. 이는 대감만이 할 수 있는 일이오. 왜냐하면 대감이 그 신물의 주인이기 때문이오. 오직 대감의 손만이 그 신물을 죽일 수도 살릴 수도 있소."

뭐? 중연의 심장이 멈췄다. 그의 머릿속이 하얗게 탈색되었다. 갑자기 손가락 하나 움직일 수 없었고 목구멍은 얼어붙은 듯 한마디 말도 나오지 않았다.

북궁의 주인이 앉는 자리로 다시 돌아간 만이 높은 곳에 우뚝 섰다. 중연을 내려다보는 만의 눈이 차갑게 빛나고 있었다. 저 허약하고 덩치만 큰 여인이 이토록 크고 강해 보인 적은 지금껏 단 한 번도 없었다.

헌강왕 사 년.*

왕경은 노랗고 붉은 꽃과 푸릇한 초목들로 뒤덮여 봄이 무르익었다. 민가에서도 꽃구경이 한창이던 그날, 남산 서쪽 포석금에서 왕이 연회를 열었다. 열다섯 살에 왕위에 올라 채 스무 살이 되지 않은 왕은 누이동생인 만 못지않게 춤을 잘 추었다.

누구도 흥을 돋울 필요가 없었다. 술과 가무가 있으니 모두가 절로 얼굴이 벌개져서 취한 몸짓이었다. 그때 왕의 눈에 서리 같은 흰 수염을 날리며 춤을 추는 이가 보였다. 수염이 있는 늙은 얼굴과 달리 곧은 몸의 선과 역동적인 춤사위가 암만 봐도 체구가 큰 젊은 남자인 듯했다.

왕이 물었다.

"저자가 누구인가?"

"누구 말이옵니까?"

"저기 춤을 추는 상염자霜髥者** 말이다."

"소신의 눈에는 보이지 않습니다만."

왕의 숙부인 상대등 김위홍의 눈에도, 시중 박예겸의 눈에

---

* 《삼국유사》 제2권 기이紀異 처용랑處容郎 망해사望海寺

** 서리 수염을 가진 자.

도 상염자는 보이지 않았다. 상염자의 소맷자락이 시위군의 코앞을 스치고 그 춤사위가 신료들의 눈앞을 오르내리고 있었지만 아무도 그 존재를 깨닫지 못했다.

상염자가 춤을 추며 왕에게로 한 걸음씩 다가왔다. 춤을 추는 상염자에게는 표정이 없었다. 그제야 왕은 상염자의 얼굴이 나무로 만든 탈이라는 것을 알았다.

왕이 물었다.

"네가 누구냐? 그 탈을 벗고 얼굴을 내보이거라."

상염자의 탈을 쓴 자는 왕의 말이 들리지 않는 듯 그저 바람을 따라 춤만 출 뿐이었다. 신료들이 서로 눈치를 보며 어리둥절한 표정을 지었다.

"누구를 말씀하시는 것이온지?"

왕이 춤을 추는 상염자를 가리키며 말했다.

"그대들 모두 저자가 보이지 않는가? 하면 짐이 지금 혼자 헛것을 보고 있단 말이로구나."

신료들의 시선은 왕이 가리키는 손끝을 좇아갔으나 정작 어디를 보아야 할지 알 수가 없었다. 그들은 잠시 두리번거리다가 왕의 표정을 살폈다. 누구도 왕이 헛것을 보고 있다고는 생각하지 않았다. 왕의 눈에 보인다면 보이는 것이다. 다만 자신들의 눈에는 보이지 않는 것일 뿐.

신국의 왕은 본시 초자연적인 능력을 물려받는다. 선덕여왕은 백제군이 여근곡에 쳐들어올 것을 미리 예언했다. 진지왕은 죽어서도 씨를 뿌려 아들을 내놓았다. 희강왕의 손자이자 화랑 출신으로 헌안왕의 따님과 혼인하여 제위에 오른 경문왕은 산뱀을 가슴에 얹고 잠자리에 들었던 기인이었다. 바로 그 경문왕의 장자인 왕은 호국 신을 보는 눈을 갖고 있었다.

신료들과 수행자들은 실제로 왕을 모시고 순행을 나섰을 때 산해 정령이 나타나 춤을 추는 것을 본 적이 있었다. 왕이 금강령金剛嶺에 갔을 때는 북악北岳의 신이 나타나 춤을 추었고, 동례전同禮殿에서 잔치를 할 때에는 지신地神이 나와서 춤을 추었다. 다만 이번에는 그것이 왕의 눈에만 보이는 것이다.

"남산의 산신입니다."

왕의 뒤에 서 있던 보군공 김호전이 말했다.

"짐과 공의 눈에만 보이는 모양이구려."

왕의 말에 보군공이 고개를 숙여 답했다.

"소신의 눈에도 보이지 않습니다. 하오나 상염자라면 남산의 산신일 것입니다. 간혹 남산의 산신을 목격했다는 사람들의 말이 상염자의 모습이었습니다."

왕이 고개를 끄덕이며 물었다.

"정녕 그러하다면 짐이 보위에 오른 이후 신라의 호국 신들이 차례로 나타나 짐 앞에서 춤을 추고 있는 것인데, 이것이 대체 무슨 징조라 생각하시오?"

시중 박예겸이 대답했다.

"폐하의 치세가 태평성대임을 말하는 상서로운 징조입니다."

박예겸의 말처럼 신라가 지금보다 더 풍요로웠던 시절은 없었다. 왕경에서 변방까지 노래와 춤이 끊이지 않았고 초가는 사라졌으며 집집마다 나무가 아니라 숯을 썼다. 왕경은 개운포를 통해 들어온 이국의 물건들로 넘쳐 났으며 화려한 금입택金入宅들이 땅에서 솟아오르는 해처럼 아름다웠다.

그러나 보군공은 달리 말했다.

"이는 폐하께서 직접 하문하시어 답을 듣는 것이 옳습니다."

젊은 왕이 자리에서 일어났다. 왕의 눈에만 보이니 왕만이 상염자에게 다가갈 수 있었다. 상염자의 춤은 거센 바람이었으나 진중하고 고아하기 그지없었다. 상염자의 고갯짓에 따라 바람이 몰려왔다. 왕은 자신도 모르게 상염자의 고갯짓을 따라갔다. 상염자의 어깨가 들썩이자 왕의 어깨도 절로 들썩였다. 왕은 상염자의 춤에 매혹되었다. 왕은 상염자에게 하문할 것을 잊고 그 춤을 따라 추기 시작했다.

상염자가 왕의 바로 곁에서 춤을 추고 있었으나 사람들의 눈에는 오직 왕의 춤만 보였다. 본디 춤을 잘 추는 왕인지라 왕의 상염무를 보는 신료들은 모두 그 신묘한 춤사위에 얼이 나갔다.

왕이 몸을 돌려 팔을 흔들고 손을 내저으니 바람이 잡히는 듯했다. 서늘한 두려움이 머리 위에서부터 드리워졌다. 가슴이 서글퍼졌다. 눈물이 고이려 했다. 그제야 왕은 자신이 상염자에게 하문하러 왔음을 깨달았다. 왕이 춤을 추며 물었다.

"너의 춤은 상서인가, 경계인가?"

상염자가 노래로 답했다.

"지리다도파智理多都波! 지리다도파!"

상염자의 노래도 왕의 귀에만 들렸다. 왕은 그 의미가 불안했다. 이치를 아는 많은 이들이 떠나고 도읍이 파괴된다는 뜻이 아닌가. 상서가 아니라 경계의 뜻이다.

왕이 춤을 멈췄다. 상염자가 왕의 앞을 스쳐 지나며 한 발을 내디뎠다. 쿵, 하고 지축이 울렸다. 왕의 몸이 흔들렸다. 상염자가 몸을 돌리며 다른 발을 내디뎠다. 그러자 또다시 쿵, 하고 세상이 움직였다. 왕이 비틀거리자 신료들이 달려와 부축했다.

"괜찮으십니까? 어의를 부르겠습니다."

"짐이 아니다. 땅이 흔들렸다."

"예?"

신료들이 하나같이 의아한 표정을 짓는 것을 보고 왕은 불현듯 깨달았다. 어지러운 시간에는 모든 것이 뿌리째 흔들리기에 숨겨져 있던 것이 드러난다. 현실의 왕국이 굳건하고 명백하면 숨은 세계는 감히 나타날 수 없는 것이다. 그러므로 왕의 눈에 보이는 호국 신들은 천 년을 지탱해 온 이 나라가 흔들리고 있음을 말해 주는 것이었다.

왕의 이마에서 식은땀이 흘렀다. 두려움이 왕의 몸을 감고 돌며 그 마음을 휘저었다. 그 칼날 같은 기운이 달려들어 기어이 왕의 머릿속을 쩍 가르자 정신이 번쩍 들었다.

왕은 상염자를 찾았다. 상염자는 춤을 추며 이미 사람들 사이를 빠져나가고 있었다. 상염자의 모습이 점점 멀어졌다. 왕이 다급한 마음에 상염자의 뒤를 쫓았다. 신료들과 시위군이 왕의 뒤를 따라 움직였다. 그러나 상염자는 어느새 왕의 눈에도 사라졌다.

왕은 보군공을 내전으로 은밀히 불렀다. 왕은 상염자가 말한 '지리다도파'라는 구절이 마음에 걸려 잠을 이룰 수가 없었다. 보군공을 제외하고는 모두가 지리다도파의 뜻이 이치를 아는 많은 이들이 왕경으로 모여드니 물이 솟듯 도읍이 번영 성세를 이룬다며 입을 모아 말하였다.

그러나 왕의 생각은 달랐다. 저들은 상염자의 춤과 노래를 보지도 듣지도 못하였다. 보고 듣지 못하였으니 마음에 와 닿지 않는 것이다. 왕경이 부유하고 성세를 누리니 왕경 밖의 어수선함은 보이지 않는 것이다. 저들은 모든 징조를 좋은 쪽으로 해석하고 싶어 했다. 하여 거꾸로 된 의미를 내놓은 것이다.

환수 용이 종종걸음으로 다가와 아뢰었다.

"밖에 보군공이 들었습니다."

"어서 들라 이르라."

왕은 기다렸다는 재촉하였다.

당시 보군공 김호전은 나이가 예순이 넘었으나 기골이 강대하고 검술로는 나라의 으뜸이었다. 왕은 정치적으로는 숙부인 상대등 김위홍의 세력에 기댔으나 개인적으로는 김호전을 따랐다.

"주위를 물리십시오."

보군공이 청하자 왕은 늦은 시각까지 침전을 지키고 있던 궁인들을 모두 물렸다. 그러나 환수 용만은 여느 때처럼 당연하다는 듯 왕의 곁에 붙어 있었다.

"용아, 너도 물러가거라."

왕의 명에 환수 용은 재빨리 표정을 숨겼지만 보군공을 바라보는 눈빛은 싸늘해졌다. 열다섯 어린 나이에 제위에 오른 왕은 가까이 부리는 환수 용을 스스럼없이 대했다. 환수 용은 스스로 생각하기에 적어도 심적으로는 자신이 왕과 가장 가깝다고 여겼다. 왜냐하면 오직 자신만이 왕과 정치적 관계를 맺고 있지 않았기 때문이다. 왕은 환수 용에게 정치적 대화를 건네지 않았다. 환수 용도 왕에게 정치적 발언을 올린 적이 없었다. 물론 엄밀히 말하자면 환수 용에게는 그럴 만한 자격이 없었다.

환수는 천민 중의 천민이었다. 때문에 왕은 환수 용을 수족처럼 여겼고 자신의 수족에 비밀을 두지 않듯 환수 용에게도 비밀을 두지 않았다. 하여 환수 용은 지금까지 왕의 생각과 왕이 벌이려는 일에 관해 누구보다 먼저, 또 깊이 알았다.

그런데 지금 왕이 그를 물렸다. 환수 용은 깨달았다. 왕이 지금 보군공과 함께 하늘도 모르게 중요한 밀담을 나누려 한다는 것을. 밖으로 물러난 환수 용은 방문에 귀를 기울였다. 잘 들리지 않았다. 환수 용은 화가 났으나 도리가 없었다.

주변이 조용해지자 보군공은 더더욱 목소리를 낮춰 입을 열었다.

"소신이 보기에 남산의 산신은 목랑木郎으로 여겨집니다."

"목랑이라면 민가에서 두두리라 부르는?"

"그렇습니다. 혹은 저杵라고도 하지요. 저杵는 자기가 원하는 사람에게만 모습을 내놓는다고 합니다. 저杵는 두 사람이 보아도 한 사람의 눈에만 보인다 했지요. 상염자가 바로 그러했습니다."

"하나 짐이 본 다른 호국 신들도 그러했소. 짐은 보았으나 다른 이들은 보지 못했지."

"혹은 다 함께 본 적도 있지요. 나무 탈을 썼다 하니 틀림없는 저杵입니다. 저杵의 진짜 얼굴은 보아도 기억할 수 없다고 했습니다. 해서 사람이 그 얼굴을 기억할 수 있도록 가면을 쓴다 하지요."

"참말 저杵란 말이오?"

"상염자가 저杵라면 거래를 할 수 있을 것입니다."

"거래라니?"

"지리다도파의 위기를 모면할 방안을 내놓게 해야지요."

"하나 상염자를 다시 불러내는 것이 가능하겠소?"

"저杵의 진짜 이름을 알면 불러낼 수 있을뿐더러 부릴 수도 있지요. 하오나 우리는 그 이름을 모르고, 저杵는 자신의 입으로는 그 이름을 말하지 못합니다. 하오니 사로잡아야지요."

"어찌 말이오?"

"소신이 방도를 알고 있습니다."

"보군공은 어찌 그리 저杵에 대해 잘 아시오?"

왕이 의외라는 듯 새삼스러운 눈으로 보군공을 보았다. 보군공은 대춧빛 얼굴을 굳히며 대답했다.

"소신이 어린 시절, 잠시 문수사에 있었지요."

"그러고 보니 들은 적이 있소. 명문가에서 가끔 고승이 나오니 기대가 컸었다지. 한데 잠시가 아니라 꽤 오래 있었다던데?"

"예, 이십여 년 넘게 몸담았습니다. 소신의 나이 서른이 되던 해에 속가로 돌아왔지요."

"한데도 화랑 출신들보다 무예가 뛰어나 그 시샘이 이루 말할 수 없었다고 들었소."

"이는 소신이 저 사냥꾼이었기에 달리 무예를 익힌 탓입니다."

"저 사냥꾼? 세상에 그런 것이 있소?"

"예, 문수사 내에서 비밀리 전해지는 보직이지요. 단 한 사람의 스승으로부터 단 한 사람의 제자에게로만 전해지는 그 보직을 받으면 사찰 내의 많은 규칙으로부터 어느 정도 풀려날 수 있습니다. 행동의 규약도 거의 받지 않을뿐더러 살생에 대한 면책권도 가지고 있지요."

"나쁘지 않게 들리오. 한데 왜 파계하였소?"

"소신은 본디 어려서부터 속세의 일에 큰 흥미가 없었습니다. 사람들의 일보다는 다른 것들의 세계에 더 끌렸지요. 하오나 속가를 떠나 있는 동안 생각이 바뀌었습니다. 소신이 가진 재주를 저杵를 잡는 것에 쓰기보다는 사람들을 위해 쓰고 싶어졌지요. 하여 스승의 곁을 떠났습니다."

“하면 공의 스승은 그 실망이 이만저만이 아니었겠소.”

“사람이 가는 길에는 늘 갈림길이 있지요. 길을 잘못 들었다면 되돌아 나오는 것이 옳습니다. 소신도 늦었지만 소신이 가던 길에 놓인 오류를 깨달았기에 도리가 없었습니다.”

“공의 스승께는 미안하나 그 덕에 대궁이 공을 얻게 되었으니 짐에게는 다행한 일이 아닐 수 없소. 하면 공의 스승께서는 다른 제자를 거두었소?”

“모르옵니다. 파계한 이후 소신은 두 번 다시 스승을 찾지 않았습니다. 그쪽 세상과는 연을 끊었지요.”

왕은 늙은 신하가 그보다 더 늙은 스승이 가르치던 저쪽 세상을 버리고 결국 그가 다스리는 이쪽 세상으로 돌아온 것에 자부심을 느꼈다.

“한데 상염자를 어찌 사로잡겠다는 것이오?”

“상염자의 춤으로 그를 다시 불러낼 수 있습니다. 저杵의 춤은 짐승의 울음소리와 마찬가지로 서로에게 신호를 보내는 수단입니다. 단 기회는 한 번뿐입니다. 한번 속으면 같은 수법에는 다시 속지 않는 것이 저杵입니다.”

왕이 보군공과 함께 내전을 나서자 환수 용이 따를 차비를 하며 물었다.

“어디로 행차하십니까?”

“알 것 없다. 너는 오늘 밤 짐이 이곳에 없다는 것이 알려지지 않도록 네 자리를 지켜라.”

왕의 행색을 보아하니 아무래도 월성을 나설 모양이었다.

그런데 수족 같은 자신도 떼어 두고 시위군도 부르지 않는다. 환수 용은 종종걸음으로 왕을 쫓아가며 물었다.

"대체 무슨 일입니까?"

"별일 아니다. 보군공과 잠시 다녀올 곳이 있다."

"밤이 늦었습니다. 시위군 몇이라도 대동하시는 것이……."

"괜찮다. 보군공이 함께 있는데 시위군이 무슨 필요더냐?"

"하오면 소인이라도 폐하를 모시도록 허락해 주십시오."

환수 용이 왕의 뒤를 졸졸 따르며 계속 졸라 대자 왕이 날 선 어조로 말했다.

"네가 할 일은 따로 있다지 않았느냐. 오늘 밤 짐이 월성을 나간 사실이 알려지면 그것은 오직 너의 입이 저지른 짓으로 알 것이니 그 혀를 잘라 너의 두 눈에 대고 꿰매 버릴 것이다."

서슬 푸른 왕의 명에 환수 용은 또 한 번 어쩔 수 없이 물러나야 했다.

왕은 여름에도 찬 바람이 부는 남산의 소나무 길로 들어섰다. 남산에는 많은 바위들이 있었다. 본디 이 땅은 바위를 숭상하던 곳이었다. 해와 달과 천문을 관측하던 돌들의 땅이었다. 북두칠성을 머리에 이고 있는 돌들이 굳건히 서서 하늘을 지키던 자리였다.

진흥왕 이후로 신라는 불교를 국교로 삼았다. 신라 고유의 신도神道가 쇠하고 불교가 흥성함에 따라 남산에는 왕경 귀족과 육두품 집안의 개인 사찰들이 들어서고 바위와 돌 들에는 온통 불상이 새겨졌다.

그러나 서쪽 산마루터기에 자리한 거대한 너럭바위만큼은 아무것도 새기지 않았다. 그 바위는 남산의 산신인 상염자의 바위였다. 적어도 산의 주인에게는 예를 갖춘 것이다.

불교가 남산을 점령함에도 그저 지켜볼 수밖에 없었던 그 너럭바위는 그야말로 군족과 토호 들의 세력 확장에 밀려 머지않아 섬처럼 남아 버릴 신라의 왕경과 비슷한 신세가 아닐 수 없었다.

간혹 해가 질 무렵이면 그 너럭바위 위에 앉아 서쪽을 바라보고 있는 상염자가 목격되곤 했다. 대체 서쪽에 무엇이 있기에 상염자가 그리 넋을 잃고 바라보는 것일까? 피안에 대한 간절함인가? 석양의 아름다움에 취한 것인가?

사람들이 다가가 물을라치면 상염자는 어느새 사라지고 보이지 않았다. 한 번도 시선을 떼지 않았음에도 온데간데없으니 기묘한 일이 아닐 수 없었다. 또한 둘이 함께 있어도 한 사람의 눈에만 보이니 그 광경이 사실인지 환영인지조차 분간할 수 없었다.

남산의 산신은 화창한 날이면 너럭바위 위에 드러누워 볕을 쬐었고 비 오는 날이면 맨발로 차갑고 축축한 돌을 밟으며 춤을 추었다. 그래도 산신의 옷은 젖지 않았다.

왕이 너럭바위에 오르자 두터운 구름이 달빛을 가렸다. 왕은 어둠 속에서 화를 벗고 이어 버선마저 벗었다. 봄 햇살에 데워졌던 바위는 이미 식어 맨살에 닿는 감촉이 서늘하기 짝이 없었다. 왕은 낮의 연회에서 보았던 상염자의 춤을 추기 시작했다. 본시 뛰어난 춤꾼이었던 왕은 단 한 번 따라 추었을 뿐인 상염자의 춤사위를 모두 기억했다.

시간이 흐르자 어느새 홀연히 나타난 상염자가 왕과 어우러져 춤을 추었다. 상염자의 존재를 깨달은 왕이 냉큼 그 소매를 잡으려 하나 바람처럼 빠져나갔다.

보군공은 왕의 몸짓에서 상염자의 출현을 알아챘다. 그러나 보군공의 눈에는 여전히 왕이 혼자 춤을 추는 것만 보일 뿐이었다. 보군공은 붉은 밧줄 세 가닥을 손에 쥔 채 신중하게 기회를 기다렸다.

그 밧줄은 그가 스승의 곁을 떠날 때 유일하게 가지고 나온 법구였다. 천 명의 사람이 흘린 피로 만들어진 이 법구는 저杵들의 무릎을 꿇리는 데 가장 크고 위협적인 힘을 발휘하였다. 하여 그는 다시는 스승의 세속적 욕망 앞에서 저杵가 희생되지 않도록 이를 훔쳐 냈다.

저 사냥꾼이라 해도 저杵가 모습을 드러내지 않는 이상 볼 수 없다. 저 사냥꾼들은 현상을 통해 추측하고 확인하고 덫을 놓고 저杵를 잡는다. 덫과 법구는 저杵를 불편하고 비틀린 지경에 몰아넣어 사람이 저杵를 볼 수 있도록 자연에서 끌어내거나 압박하는 역할을 하였다.

스승은 저杵가 사람의 일에 개입하는 것을 금한다고 가르쳤으나 정작 자신은 저杵를 부려 사람의 일에 개입시켰다. 스승은 저杵의 재주를 통해 재물을 모아 사찰을 확장시켰고 도당의 귀족들에게 줄을 대었다. 스승은 저校의 힘을 빌려 배후에서 국정을 좌지우지하려 들었으며 저校들의 생사여탈권을 쥐고 저校들의 왕으로 군림했다. 그럼에도 스승은 말했다.

'이 모든 일은 나를 위해서가 아니다. 오직 이 나라를, 사람의 세상을 위해서다. 나는 옳은 일을 하고 있는 것이다.'

보군공은 따져 물었다.

'스승님의 사익을 위해서가 아니라 이 나라를, 사람의 세상을 위한 일이라고 대체 누가 판단하는 것입니까? 이는 스승님의 독단입니다. 스승님의 판단만이 옳다고 어찌 보장할 수 있단 말입니까?'

'나는 옳다. 나이기 때문에 옳은 것이다.'

스승은 부릴 수 없는 저校들은 남김없이 태워 버렸다. 스승에게 그렇게 잔인하게 제거된 저校들이야말로 사람의 세상에 개입하는 것을 거부한 저校들이었다. 스승의 모순 앞에서 보군공은 회의가 들었다. 저校가 사람의 일에 개입하는 것은 저校의 의지가 아니라 저校를 끌어들인 사람의 의지였다. 바로 그의 스승 같은 사람들의.

저校는 본디 사람의 일에 간섭하지 않는 존재였다. 호기심이 많아 늘 사람의 세상을 들여다보기는 하나, 없는 듯 끼어들어 그저 구경만 하는 것이다. 저校는 숲의 일부고 산의 일부이며 자연의 일부라서 내버려 두면 사람의 세상에 해를 끼치지 않는다. 순리를 따르며 존재하는 저校를 사람의 세상에 끌어들이는 것은 바로 사람인 것이다. 그리하여 보군공은 더는 저 사냥꾼으로 사는 것을 원하지 않게 되었다.

그런데 이제 와서 자신의 손으로 이 붉은 법구를 쥐고 저杵를 잡아 사람의 일에 끌어들이려 하다니. 그러나 이는 신국을, 아니, 세상을 구하는 일이 아닌가. 보군공은 씁쓸한 기분을 떨칠 수가 없었다. 이는 지난날 스승이 그에게 했던 말이었다. 그때 그가 스승에게 따져 물었듯 오늘의 이 일이 옳은 판단이 아닐 수도 있었다. 그럼에도 그에게 다른 선택은 없었다.

그는 속가로 나오면서 두 번 다시 저杵를 해하지 않겠다고 스스로 맹세하였다. 이제 그 맹세를 깨게 되었으니 무슨 대가든 달게 받으리라 결심했다. 오직 신국의 앞날만 보장받을 수 있다면.

몇 겹의 구름들이 서서히 벌어지고 달이 그 모습을 드러냈다. 달빛에 반사된 상염자의 흰 수염이 은빛을 뿌렸다. 그러나 보군공의 눈에는 여전히 아무것도 보이지 않았다.

왕이 또 한 번 상염자의 소매를 낚으려 했다. 왕은 상염무의 동작을 모두 익혔고 이제 상염자의 움직임이 어디로 나갈지 정확히 파악했다. 그럼에도 상염자가 왕의 손에 잡히지 않는 것은 그보다 더 빨리 상염자가 왕의 동작을 알아채고 피하기 때문이었다. 사람의 손으로는 결코 상염자를 잡을 수 없다는 것을 깨달은 왕이 보군공을 향해 눈으로 신호를 보냈다.

'짐의 손이 가는 방향을 따라오너라!'

왕이 다시 상염자의 소매를 잡아채려 손을 뻗는 순간 보군공은 그 위치를 가늠하여 매듭을 지은 붉은 밧줄을 던졌다. 밧줄은 상염자의 왼팔에 휘감겨 단단히 조여들었다. 그 순간을 놓치지 않고 왕이 달아나려는 상염자의 오른쪽 소매를 잡으려 했다. 소맷자락이 왕의 손을 스쳤다. 보군공의 두 번째 밧줄이 기다렸다는 듯 날아와 상염자의 오른팔에 감겼다.

이제 보군공의 눈에도 붉은 밧줄에 사로잡힌 상염자의 모습이 보였다. 보군공이 던진 세 번째 밧줄이 상염자의 목을 당겼다. 상염자는 밧줄이 이끄는 대로 몸을 굽히고 무릎을 꿇어야 했다. 보군공은 세 가닥의 밧줄을 한 번에 움켜잡아 상염자가 꼼짝할 수 없도록 힘을 가하였다.

고랑이 진 거친 나무 뺨, 눈이 시리도록 흰 수염. 탈의 뚫린 두 구멍 사이로 새카맣게 빛나는 저杵의 깊고 서늘한 눈동자가 보군공을 노려보고 있었다. 그러나 보군공은 망설이지 않고 상염자의 탈을 벗겼다.

청수 미모의 젊은 사내가 얼굴을 드러냈다. 보군공은 볼수록 매혹적인 사내의 아름다운 용모와 기이한 기운에 절로 빨려들었다. 이날까지 살면서 보군공은 누군가의 외모에 현혹된 적이 단 한 번도 없었다. 특히 저 사냥꾼들은 숱한 저杵들을 상대하며 적어도 보이는 유혹에 대해서는 단련이 되어 있었다. 그럼에도 보군공은 스스로 흔들린 것을 깨닫고 당황했다. 그는 숨을 들이켜며 재빨리 시선을 돌린 채 사내의 뒤로 물러났다.

왕이 한 걸음 나서며 물었다.

"짐의 물음에 답을 하라. 너는 저杵인가?"

"나를 놓아주시오."

사내는 대답 대신 놓아 달라는 말만 반복했다. 왕이 재차 물었다.

"네가 저杵인지 물었다."

"그렇소. 나는 남산의 불과 씨, 바람과 물을 품은 나무붙이요."

"역시 저杵로구나. 저杵가 어찌하여 짐의 앞에 나타나 춤을 추며 '지리다도파'를 노래했는가?"

사내는 고개를 들고 왕의 눈을 똑바로 바라보며 말했다.

"서도西都를 보내자니 슬퍼서이오."

"서도라니? 왕경은 동도東都라 동경이라 부른다."

"한때는 동도였으나 이제 기울어 가는 도읍이니 서도요. 천 년을 버텼으니 그 운이 다하였소."

왕은 고집스레 고개를 저으며 말했다.

"아니, 천 년을 버텼으니 앞으로 천 년은 더 버틸 것이다."

"반백년도 남지 않았소."

"뭐라?"

왕의 안색이 창백해졌다.

"신라에는 하늘이 내려 준 호국의 신물들이 있다. 외세의 침입을 물리치고 내정을 다스리는 신묘한 보물들이 왕경을 지키고 있는데 어찌 신라가 쓰러진단 말이냐?"

"보물이 왕경을 지키는 것이 아니라 왕경이 보물을 지켜야 신물의 역할을 할 수 있는 것이오. 서도는 이제 병이 깊어 보물이 더는 신물이 아니게 되었소. 대답을 하였으니 나를 놓아주시오."

사내의 눈빛이 간절하였다. 그러나 왕은 사내의 눈빛을 경계하며 말하였다.

"네가 먼저 짐에게 나타나 불길한 소리를 들려주었다. 하여 짐으로 하여금 너를 찾게 만들었지. 하니 이를 막을 방도를 알려 다오. 그리하면 너를 놓아주겠다."

"다섯 신이 경계하라 일렀으니 방도는 사람이 구해야 하오."

"사람의 힘으로 될 것이라면 짐이 어찌하여 너를 잡았겠느냐?"

"사람의 세상은 사람 스스로 구하는 것이 답이오. 나를 놓아주시오."

사내의 새까만 눈동자가 눈앞에 있는 왕과 등 뒤에 있는 보군공을 보았다. 저杵의 눈은 한 번에 수천 개의 사물을 동시에 볼 수 있다. 사내의 시선과 마주친 왕과 보군공의 가슴속으로 서늘한 바람이 스며들었다. 폭풍을 만난 배에 탄 듯 몸이 울렁거리고 땅이 요동쳤다. 왕과 보군공은 사내의 시선을 피했다. 그러나 사내의 시선은 여전히 두 사람을 좇았다.

"네가 짐의 요구를 들어주면 놓아줄 것이다."

왕이 물러서지 않자 사내도 버티었다.

"모든 산해 정령들이 경계하라 고했소. 나도 그들 중 하나일 뿐이오. 북악의 산신도, 동례전의 지신도 모두 놓아주었거늘, 어찌하여 나만 사람의 일에 끌어들이려는 것이오. 나를 놓아주시오."

"이는 네가 저杵이기 때문이다. 저杵는 사람과 거래를 할 수 있다 들었다."

사내는 조소를 드러내며 완강하게 거절했다.

"나는 하지 않을 것이오."

"하면 너는 이대로 영원히 너의 바위 아래 묻히게 될 것이다. 너의 손과 발은 사람의 피로 매듭이 묶이고 너의 입은 사람의 피로 재갈이 물릴 것이니, 두 번 다시 춤과 노래를 할 수 없을 것이다. 남산의 흙과 나무를 밟을 수 없을 것이며 황금처럼 빛나는 만월을 볼 수도 없을 것이다."

사내의 심연 같던 눈동자가 흔들렸다. 저杵는 자연에 속했다. 산을 누비고 바위와 나무와 허공을 누리는 자유로운 존재였다. 그런 바람 같은 신물의 손과 발을 묶고 눈과 입을 막다니, 이 얼마나 잔인한 처사인가?

왕은 방금 자신의 입에서 나온 말이 과연 진심인지 스스로 의심했다. 사내가 입을 다문 채 왕을 바라보았다. 사내의 눈동자에 담긴 무언의 간청이 왕의 마음에 소리를 전했다.

'나를 놓아주시오. 나를 놓아주시오.'

왕의 가슴 한편이 저려 왔다. 왕의 마음이 흔들리는 것을 눈치챈 늙은 보군공이 날 선 어조로 소리쳤다.

"폐하, 저杵와 눈을 마주하지 마십시오. 저杵의 눈을 바라보면 홀리게 됩니다. 홀리면 원하는 것을 얻을 수 없습니다."

현명한 노신의 제지에 왕은 재빨리 시선을 돌리고 정신을 깨웠다.

"부질없는 짓이다. 네가 짐에게서 놓여날 수 있는 방법은 신국을 살릴 방도를 내놓는 것뿐이다."

사내는 고개를 숙인 채 침묵을 지켰다. 시간이 지나도 사내가 입을 열지 않자 보군공이 재촉하려 들었다. 그러자 왕이 손을 내저으며 사내에게 말했다.

"네가 답을 내놓을 때까지 짐은 얼마든지 기다릴 것이다."

왕은 간절했으나 냉정을 잃지 않았다. 머리 꼭대기까지 차올랐던 달이 서편으로 기울고 멀리 동편에서 희붐한 새벽의 기운이 스며들 때까지 꼼짝도 않던 사내가 마침내 고개를 들었다. 동시에 남산의 수목이 주인의 말을 듣기 위해 가지를 모았다.

문득 자신들을 둘러싼 기이한 기척에 왕과 보군공은 주변을 둘러보았으나 무엇이 어찌 달라졌는지 알 수 없었다. 사내가 시선을 돌려 발아래 왕경을 잠시 내려다보았다. 이윽고 사내는 체념한 듯 입을 열었다.

"내게 왕의 여인을 주시오. 하면 이 천 년이 끝난 후, 천 년이 지나고 다시 천 년의 영광을 누리게 해 줄 살아 있는 호국의 신물神物을 드리겠소. 이는 왕경을 지킬 호부護符가 될 것이오."

여인을 달라? 과연! 저杵가 여인을 좋아한다더니 참으로 그런 모양이었다. 그러나 왕은 이내 난감해졌다. 왕에게는 정비인 의명 왕후뿐이었다. 남산의 산신이라고는 하나 나무붙이에게 왕후를 내줄 수는 없는 일이었다. 하지만 무슨 상관인가. 서둘러 적당한 여인을 골라 후비로 맞은 후 내주는 방법도 있다. 후비로 들일 여인에게는 미안한 일이나 이 나라가 앞으로 얻게 될 천 년, 어쩌면 그다음 천 년까지도 가능한 시간과 바꾸는 일이 아닌가.

"좋다."

왕이 승낙하자 사내는 눈빛을 반짝이며 덧붙였다.

"반드시 정족 출신의 여인이어야 하오."

사내가 마치 왕의 속내를 읽은 듯 조건을 내걸었다. 왕은 망설였지만 도리가 없었다.

"그리하겠다."

대답과 달리 왕의 마음은 어지러웠다. 대체 어느 집안이 나무붙이에게 딸을 내줄 수 있단 말인가. 또한 나무붙이에게 여인을 내주기 위해 후비를 들여야 한다는 사실을 어찌 밝힐 수 있을 것인가. 그러므로 왕이 호국의 신물을 얻기 위해 저杵와 거래를 했다는 사실은 비밀이 되어야 할 것이다.

"약속을 했으니 이제 나를 놓아주시오."

"너를 믿어도 되는가? 달아나는 것이 아닌가?"

"우리는 한번 말로 내놓은 약속은 반드시 지키오. 언령은 사람보다 우리 같은 이들에게 더욱 강력하게 작용하오. 우리가 거짓 약속을 하지 못하는 이유는 그 힘을 두려워할 줄 알기 때문이오. 다음 만월이 차는 날, 약속한 여인을 받으러 월성으로 갈 것이오. 내가 여인을 얻으면 왕도 신물을 얻게 될 것이오."

왕이 고개를 끄덕이자 보군공은 사내를 잡은 붉은 밧줄을 풀어 주었다. 몸이 자유로워진 사내가 말했다.

"신물은 왕에게 주어졌으니 왕의 형제들에게 전해질 것이며 왕과 피를 나눈 마지막 형제가 보좌에서 내려가는 날, 신물을 죽여 그 목을 무평문 용마루에 거시오. 또한 신물의 심장에 박힌 저杵의 본체를 거두시오. 북쪽을 바라보는 신물의 눈이 왕경을 더 넓은 땅으로 이끌 것이며 신물의 심장을 쥔 왕실이 왕경을 다시 뛰게 할 것이오. 다만 신물은 왕에게 속해 있으나 왕은 가질 수 없으니 왕이 마음대로 죽일 수 없소."

보군공의 주름진 눈가가 우그러졌다.

"그게 무슨 뜻인가?"

"신물을 죽일 수 있는 것은 오직 그 신물의 주인뿐이오. 하니 신물을 가진 자의 마음에 달려 있단 뜻이오."

"호국의 신물을 왕이 가질 수 없다면 대체 누가 갖는다는 것인가?"

"그 신물을 얻기 위해 가장 많은 눈물을 흘린 자가 될 것이오."

"어찌하여 눈물인가?"

"살아 있는 신물을 얻기 위해 왕이 내게 준 여인은 죽어야 하오. 나는 그 여인을 위해 울 것이오. 하여 그 신물의 이름은 누淚요, 저杵의 눈물이지. 잊지 마시오. 서도의 운명은 신물이 아니라 신물을 가진 자의 손에 달렸다는 것을. 판을 벌인 것은 저杵이나 판을 움직이는 것은 사람이오. 사람은 정해진 운명을 바꾸오. 저 사냥꾼인 그대가 이를 모른다 할 수는 없을 터인데."

저 사냥꾼이라, 참으로 오랜만에 들어보는 말이로구나. 보군공은 이 거래의 결과가 결국 사람의 손에 의해 결정될 것을 모르지 않았다. 이렇게 결과를 열어 둔 채 원인만 던져 주는 것이 저杵들의 거래 방식이었다. 그럼에도 보군공은 따져 묻지 않을 수 없었다.

"호국의 신물을 왕이 갖지 못한다면 이는 완벽치 못한 거래가 아닌가?"

사내는 웃을 듯 말 듯 입꼬리를 올리며 왕과 보군공을 그의 시야 아래에 둔 채 말했다.

"저杵와의 거래는 저杵를 속여야만 시작할 수 있소. 거래가 성사되어도 속임수의 대가는 반드시 치르게 되어 있지. 왕이 치를 대가는 호국의 신물을 얻되 주인이 되지 못하는 것이오."

"하면 왕이 그 신물을 위해 가장 많은 눈물을 흘리면 주인이 될 수 있는가?"

"그리할 수 있으면 어디 한번 해 보시든가."

사내는 드러내 놓고 비웃듯 말하였다.

"할 수 없다는 뜻인가?"

"왕에게 달렸지. 왕은 사람이고. 한데 그 사람이 과연 한낱 나무붙이를 위해 그렇게 많은 눈물을 흘릴 수 있을까? 만약 왕에게 그렇게 흘릴 눈물이 있다면 저杵가 아니라 먼저 왕의 백성들을 위해 울어야 할 것이오. 그 백성들을 위해 울 수 있는 왕이라면 나무붙이를 위해서도 눈물을 흘릴 수 있을 터이지. 하나 이미 백성들에게 다 쏟아 냈으니 나무붙이를 위해 울 수 있다 해도 눈물이 남아 있지 않을 것이오."

더 할 말이 없다는 듯 사내가 어둠을 향해 돌아서려 하자 보군공이 황급히 그 앞을 가로막으며 무릎을 꿇었다.

"이 모든 속임수는 나의 머리에서 나온 것이니 그 대가는 내가 치르겠다. 하니 호국의 신물은 부디 왕께서 갖도록 해 다오."

사내는 턱을 들고 보군공을 내려다보았다. 저杵의 그늘진 눈동자 속에 늙은 보군공은 담겨 있지 않았다. 사내가 보고 있는 것은 보이지 않는 인과의 끈이었다.

그것은 공허한 바람으로 떠돌며 시간이 무르익어 순간이 되기를 기다린다. 인간은 자기 앞에 놓인 시간과 순간을 되돌릴 수 있을 것이라 여기지만 저杵는 불가능하다는 것을 이해한다.

"내가 정하는 것이 아니오. 신물의 이름이 나의 '누'인 것은 나 역시 속임수의 거래에 응한 대가로 가장 소중한 것을 잃게 되기 때문이오. 또한 호국 신인 저杵에게 감히 속임수의 간계를 내놓은 당신, 사냥꾼도 머지않아 그 입에서 피를 토하며 숨을 놓게 될 것이오. 사람의 세상은 어떤지 모르겠으나 내가 속한 세상에서는 속임수가 통하지 않는다오."

말을 마친 사내는 다시 상염자의 탈을 둘러쓰고 춤을 추기 시작했다. 남산의 산신이 춤을 춘다. 바람이 나무를 흔들고 왕경을 품은 강물을 움직인다. 왕과 보군공은 상염자의 뺨과 수염을 타고 흐르는 눈물이 달빛에 반짝이는 것을 보았다.

저杵의 눈물이 두 사람의 마음을 온통 헤집었다. 그러나 그들은 후회할 수 없었다. 월성을 나설 때 단단히 각오했던 일이었다. 마음을 다잡은 그들은 그것이 눈물이 아니라 단지 나뭇잎에서 떨어진 이슬이 공기를 타고 상염자의 서리 같은 수염에

맺힌 것이라 여겼다.

박후명의 누이동생인 박여는 열여덟 살이었다. 상염자와의 약속이 있은 후 다음 만월이 차던 날 밤, 혼인을 치른 여는 신방에 홀로 앉아 왕을 기다렸다. 한 시진이 지나고 두 시진이 지나도 왕이 납신다는 기별이 없었다.

이제 지키는 이들마저 모두 물러가 주변에는 아무도 없었다. 여는 지루해졌다. 차라리 잠이라도 쏟아지면 좋겠네. 잠들면 시간이라도 잘 가지. 그러나 졸음은커녕 점점 더 정신이 말똥말똥해졌다.

갑자기 등잔 불빛이 가물거리더니 꺼져 버렸다. 사방이 순식간에 한 치 앞도 보이지 않는 캄캄한 어둠에 휩싸였다. 달빛 한 가닥 스며들지 않는 어둠 속에서 여는 그제야 이 방 어디에도 바깥과 통하는 창이 없다는 사실을 깨달았다. 알 수 없는 두려움에 여는 황급히 주위를 불렀다.

"누구 없느냐?"

불가사의할 정도로 고요했다. 불안해진 여가 자리에서 일어나려는데 크고 서늘한 기척이 그녀 앞으로 성큼 다가서는 것이 아닌가.

처음에 여는 왕이라 여기고 머리를 조아렸다. 그런데 왕이 아무런 말 없이 우뚝 서 있기만 하자 여는 무례를 무릅쓰고 고개를 들어 왕의 얼굴을 보려 했다. 그러나 왕의 얼굴은 어둠에 묻혀 보이지 않았다.

경문왕의 아들인 왕은 부왕을 닮아 키가 컸다. 그런데 이 사내는 왕보다 키만 더 큰 게 아니라 체구도 훨씬 컸다. 여는 왕이 아니라는 것을 알았다. 아니다, 착각일 것이다. 그럴 리가 없지 않은가. 이곳은 왕의 신방이다. 그러니 왕이 아닌 다른 사내가 지금 이 자리에 서 있을 리 만무하지 않은가. 하지만……? 여의 의혹은 가시지 않았다.

"폐하?"

여는 한 발짝 다가섰다. 어디서 이런 용기가 생겼을까? 그녀도 알 수 없었다. 여가 다가서자 왕은 한 발짝 뒤로 물러섰다. 왕의 모습이 한층 더 깊은 어둠 속으로 잠겨들었다.

여는 생각했다. 한 치 앞도 볼 수 없는 이 칠흑 같은 어둠 속에서 나는 어찌 왕의 모습을 볼 수 있는 것일까? 그런데 왕이 안으로 든다고 궁인들이 고했던가? 아니, 방문이 열렸던 적은 있었던가? 생각이 거기에 미치자 여는 더럭 겁이 났다. 그럼에도 여는 물러서지 않았다.

"폐하께서 제게 목소리를 들려주시지 않으니 제 손으로 감히 폐하임을 확인하고자 하옵니다. 무례함을 용서해 주십시오."

여는 당돌하게 손을 뻗었다. 사내의 수염이 만져졌다. 여는 화들짝 놀랐다. 수염이 길었다. 왕이 아니었다. 당황한 여가 뒤로 물러섰다. 그러자 사내의 크고 차가운 손이 여의 손목을 덥석 잡았다. 놀란 여가 소리치려 하자 사내가 여의 손을 자신의 단단한 얼굴에 가져다 댔다. 그 순간 사내의 얼굴이 바닥으로 툭 떨어졌다. 그제야 여는 자신이 만진 얼굴이 탈임을 알았다.

'긴 수염이 달린 탈이라, 상염자의 탈인가?'

한 달여 전, 왕은 포석금의 연회에서 남산의 산신인 상염자의 춤을 보았다. 왕은 그 춤에 매혹되었다. 왕은 스스로 상염자의 탈을 만들어 쓰고 상염무 추기에 몰두했다. 하면 이 사내는 왕이다. 상염자의 탈을 쓰고 있었기 때문에 키도 체구도 더 커 보인 것이다.

왕이 춤을 추기 시작했다. 여는 어둠 속에서 왕이 추는 춤을 보고 있었다. 자신의 손가락도 보이지 않는 어둠 속에서 여는 어떻게 왕의 춤을 볼 수 있는지 의아했다. 그러나 여의 의심은 왕의 춤사위를 따라 이내 어둠 속으로 흩어졌다.

여는 눈앞에 있는 사내가 왕임을 의심하지 않았다. 캄캄한 어둠 속에서 여는 상염자의 탈을 벗은 사내의 얼굴을 보았다. 사내의 얼굴은 왕과 전혀 닮지 않았지만 여는 깨닫지 못했다. 여는 사내의 얼굴을 보았지만 곧 잊었다.

저㭊의 얼굴은 아주 아름다워 한번 보면 미혹되지 않을 수 없으나 곧 잊게 되는 얼굴이라 전한다. 그래서 남산의 산신은 상염자의 탈을 쓴다. 사람들이 저㭊의 얼굴은 기억하지 못하지만 탈의 얼굴은 기억하기 때문이다.

왕이 입을 열었다. 아니, 저㭊가 입을 열었다.

"미안하오. 참으로 미안하오."

"괜찮습니다."

여는 그저 왕이 자신을 오래 기다리게 한 것에 대해 사과하는 것이라고 여겼다.

팔 년 후, 스물여섯 살의 왕이 붕어했다. 헌강왕 재위 십이 년이었다. 헌강왕의 동생인 김황이 제위에 올랐다. 정강왕이다. 정강왕은 이듬해 한주의 김요가 반란을 일으키자 이를 평정하고 돌아와 오월에 병으로 쓰러져 죽었다.

헌강왕과 정강왕의 뒤를 이어 그해 그들의 누이동생인 북궁의 장공주 김만이 제위에 올랐다. 진성여왕이다. 그녀는 오라비들의 유지를 받들어 신물을 받았다.

"선왕들이 나마를 귀하게 여긴 이유는 그 때문이오. 그의 운명은 날 때부터 정해져 있었소. 나마도 자신의 운명을 알고 있었고."

알고 있었다고? 알면서 여태 자신이 죽을 날을 묵묵히 기다려 왔단 말인가. 중연은 눈앞이 빙빙 도는 것 같았다. 귓가에서 지난날 재운이 했던 말들이 들고일어났다. 제게는 미래가 없습니다. 왕들과의 약속을 지키려면 대감이 있어야 합니다.

'그런 이유로 내게 자신을 준 것이란 말이지. 자신을 죽여 달라고. 아니다. 재운은 내게 죽여 달라고 말하지 않았다. 재운은 내가 자신을 살릴 수도 죽일 수도 있다고 했다. 해서 나는 말했

지. 살릴 것이라고. 무조건 살릴 것이라고.'

중연은 중얼거리듯 말했다.

"살릴 것입니다."

"뭐라 하였소?"

만의 이마에 주름이 생겼다.

"살릴 것이라 하였습니다."

만의 그 완만하고 살집 있는 턱이 씰룩 움직였다.

"정 때문에 흔들려서는 안 될 것이오. 나마는 신물로서 처음부터 월성에 바쳐진 자였소. 하니 반드시 죽여야 하오."

중연은 고개를 저으며 한 걸음 물러났다. 만의 어조가 높아졌다.

"이 일은 반드시 시행되어야 하는 중대한 일이오. 나마가 죽어야 천 년 신국이 다시 천 년을 버틸 수 있소. 무슨 말인지 알겠소?"

중연은 입을 다물었다.

"대감!"

만의 서슬 푸른 외침에도 중연의 꾹 다문 입술은 얼른 열리지 않았다. 그의 턱이 바르르 떨렸다.

"아니요, 모르겠습니다."

"정신 차리시오. 대감 말고 다른 사람은 할 수 없는 일이오. 하니 나마와 신국을 두고 선택하지 마시오. 정족의 일원으로서 대감이 마땅히 해야 할 일을 하란 말이오."

"싫습니다."

"대감에게는 거부할 권한이 없소. 대감은 오늘 밤 안에 일을 끝내야 하오. 나마는 짐의 형제들로 이루어진 핏줄이 보위에 있는 동안에만 주어진 존재요. 대궁 정화 의식이 끝나면 요 태자의 즉위식이 있을 것이오. 요가 보위에 오르면 나마는 더는 살아 있어서는 안 된단 뜻이오."

중연의 무릎에 힘이 풀렸다.

"곧 인경이오. 대궁 정화 의식이 끝날 시각이지. 무평문으로 가시오. 그곳에서 나마가 대감을 기다리고 있을 것이오."

"참으로 인정머리 없는 처사입니다. 나마가 여태 대궁을 어찌 모셨는지 아시지 않습니까? 한데 이제 와서 버리십니까? 대체 그런 밑도 끝도 없는 믿음은 어디서 나온 거랍니까? 신물요? 해서 나마를 죽이면 이 나라가 천 년을 더 버틸 거라고요?"

중연은 만을 똑바로 쏘아보며 원망하였다. 만은 깊고 큰 숨을 내쉰 후 지친 어조이나 냉엄하게 말했다.

"짐이 이럴 것을 우려하여 나마에게 대감과 가까이 지내지 말라 일렀거늘. 그런 밑도 끝도 없는 믿음이 대체 어디서 나왔느냐고 물었소? 저杵에게서 나왔소. 저杵가 그리 약속했소. 한데 그 저杵란 것이 과연 진짜일까? 짐이야말로 지금 이 자리에서 대감에게 묻고 싶소? 그 답은 누구보다 대감이 잘 알 것이오. 우리 중에서 저杵를 가장 가까이 두고 믿어 온 자가 바로 대감이니 말이오. 대감! 부디 그 아이가 이 약속을 지킬 수 있도록 마지막을 도와주시오."

"아니요! 아니요, 하지 않겠습니다."

중연은 자꾸만 뒷걸음질을 쳤다. 만이 말했다.

"해야 하오. 잊었소? 대감의 입으로 맹세했소. 그 혼인만 아니면 무엇이든 하겠다고. 해서 짐이 했던 말을 기억하시오? 그 맹세를 지키지 않으면 짐이 나마에게 대가를 치르게 할 것이라고. 대감은 나마를 가진 자이나 짐은 나마를 부리는 자요. 나마를 부리는 자로서 대감에게 경고하겠소. 대감이 맹세를 깬 대가는 나마가 죽음보다 더한 것으로 받게 될 것이오."

무시무시한 그림자가 만의 얼굴을 덮었다. 중연은 만이 허튼소리로 자신을 위협하는 것이 아니라는 것을 깨달았다. 만은 보위를 물려받는 순간 이 일에 그녀의 전부를 걸었다. 만에게 재운은 봐줄 수 있는 대상이 아니었다.

중연은 어찌해야 할지 알 수가 없었다. 그 혼인만 아니면 원치 않는 일을 해야 할 경우가 더는 없을 것이라 자만했다. 그가 택한 원인이었다. 어디선가 그 결과가 기다리고 있을 줄은 알았다. 그때 그가 선택한 원인은 더 나은 상황을 만들기 위한 것이었다. 그런데 더 나빠졌다. 가끔은 자신이 선택한 원인이 예상했던 결과를 가지고 돌아오지 않을 수도 있다는 것을 잊었다. 하긴 그렇게 되면 삶이 너무 쉬워지지. 중연은 쓴웃음을 지었다.

"나마를 총애하셨습니다. 지금의 그 잔인한 말씀이 진심이, 진심이 아니라 믿습니다. 하오니 부디 한 번만 더 아량을 베풀어 주십시오."

만은 중연의 말에 아랑곳하지 않고 코웃음을 쳤다.

"저杵를 가장 잘 다루는 것은 저 사냥꾼이지. 문수사의 적두 선사가 나마의 진짜 이름을 몹시 알고 싶어 하오. 대감의 손에 죽어 신국의 거름이 되는 것과 저 사냥꾼의 손에 던져지는 것 중 어느 것이 나마에게 좋을지 잘 생각해 보시오."

중연의 낯빛이 창백해졌다. 한마디 대꾸 없이 만을 바라보는 그의 차고 깨끗한 눈에 붉은 기가 어렸다. 만은 문득 겁이 났다. 모두가 등을 돌린 대궁에 끝까지 사심 없이 남을 자는 중연뿐이었다. 한데 이 일이 중연을 흔들어 그 마음이 대궁을 떠난다면 나는 어찌해야 하나? 그녀의 마음 한쪽이 조금씩 허물어지려 했다. 그러나 만은 마음을 다잡았다. 그녀는 자신의 약점을 잘 알고 있었다. 만은 중연에게 자신의 처지를 이해받기 위해 애썼다.

"모두가 짐을 탓했소. 짐이 왕 노릇을 못한다고 말이오. 하나 짐은 노력했소. 무엇 하나 짐의 마음대로 된 것은 없었지만 말이오. 짐은 이 일로 이제 나마를 잃을 것이고 어쩌면 대감도 잃게 될지 모르오. 그럼에도 짐은 명을 내려야만 하오. 하니 대감, 도와주시오. 이번만큼은 짐이 왕으로서 해야 할 일을 제대로 할 수 있도록 말이오."

중연은 아무 말도 하지 않았다. 만은 붉어진 그의 눈가에 고인 눈물을 보았다. 설마 저자가 지금 눈물을 흘리려는 것일까? 울 수 없다고 들었다. 하여 그가 재운을 가진 자라는 사실이 미덥지 않았다. 하지만 재운은 중연을 가리켰고 저杵는 진실을 말하니 믿을 수밖에 없었다.

창백하게 굳은 그의 뺨을 타고 기어이 한 줄기 눈물이 흘러내리는 것을 만은 똑똑히 보았다. 눈물을 흘리지 못한다는 자가 흘린 저 눈물은 다른 어떤 이의 눈물보다 큰 것일 터였다. 재운을 위해 눈물을 흘려 주는 사람은 여태 아무도 없었다. 그는 언제나 선망과 시샘과 탐욕의 대상이었을 뿐이었다.

한때 만도 그녀의 오라비들처럼 스스로 재운을 갖고자 했던 적이 있었다. 그러나 그녀도 오라비들처럼 재운을 위해서는 한 방울의 눈물도 흘릴 수 없었다. 그녀는 보위에 오른 후 숱한 눈물을 흘렸지만 재운을 위해 운 것은 아니었다. 울어야 할 이유는 재운이 아니어도 널리고 널렸다.

그녀는 주로 자신을 위해 울었다. 재운 앞에 놓여 있는 운명에 대해 유일하게 알고 있었음에도 그녀는 한 번도 그것을 가엾게 생각해 본 적이 없었다. 신국을 위해 죽어야 하는 저杵보다는 신국을 위해 무거운 보좌를 짊어진 자신의 처지가 더 가련하고 슬펐다.

만은 가슴의 통증을 느꼈다. 심장이 조여들었다. 만은 중연의 눈물이 불공평할 뿐 아니라 옳지 않다고 여겨졌다. 그녀는 천천히 호흡을 고르며 감정을 누그러뜨리려고 애썼다. 만은 신물의 주인에게 명했다.

"동이 트기 전까지 무평문 용마루에 저杵의 목을 거시오. 그리고 저杵의 심장을 찢어 그 안에 담긴 흑옥을 내게 가져오시오. 그것이 저杵의 본체이니 바로 '누'라 이름 붙은 물건이오."

중연은 물건이란 말이 마음에 들지 않는 듯 미간을 찌푸렸다. 그의 뺨에 흐르던 눈물은 이미 말라붙었다. 그는 정신이 혼곤하여 자신이 방금 눈물을 흘린 것을 전혀 자각하지 못했다.

"만에 하나 나마를 데리고 달아날 생각이라면 포기하시오. 적두 선사를 겪어 봐서 알 것이오. 아주 끈질긴 자지. 짐이 그 자를 월성에서 내치긴 했으나 언제든 다시 불러올 수 있소. 저 사냥꾼의 눈은 사람이 아니라 저杵를 좇도록 훈련되어 있지. 하니 세상 어디에도 숨을 수 없을 것이오."

제14장 선인정결選因定結

풀어 헤친 머리카락이 고운 명주실 같았다. 반듯한 이마 아래 심연 같은 눈동자가 어둠을 건너다보았다. 비단 치맛자락 소리가 전돌을 비비고 넓은 소맷자락이 바람을 흔들었다. 재운은 푸른 버들가지를 손에 쥔 채 캄캄한 밤을 헤치고 대궁의 담장을 따라 천천히 걸음을 옮겼다.

"내원의 푸른 버들가지를 손에 쥔 것은 그만 헤어질 때가 되었기 때문입니다. 대내외 어디든 가지 못할 곳이 없으나 문밖을 나서면 그 산이 기다리니 부디 그 손에 든 술은 여기 버리십시오."

재운의 목소리가 실타래처럼 풀어져 담장을 넘고 바람을 타고 우거진 수풀을 따라 빙글빙글 돌았다. 재운이 조원전 앞에 이르렀을 때 어디선가 젊은 여인이 나타나 세 걸음 뒤에서 재운의 뒤를 따라 사박사박 걸었다.

여인은 바짝 마른 앙상한 팔을 뻗어 재운의 옷자락을 잡으려다 제 풀에 손을 움츠렸다. 다시 재운의 머리카락을 쓰다듬으려 손을 뻗었다가 슬며시 접었다. 여인의 검고 여윈 뺨을 타고 눈물이 흘러내렸다. 재운은 돌아보지 않은 채 계속 말했다.

"늘 마음에 걸렸지요. 제가 당신을 죽인 것은 저의 의지가 아니었습니다. 저는 그저 주어진 섭리에 따라 삶을 얻었을 뿐, 혹 당신의 죽음을 대가로 태어난 제가 미웠던 적은 없었습니까?"

여인이 재운의 등 뒤에서 고개를 저었다.

'아니다, 아니다. 나는 한 번도 너를 미워해 본 적이 없었다. 너야말로 나를 원망하지 않았더냐?'

"저는 당신을 원망한 적이 없습니다. 당신은 저를 사람으로 살게 해 주었지요. 좋았습니다. 아주 많이……."

재운이 말을 잇지 못하자 여인은 흐느끼는 소리를 냈다.

"울지 마십시오. 저 산의 큰 저杵가 눈물로 당신을 기다립니다. 큰 저杵가 버들가지를 손에 쥐지 않은 것은 이별한 적이 없다고 여기기 때문입니다. 큰 저杵의 눈물이 제 이름이 되어 여기 매였습니다. 한데 이제 당신마저 그 눈물로 저를 잡으려 하십니까?"

사람은 세월에 따른 망각이 고통을 무디게 하여 상실을 극복하게 만들지만 저杵인 상염자에게는 망각이 없었다. 때문에 상염자가 여인을, 아니, 정을 잃은 고통은 시간이 지날수록 그 무게가 더해졌다. 그것은 천리天理를 두고 사람과 거래한 저杵

에게 주어진 벌이었다.

재운이 조원전을 나가는 응문 앞에 이르자 뒤따르던 여인이 멈춰 섰다. 재운이 응문을 한 걸음 나섰다. 그러나 여인은 따라 나서지 않고 여전히 그 자리에 선 채 재운을 빤히 쳐다보기만 했다.

"오늘 밤이 지나면 저는 이제 여기 없습니다. 하니 여기서 아무리 기다려도 다시는 저를 볼 수 없을 것입니다."

재운이 손을 내밀었다. 그러나 여인은 흠칫거리며 뒷걸음질 했다. 여인은 홀로 치조治朝*를 맴돌기 시작했다. 조원전의 보좌 위에 무릎을 모으고 쭈그려 앉았다. 재운은 말없이 응문 앞에 선 채 여인이 돌아오기를 기다렸다. 재운이 꼼짝도 하지 않자 여인은 슬그머니 보좌 위에서 내려왔다. 그녀는 월대 위에 서서 오랫동안 재운을 바라보았다.

여인은 재운과 이별하고 싶지 않았다. 여인은 저 문을 나서면 이제 재운을 볼 수 없다는 것을 알고 있었다. 재운이 손에 쥔 버들가지가 이별을 고하고 있었다. 저 문을 나서지 않고 여기 버티고 있어도 이제 재운을 볼 수 없기는 마찬가지였다. 보좌의 주인은 여인이 제 목숨과 바꿔 세상에 내놓은 자식을 살려 달라는 청을 거절하였다.

여인은 어찌해야 할지 몰라 시간을 지체했다. 암만 기다려도 재운이 응문 안으로 다시 돌아오지 않자 여인은 어쩔 수 없

* 정전인 조원전이 있는 곳.

이 계단을 하나씩 내려갔다. 여인은 매달려도 소용없다는 것을 이제 깨달았다.

응문을 사이에 두고 두 여인이 마주 보고 섰다. 재운이 춤을 추기 시작했다. 여인은 재운의 춤추는 모습을 바라보았다. 여인의 눈에서 흐르는 눈물이 곧 부스러질 듯 낡아 버린 대례복의 옷깃을 검게 물들였다. 재운이 다시 손을 내밀었다. 여인이 재운의 손을 잡기 위해 마침내 응문 밖으로 한 걸음 옮겼다.

재운이 치문緇門*을 지나 무평문 앞에 이르렀을 때 여인은 이제 재운보다 두어 걸음 앞에 있었다. 재운이 무평문 아래에서 걸음을 멈췄다. 여인이 무평문 밖으로 재운의 손을 잡아끌었다.

'함께 가자, 함께 가자. 큰 저杵가 기다리는 남산으로 함께 가자.'

재운은 그 손을 뿌리치며 말했다.

"저는 갈 수 없습니다. 저는 여기까지입니다."

재운이 여인의 손에 버들가지를 쥐여 주었다. 여인은 버들가지를 받아 쥔 채 한참 동안 재운을 물끄러미 바라보다가 천천히 돌아섰다. 고문 쪽을 향해 걸어가는 여인의 모습이 점점 희미해지고 있었다. 재운은 여인이 가는 길을 향해 절을 올렸다.

"안녕히 가십시오. 그동안 제가 어찌 자라는지, 또 어찌 살아가는지 지켜봐 주셔서 고맙습니다. 저 산의 큰 저杵가 당신을

---

* 중문.

기다림에도 보내 드리지 못했던 것은 제가 당신을 너무 그리워했기 때문입니다. 당신도 제가 그리울 때면 이 무평문을 기억해 주십시오. 저는 늘 여기 있을 것입니다. 저 누각에 제 머리가 걸리면 저의 눈은 더 이상 남쪽을 바라볼 수 없겠지만 마음만은 언제나 두 분이 계신 곳을 향해 뒤돌아보고 있을 것입니다."

어느새 머리 위로 차올랐던 달이 서쪽으로 넘어가고 있었다. 바람이 몰고 온 짙은 구름이 달을 가리고 하늘은 비를 부슬부슬 뿌리기 시작했다. 재운은 동편을 바라보았다. 이제 막 인경이 지났다. 재운은 무평문 아래 서서 중연이 오기를 기다렸다.

왕경의 대로에 인적이라곤 없었다. 짝을 이룬 관할 순라꾼 두 명이 저 앞쪽에서 이야기를 주고받으며 걸어오고 있는 것이 보였다. 효원은 숨을 만한 골목을 찾으려 허둥지둥 달렸다. 하지만 순라꾼들이 먼저 효원이 있는 쪽을 돌아보았다. 그런데 그들은 아무것도 보지 못한 듯 다시 자기들 이야기로 돌아갔다.

통금 해제 시각이 다 되어 그냥 봐준 것인지, 정말 효원을 보지 못한 것인지 알 수 없었다. 적두 선사의 말대로라면 후자일 것이다. 효원은 가슴에 손을 얹었다. 딱딱한 나뭇조각이 만져졌다.

적두 선사는 해 질 무렵 은밀히 효원을 찾아왔다.

'나마의 문구를 찾았습니다.'

'어디에서요?'

'대궁에 있습니다.'

'어째서 그것이 대궁으로 들어갔나요?'

'경로는 지금 중요하지 않습니다. 문구를 찾으려면 오늘 밤뿐입니다. 의식이 끝나면 문구는 영원히 찾을 수 없게 될 것입니다. 길게 설명드릴 시간이 없으니 일단 소승의 말을 따르시지요. 소승이 월성에서 내쳐지긴 했으나 아가씨를 도울 것입니다. 다만 대궁에는 아가씨 혼자 직접 들어가셔야 합니다.'

'하지만 오늘 밤 대궁은 정화 의식 때문에 출입이 통제되어요. 나마 외에 다른 사람이 대궁에 발을 들이면 의식이 틀어진다고 하였지요.'

적두는 품에서 붉은 매듭을 꺼냈다. 매듭에는 손가락 마디만 한 크기의 까만 나뭇조각이 묶여 있었다.

'그것이 무엇입니까?'

'타다 만 나뭇조각이지요. 이것이 아가씨를 감싸 숨겨 드릴 것입니다. 하면 대궁에는 아무도 들지 않은 것이 되지요.'

'그 나뭇조각이 그리 영험하다면 선사께서 저를 대신하여 대궁에 들면 안 될까요? 저는 아무래도 자신이 없어요.'

'그리할 수만 있다면 소승도 그리해 드리고 싶습니다. 하오나 이 나뭇조각의 효력은 사내에게는 닿지 않습니다. 불가에 들었으나 소승은 여인이 아닌지라. 송구합니다. 이것은 밤에만 한시적으로 효력을 발휘하니 품고 계시면 시위군의 경계를 피

해 고문을 지날 수 있습니다. 나머지는 소승이 무평문 앞에서 기다리고 있다가 말씀드리지요.'

'하면 선사께서는 무평문까지 어찌 들어가십니까?'

적두가 미소를 내보이며 말했다.

'소승 한 몸 정도야 얼마든지 시위군의 눈을 피할 수 있지요. 하오니 아가씨께서야말로 제때 꼭 당도하셔야 할 것입니다.'

그 붉은 매듭에 묶인 나뭇조각은 형태를 잃은 저杵였다. 다 타 버리기 직전 불길에서 끄집어낸 그 본체 조각에는 아직 저杵의 속성이 미려하게 남아 있어 생각지 못한 조화를 부리곤 했다. 물론 조화의 효력은 오래가지 않았으나 필요할 때 잠깐 요긴하게 쓸 수 있을 정도는 되었다.

효원은 고문에서 오백 보 떨어진 곳에서 월성 주변을 둘러 경계를 서고 있던 시위군들 사이를 유유히 통과했다. 그녀가 지나가자 시위군들 역시 순라꾼들처럼 돌아보았다. 분명 무언가 기척을 느끼긴 했던 것이다. 시위군 하나가 말했다.

"방금 뭔가 스윽, 하고 지나가지 않았어?"

"그러게. 바람이겠지."

"그런가?"

"아님, 혼령이든가."

"예끼, 이 사람아! 괜한 소리 해서 부정 탈까 무섭네."

대궁에서 벌어지는 의식 때문에 가뜩이나 긴장한 터라 말을 꺼내 놓고 당사자들이 되레 겁을 집어먹었다.

"근데 말이야, 혼령은 통과시켜도 되는 걸까?"

"우리 눈에 보이지 않는 건 어쩔 수 없네. 어쨌든 우리 임무는 사람만 통과시키지 않으면 되는 것 아닌가."

"하긴 누가 감히 정화 의식이 행해지는 대궁으로 들어오고자 할까. 청각의 일을 생각해 보면……."

"그쯤 해 두지. 난 그 이야기만큼은 세상에 다시 듣고 싶지 않다니까."

청각의 일은 흉흉한 민심과 함께 왕경 내에서 나날이 살이 붙어 가며 무시무시한 이야기로 자라고 있었다. 그들은 약속이나 한 듯 입을 다물고 슬그머니 대궁 쪽을 바라보았다.

멀리서 발걸음 소리가 들려왔다. 재운은 귀를 기울였다. 고문을 지난 두 개의 인영이 이윽고 무평문 앞에서 멈췄다. 시위군의 눈을 피해 잠입한 적두와 박후명이었다.

'기어이 걸고넘어지려 하는가. 하긴 어차피 끝을 봐야 할 인간들이니.'

재운은 할 수 없다는 듯 무평문의 가장자리까지 걸어 나갔다. 여기서 일어나는 일은 시위군이 알기에 너무 멀었다. 애초에 여기서 무슨 일이 벌어지는지 알지 못하도록 하기 위해 시위군을 고문에서 오백 보 밖으로 물린 것이 아니었던가.

"아직 의식이 끝나지 않았으니 대궁 안으로는 들어오실 수 없습니다."

그러나 박후명은 칼을 뽑아 들고 거침없이 무평문으로 들어섰다. 재운이 손을 들어 막자 박후명은 칼을 겨누며 소리쳤다.

"물러서라."

그 순간 박후명은 재운을 알아보지 못했지만 그 빼어난 미모에 흠칫 놀라긴 했다.

"모두의 출입을 금하였는데 너는 누구냐? 전사서사 김재운은 어디 있지?"

적두는 재운을 유심히 보았다. 적두의 눈이 가늘어졌다. 사람이라고 하기엔 참으로 미묘美妙한 용모를 지녔다. 그의 정수리에 있는 붉은 점들이 불끈거렸다. 적두는 여인의 서늘한 시선이 저杵의 것임을 이내 알아차렸다. 마주하면 정신이 혼곤해지며 홀리게 되는 어둠. 적두는 여인으로 발현한 저杵의 존재에 대해서 들어 본 적이 없었다. 물론 스승의 기록에도 없었다. 하지만 지금 대궁에 들어 있는 것은 재운뿐이었고 실제로 그들의 눈앞에 있는 것은 여인이었다.

설마 저 여인이 재운일까? 침향의 향내가 없었다. 하면 역시 이전에 보았던 사내의 모습은 재운이 침향을 통해 둘러쓴 저杵의 가면이었을까?

적두가 앞으로 나서며 물었다.

"전사서사 김재운 나리십니까?"

"뭐라고? 그게 무슨 소리요?"

박후명은 의아한 얼굴로 재운과 적두를 번갈아 보았다. 적두가 재운에게 다시 물었다.

"침향의 조화가 여태 나리의 모습을 감춰 준 것이로군요. 그렇지요?"

"그 무슨 말도 안 되는 소리요? 저杵는 자고로 사내뿐이라 하였소. 한데 여기……."

그때 재운이 박후명의 말을 자르며 입을 열었다.

"저는 절반만 저杵입니다. 나머지 절반은 사람이지요. 그 사람은 예부령을 이렇게 부를 수도 있을 것입니다, 외숙부님!"

'외숙부?'

박후명의 심장이 쿵쿵 뛰었다. 그의 머릿속이 일순 환해지면서 큰 골이 파였다. 여의 실종 이후 박후명이 알아본 바에 의하면, 헌강왕은 그날 밤 신방에 들지 않았다. 더더구나 이상한 것은 그날 왕명으로 신방 근처의 궁인들과 숙위군을 모두 물린 것이었다. 바로 오늘처럼 말이다.

여에게 무슨 일이 벌어질지 헌강왕은 이미 알고 있었기에 그리 조처한 것이다. 헌강왕이 신물인 재운을 얻기 위해 여를 다른 저杵에게 준 것이라면 헌강왕이 거래를 한 상대는 바로 재운의 아비가 되는 바로 그 저杵인 것이다. 아비인 저杵가 왕들에게 재운의 진짜 이름을 알려 준 것이다.

"하면 너의 아비는?"

"상염자입니다."

"상염자!"

박후명은 묵은 숨을 내뱉듯 큰 소리로 그 이름을 외쳤다. 적두가 아쉬워하며 말했다.

"나마께서 남산을 찾았을 때 제가 진작 알아봤어야 했는데, 하여 나마께서는 제가 아는 어떤 저杵와도 같지 않았군요. 저杵임에도 사람처럼 성장을 하였고, 동경이나 수면에도 모습이 비쳤던 겁니다. 하지만 역시 절반만 비치는 것이겠지요?"

재운은 대답 대신 빙그레 웃었다. 박후명은 입술을 일그러뜨린 채 중얼거렸다.

"왕들이 나를 농락했어."

적두가 말했다.

"왕들은 저杵와 거래한 것을 숨겨야만 했으니까요."

박후명은 격분한 숨을 고른 후 생각해 보았다. 나쁘지 않았다. 아니, 차라리 잘된 일이었다. 다만 사내인 줄 알았던 자가 돌연 여인으로 변해 있는 것이 아직 낯설었다. 그러나 사내면 어떻고 여인이면 어떤가. 박후명에게는 그 같은 둔갑조차 탐나는 저杵의 재주였다.

"네가 기어이 내 것이 될 줄 알았다. 비록 절반이 저杵라고는 하나 따지고 보면 너는 결국 내 집안사람이니."

그러나 박후명은 재운을 겨눈 칼을 거두지 않았다. 오히려 칼끝을 재운의 심장으로 향했다. 박후명이 적두에게 말했다.

"이 아이의 절반이 사람이니 저 사냥꾼의 사냥감으로는 적당치 않소. 하니 이번에는 선사께서 손을 떼야겠소."

적두는 대답하지 않았다. 그의 노르스름한 눈동자가 사냥물의 숨통을 끊기 위해 마지막 일격을 가하려는 짐승처럼 신중하게 빛났다. 박후명은 적두의 눈빛에서 호락호락 물러서지 않겠다는 기세를 읽었으나 무시하였다.

'제깟 놈이 어쩔 것인가. 제아무리 저 사냥꾼이라 해도 그 저杵의 피가 모량부의 일족인 것을.'

박후명이 재운에게 말했다.

"하면 너는 진작 나를 따르는 것이 도리였거늘 어찌하여 매번 내게 맞선 것이냐?"

"그 도리라는 것이 혈연을 말씀하시는 것이라면 잘못 아셨습니다. 저杵는 혈연에 매이지 않습니다. 저杵가 가장 두려워하는 것이 사람의 피인데, 어찌 그 같은 피를 따를 수 있겠습니까? 피하는 것이 마땅하지요."

"저杵가 사람의 피를 두려워하는 것은 정 때문이다. 네가 아무리 부정하려 해도 너는 나와 같은 피를 나누었다."

"예부령께서 사람의 정을 운운하시다니 낯설게 들립니다. 예부령께서는 사람의 정이 무엇인지 모르시는 줄 알았습니다."

재운이 웃었다. 웃으니 어딘가 여와 닮았다. 박후명은 한껏 부드러워진 표정으로 말했다.

"그럴 리가 있겠느냐. 나도 사람이다. 다만 사람의 정에 휘둘리면 대의를 이룰 수 없기에 마음에서 지워야 했을 뿐, 나라고 창자를 끊어 내는 고통이 없었던 것은 아니다."

"그 고통이 그리 고통스러워 보이지는 않더이다."

재운은 웃음을 거두고 자신에게 겨눠진 박후명의 칼끝을 지긋이 바라보았다. 그러자 적두가 나섰다.

“그렇다 한들 그 무정함이 저杵에 비하겠습니까? 나마의 아비인 상염자는 왕들과 거래를 했습니다. 필시 속임수의 덫에 걸린 것이겠지요. 하여 자신이 살기 위해 한 여인을 죽이고 나마까지 왕들에게 팔았습니다.”

아니다, 그렇지 않다. 무평문 누각 지붕 위에서 그들의 이야기를 듣고 있던 중연은 고개를 저었다. 상염자는 자신의 목숨을 구명하기 위해 비겁하게 자식을 팔고 무고한 여인을 죽게 만든 것이 아니었다.

저杵는 사람의 속임수에 걸려 거래를 하게 된다. 저杵는 말한다. 여인을 주면 거래를 하겠다. 대신 그 여인이 죽는다. 선택은 거래의 진실을 들은 사람이 하는 것이다. 여인이 죽을 것을 알면서 저杵에게 내준 것은 사람이다. 사람이 그리 선택하였다. 그러므로 저杵 역시 자신의 눈물인 자식을 내놓지 않을 수 없게 된 것이다. 그러나 상염자는 알고 있었다. 애초에 이를 꼬아 놓은 자도 사람이요, 이를 다시 풀 수 있는 자도 사람인 것을.

상염자가 무평문 누각 지붕 위에서 죽은 여를 안고 장례의 춤을 춘 것을 본 것은 중연의 아버지뿐이었다. 아무도 거기 상염자가 있는 것을 알지 못했다. 오직 중연의 아버지만이 상염자를 보고 눈물을 흘려 주었다. 아버지의 목격이 중연을 무평문 앞으로 보내어 재운을 만나게 하였다. 그리하여 중연은 재운을 사랑하게 되었고 정이 들었다. 그렇게 상염자는 눈물을 아는 사람의 마음에 기대어 자식의 살길을 열어 둔 것이다. 이는 상염자가 사람의 정을 믿고 만든 각본이 아닌가.

목련방에 걸린 저杵의 금줄을 풀기 위해 중연이 남산의 너럭바위 앞으로 찾아갔을 때 상염자는 말했다. '누'에 대한 그 정으로 훗날 그 빚을 갚으라고. 그것이 무슨 의미인지 중연은 이제 알았다. 상염자가 그에게 재운을 살려 달라 청한 것이었다.

'하나 내가 만약 그 여자에게 한 맹세를 지키지 않으면 재운은 죽음보다 더한 처지에 놓일 터인데…….'

하여 중연은 진작 무평문에 이르렀으나 갈팡질팡하는 마음으로 재운을 지켜보는 것 말고는 아무것도 할 수가 없었다.

중연을 재촉하듯 바람의 방향이 바뀌고 있었다. 남산의 수목이 모두 이쪽으로 고개를 돌렸다. 재운이 여기 있기 때문이었다. 중연이 선 자리에서는 재운의 모습이 보이지 않았다. 그가 그토록 보고 싶어 하는 여인의 모습은 무평문 누각에 가려 있었다.

공기의 흐름이 불편하다. 이곳을 둘러싸고 조화롭지 못한 기척이 어딘가에 가시처럼 박혀 있다. 피 냄새가 난다. 사냥꾼이나 박후명의 것이 아니다. 중연은 주변으로 시선을 돌렸다. 그는 이들을 주시하고 있는 시선이 자신 말고도 있다는 것을 알아챘다. 중연은 숨은 자들의 위치를 살폈다. 성벽 아래 좌우 양측으로 하나씩 둘, 외정外廷 전각 뒤에 하나, 나무 뒤에 또 하나, 무평문 안쪽에 하나, 모두 다섯이로군. 아마도 박후명의 가병들일 것이다. 중연은 몸을 낮추었다.

'하긴 저 예민하고 신중하고 의심 많은 자가 저杵를 두고 언제

적으로 돌아설지 모를 사냥꾼과 단둘이 들어왔을 리가 없지.'

중연은 지금 당장 나서서 적두와 박후명과 그의 가병들까지 상대하느니, 적두와 박후명이 서로 등을 돌릴 때까지 기다려 보기로 했다. 저들의 싸움에 그가 낄 필요는 없었다.

재운은 여전히 같은 자리에서 한 발자국도 물러서지 않은 채 박후명을 가로막고 있었다. 박후명이 말했다.

"그러니 무정한 왕들과의 약속 따위 모두 버려라. 이제 내가 너를 보호해 줄 것이다. 내가 너의 외숙부이니 너의 이름을 안다 한들 너를 해하겠느냐? 하지만 저 사냥꾼은 조심해야지."

"글쎄요, 당장 저를 해하는 것이 예부령의 칼이 될 수도 있어 보입니다만."

그러나 박후명은 재운을 겨눈 칼을 거둘 수 없었다. 절반이라고 해도 재운은 저杵였다. 게다가 크고 오래 묵은 저杵로부터 났기에 절반이 사람이라 하여도 이미 보통의 저杵들과는 비할 바 없는 능력을 지녔다. 그러니 이렇게 신중하게 시선을 붙이고 있어도 얼마든지 놓칠 수 있었다. 달아난 재운이 대궁의 어디든 적당한 어둠을 찾아 숨어든다면 찾아내기 어려워진다. 게다가 조금 있으면 동이 튼다. 동이 트면 사람들이 돌아올 것이다.

박후명이 말했다.

"네가 내 칼보다 더 빨리 움직일 수 있다는 것을 안다. 하지만 나로선 너를 잡고 있을 다른 수단이 없구나. 분명히 말하지만 내가 죽이려는 것은 네가 아니다."

"하면 누굴 죽이고 싶으십니까?"

"김중연이다. 그자가 저杵의 주인이라는 것을 안다. 하니 그 자만 사라지면 너는 임자 없는 물건이 될 터이지. 물론 그 전에 너의 이름부터 얻어야겠지만."

또다시 재운을 가리켜 물건이라 칭하는 것을 중연은 들었다. 어찌하여 월성의 것들은 모두 내 여인을 물건이라 하는가. 하물며 예부령에게 재운은 조카가 아닌가. 좀 전에 제 입으로 재운이 집안사람이라 운운해 놓고서는.

재운이 말했다.

"그리되지는 않을 것입니다."

"김중연을 믿느냐?"

"믿습니다."

"아니, 이 세상에 믿을 수 있는 인간은 없습니다."

적두가 법구에서 진검을 뽑아 재운의 목을 겨눴다. 법구의 환한 빛 때문에 재운이 눈살을 찌푸렸다.

"무슨 짓이오, 선사! 물러나시오."

박후명이 적두의 행동을 경계하며 외쳤다. 본색을 드러낸 적두가 박후명을 향해 말했다.

"예부령의 칼보다는 소승의 법구가 저杵를 잡아 두는 데 용이하지요. 저杵가 이대로 달아나길 바라는 것은 아니겠지요?"

"그 전에 선사의 법구에 베이는 것은 아니오?"

"달아나려 든다면 벨 것입니다."

박후명은 자신이 저 사냥꾼의 상대가 되지 못한다는 것을 알고 있었다. 그러나 지금 재운이 도와준다면 저 사냥꾼을 물리칠 수도 있을 것이다. 재운도 사냥꾼의 법구에서 빠져나가고 싶을 터이니. 그러므로 재운을 먼저 설득하여 그의 편으로 만들어야 했다. 적두가 재운에게 위협을 가할수록 자신은 보드랍게 대하는 것이 상책이다. 박후명이 재운에게 말했다.

"달아나지 말고 나를 도와 다오. 하면 나는 너를 도울 것이다. 나는 네가 상하는 것을 원치 않는다. 누이까지 잃은 내게 남은 식구라곤 이제 딸아이 하나뿐이다. 하니 네가 내 식구가 되어 다오. 너는 김중연을 믿는다 했지만 세상에 혈연보다 더 믿을 수 있는 이는 없다."

박후명의 달라진 태도에도 재운의 표정은 미동이 없었다.

"글쎄요, 예부령은 혈연인 누이와 따님을 이용하셨지요. 하오면 저는 어디에 이용하시렵니까? 아니, 가지실 수는 있겠습니까? 암만 봐도 함께 오신 사냥꾼이 저를 쉽게 양보할 것 같지 않습니다만."

박후명은 금방이라도 베일 듯 적두의 칼날에 아슬아슬하게 닿아 있는 재운의 목을 보았다. 칼을 쥔 박후명의 손에 힘이 들어갔다. 할 수만 있다면 이 칼을 돌려 적두를 베고 싶었다. 그러나 그 전에 먼저 자신이 적두의 칼날에 베일 것이다.

재운이 말했다.

"서로 한 치의 양보도 없으니 이러다 저를 조각내겠습니다. 사냥꾼은 저를 원하고 예부령께서는 신물을 원하지요. 한데 제가 동시에 그 둘이니 도리가 없군요. 저를 쪼개어 나눠 가질 수는 없으니 한 분이 양보하셔야 합니다."

재운의 말이 옳았다. 박후명은 다시 한 번 적두의 마음을 돌려 보려 했다.

"선사의 저杵에 대한 집착을 내 십분 이해하나 이번엔 양보해 주시오. 단순한 저杵가 아니오. 호국의 신물이오. 이 나라의 운명에 깊이 관여되어 있단 말이오."

"그리는 못 합니다. 저杵는 저杵입니다. 이 세상의 일에 저杵가 개입하는 것을 막는 것이 바로 소승의 일입니다. 또한 소승은 이 나라에 미련이 없습니다. 속가를 버렸을 때 세상과의 인연도 끊었지요. 하니 소승 같은 이에게 호국의 신물 따위가 무슨 상관이랍니까? 세상도 사람도 그저 흘러가는 대로 둘 뿐입니다."

"선사의 말씀은 모순이오. 세상과 사람에 무심하다면서 실은 누구보다 적극적으로 나서고 있지 않소?"

"소승은 그저 사냥을 하고 있는 것뿐입니다. 소승이 쫓던 사냥물이 사람의 세상으로 들어왔지요. 사냥물만 손에 넣으면 소승은 언제든 속세에서 발을 뺄 것입니다."

어찌해도 적두의 마음을 돌릴 수 없다는 것을 깨달은 박후명은 화가 머리끝까지 치솟았다.

"선사는 나를 속였소. 선사는 처음부터 저杵의 개입을 알아채고 내게 접근했소. 신물을 찾아 주겠다는 핑계로 오직 저杵를 제거하고자 했지."

"예부령께서도 소승을 속이셨습니다."

"내가 대체 뭘 속였단 말이오?"

"선인정결!"

적두가 짧게 문구를 내뱉자 박후명의 미간에 깊은 주름이 생겼다. 재운은 혀를 차며 두 사람을 동정하듯 말했다.

"그만 다투십시오. 이래서야 답이 나오겠습니까? 아무래도 제가 이 자리에서 두 분이 모르는 진실을 하나 알려 드려야겠습니다."

두 사람의 시선이 동시에 재운을 향했다.

"예부령의 칼이 하필 저의 심장을 겨누고 있는 것은 우연이 아닙니다. 예부령이 원하는 신물은 저를 죽여야 쓸 수 있습니다. 신물이 제 심장 안에 있기 때문이지요. 하나 저杵를 얻고자 한다면 저를 살려야 합니다. 해서 사냥꾼의 검은 저의 목을 겨누고 있는 것이지요. 둘 중 하나만 얻을 수 있습니다. 자, 이제 어쩌시겠습니까?"

재운이 알려 준 사실은 그들의 상황을 더욱 복잡하게 만들었다. 박후명이 소리쳤다.

"거짓이다!"

적두가 이에 맞서 말했다.

"저杵는 거짓을 말하지 못하지요."

"이런!"

박후명은 거의 비명에 가까운 소리를 내질렀다.

"어느 쪽이든 너는 내 것이다. 너는 절대 나를 거부할 수 없어. 내가 너의 발목을 잡고 있다. 아직 결과가 정해지지 않았으니 내게 기회가 있단 말이다."

박후명이 품에서 홍색 종이를 꺼냈다. 종이에 배어 있는 흐릿한 침향의 향내가 아직 문구의 효력이 남아 있음을 알려 주듯 공기 중으로 풀어졌다. 재운의 시선이 그 붉은 종이를 따라가며 말했다.

"예부령께서는 이미 그 문구를 모두 사용하셨습니다."

"뭐?"

"선인정결, 효원 아가씨는 그 문구로 택한 인연을 정인으로 얻고자 하셨지요. 저도 그리되기를 바랐습니다. 한데 예부령께서 가로채어 다른 자를 얻으셨지요."

"그런 적 없다. 나는 이 문구로 오직 너만을 얻고자 하였다. 해서 몇 번이나 너를 잡을 원인을 만들었으나 아직 결과를 얻지 못했다. 하니 이 문구의 효용은 아직 끝나지 않았다."

"예부령께서는 그 문구로 환수 용을 얻으셨습니다. 그를 함정에 밀어 넣은 것은 예부령이시지요. 예부령께서는 다른 이가 품은 소망을 훔치셨습니다. 하여 문구로 얻은 사람이 죽는 것으로 결과가 매듭지어질 수밖에 없었던 것입니다."

"말도 안 되는 소리!"

박후명은 벌게진 얼굴로 문구가 적힌 붉은 종이를 움켜잡았다. 그는 여전히 문구에 일말의 효력이 남아 있을지도 모른다는 생각에 집착하였다. 적두가 혀를 차며 말했다.

"저杵의 말대로입니다. 만약 예부령께서 진작 그 문구에 대해 소승에게 말씀해 주셨더라면 그런 어리석은 자를 얻는 데

낭비하진 않았겠지요."

"닥치시오. 환수를 천존고로 끌어들인 것은 선사의 생각이었소."

"예부령께서 그자를 죽이고 싶어 하셨으니까요. 수주는 얻고 월성의 개는 짖지 못하게 되고, 일석이조가 아닙니까?"

"혹 알았던 거요? 해서 고의로 다른 결과를 얻도록 유도한 거요?"

"고의는 아니지요. 소승이 그리하지 않았어도 문구의 남은 결과는 예부령의 의지와 상관없이 벌어졌을 테니까요. 그게 다 예부령께서 저杵의 문구를 제대로 활용하지 못한 탓이지요. 저杵에 대해 아는 것도 없으면서 어찌 그리 욕심은 많으신지."

적두의 비웃음이 잔혹해졌다. 박후명은 위협을 느꼈다. 그는 시각을 헤아려 보았다. 인경이 지나고 이각쯤 되었을 것이다. 일이 이렇게 돌아갈 것이라 여기진 않았으나 혹시 알 수 없어 가병들 중 월장에 능한 자들 몇을 추려 뒤따라올 것을 명해 두었다.

눈치 빠른 적두가 혹 경계할까 우려해 박후명은 그들에게 시각을 두고 당도하라 일렀으니 아마 지금쯤은 전각 지붕, 혹은 담장 뒤의 어디에선가 대기하고 있을 것이다. 어쩌면 이 무평문 누각 지붕 위에 있을 수도 있었다. 여차하면 그의 충복들이 적두를 베어 버릴 것이다.

하지만 문구는 효력을 잃었고 그는 아직 저杵를 완전히 손에 넣지 못했다. 그에게는 저杵를 잡을 마땅한 수단이 없으니 당장은 적두를 제거할 때가 아니었다. 박후명은 구겨 쥔 홍색 종이를 던져 버리고 말했다.

"이보시오, 선사! 오해하지 마시오. 그 문구를 얻은 것에 관해 미리 말하지 못한 것은 사과하겠소. 하나 나는 단지 시기적절한 순간을 기다리고 있었을 뿐이오."

"지금이 바로 예부령께서 기다리던 그 시기적절한 순간이었지요. 아닙니까?"

박후명은 난감해졌다.

"하여 소승에게는 참으로 다행한 일이 아닐 수 없습니다. 만약 그 문구에 아직 효력이 남아 있었다면 나마는 지금쯤 예부령의 손에 떨어졌을지도 모르겠습니다. 하오니 예부령께서는 처음부터 소승을 따돌리고 혼자 저杵를 차지하고자 했던 것이지요. 예부령께서는 가진 패를 모두 잃으셨으니 이제 나마는 소승의 것입니다."

"나마는 신물이오. 하니 선사께서 양보하시오."

"신물이기 전에 저杵입니다. 소승이 처리하는 것이 옳습니다."

적두는 완강했다. 박후명은 있는 대로 노기가 뻗쳐 외쳤다.

"닥치고 물러나시오. 이건 명령이오."

이젠 도리가 없었다. 박후명은 온 힘을 다하여 적두의 검을 쳐 올렸다. 그 순간 법구에서 벗어난 재운이 고개를 슬쩍 들어 올리며 몸을 옆으로 기울였다. 적두의 칼날이 재운과 한 뼘쯤 벌어졌다. 박후명은 그대로 몸을 날려 재운의 앞으로 나서며 적두를 향해 칼을 돌렸다. 적두가 소리쳤다.

“어리석은 짓 하지 마십시오. 저杵가 달아날 수도 있습니다.”

적두의 노르스름한 눈동자가 불안하게 재운을 주시했다. 박후명이 말했다.

“사냥꾼에게 빼앗기느니 차라리 놓아줄 것이오.”

“소승이 예부령을 베는 것은 일도 아닙니다. 하오니 물러서십시오.”

“감히 나를 죽이겠다고 협박을 해?”

바로 그때 고문을 통과해 달려오는 기이한 형태가 있었다. 무평문 누각 지붕 위에 있던 중연과 아래에 있던 이들 모두 그쪽을 주시했다. 처음에 그것은 한쪽 어깨만 보였다. 이어 반대쪽 어깨가 나타났고 나머지 모습이 서서히 드러났다. 치맛자락이 바삐 움직이는 걸음에 부산하게 말렸다. 이윽고 안개처럼 흐트러져 있던 얼굴의 윤곽이 분명해졌다. 효원이었다.

적두는 망설이지 않고 효원이 오는 쪽으로 달려 나갔다. 그 사이 박후명은 자신의 칼을 다시 재운에게로 돌렸다. 적두는 효원의 팔을 잡아 쓰러뜨렸다. 효원은 비명을 질렀고 저항할 수 없었다. 적두가 효원의 목에 칼을 들이댄 채 박후명을 향해 말했다.

“이리하면 공평하겠습니다. 아가씨와 저杵를 바꿉시다.”

박후명은 얼굴을 찌푸렸다. 의아함이나 걱정이 아니라 갑자기 효원이 나타나 방해가 된 것이 달갑지 않았던 것이다.

“네가 여기 어떻게 나타난 게야? 대체 시위군의 경계는 어찌 통과했지?”

시위군뿐 아니라 잠복한 가병들의 눈에도 필시 뜨였을 터인데 어찌 집으로 돌려보내지지 않고 여기까지 들어오게 내버려 두었단 말인가? 박후명은 혀를 찼다. 대체 가병들은 뭘 하고 있었던 게야?

"적두 선사께서 무평문에서 기다리겠다고 하시어……."

효원은 간신히 대답을 하였다.

"선사가 대체 왜?"

박후명의 시선이 적두를 향했다. 적두가 말했다.

"소승이 아가씨께 술수를 좀 썼습니다. 저杵를 태운 숯을 지니게 하였지요. 하여 여기까지 사람의 눈에 뜨이지 않고 들어올 수 있었습니다. 물론 한시적인 것이라 오래가지는 않습니다. 이젠 그저 쓸모없는 나뭇조각이 되어 버렸지요."

적두는 효원의 옷섶을 강제로 헤쳐 그가 주었던 붉은 매듭에 묶인 검은 나뭇조각을 찾아내어 던져 버렸다. 효원은 두려움에 숨도 제대로 내쉬지 못한 채 적두의 손에서 몸을 떨었다.

박후명이 날카로운 어조로 물었다.

"그런 술수까지 부리며 대체 효원을 왜 여기로 불러낸 것이오?"

"소승이 아가씨께 나마의 문구가 여기에 있다고 알려 드렸습니다. 오늘 밤이 아니면 찾을 수 없다 말씀드렸지요. 그리고 그건 사실입니다. 보이십니까, 아가씨? 저기 예부령의 머리 위에서 날리는 홍색 종이 말입니다. 방금 효력이 다하였답니다. 하여 예부령께서 버리셨지요. 문구를 훔친 자는 아가씨의 아비입니다."

허공을 팔랑이던 홍색 종이는 잦아드는 바람을 따라 방금 적두가 내버린 검은 나뭇조각 위로 내려앉았다. 쓰임을 다한 종이와 나무는 이제 그저 종이와 나무일 뿐이었다. 효원은 원망이 가득한 눈으로 박후명을 보았다. 적두가 말했다.

"아가씨께 약속드린 대로 문구는 찾아 드렸고, 이제 아가씨를 두고 소승과 예부령의 거래만이 남았군요. 어쩌시겠습니까? 아가씨를 돌려 드릴 터이니 예부령께서는 이대로 물러나시지요."

박후명은 일말의 망설임 없이 거절했다.

"싫소. 좀 전에 저杵가 말하지 않았소, 나는 정을 모르는 사람이라고. 사실 그 말이 틀린 말은 아니었소. 저杵가 거짓을 말하지 못한다는 것이 참으로 진실임을 알겠더군. 하니 선사가 다시 생각해 주시오. 굳이 일을 이렇게까지 만들어야겠소?"

"소승은 저杵만 가지면 됩니다."

"할 수 없군."

박후명은 왼손을 들어 올리며 가병들을 불렀다. 그의 신호가 떨어지자 잠복해 있던 가병들이 모습을 드러냈다.

"두더지가 다섯 마리라."

적두는 그를 둘러싼 박후명의 가병들을 보며 싱긋 웃었다. 그러곤 효원을 내려다보았다. 그의 예리한 칼날이 그녀의 목에 이미 상처를 냈다. 효원은 적두의 거친 손아귀에 팔을 뒤로 잡힌 채 아픔을 참고 있었다. 적두가 말했다.

"굳이 일을 이렇게 만든 쪽은 예부령이십니다. 어쩔까요, 아버님께서 아가씨를 죽이라 하시는데?"

효원은 애원했다.

"선사께서는 부디 저를 놓아주시지요. 선사께서는 제 아버님과 오랫동안 신의를 다지셨어요. 무슨 일인지는 모르겠으나 두 분께서는 제발 칼을 거두시고 예전처럼 대화로 푸시지요."

그러나 적두는 싸늘한 어조로 말했다.

"신의 같은 것은 애초에 없었습니다. 그저 서로에게 필요했을 뿐이지요. 보십시오, 예부령께서는 저를 또 한 번 속이고 가병들을 숨겨 두셨잖습니까? 사람은 때론 목적지가 같아 함께 길을 가기도 합니다. 그러나 목적지에 도착해서 가져야 하는 것이 하나뿐이라면 그때부터는 경쟁자가 되는 것이지요. 어쩌면 오늘 아가씨는 부친의 말 한마디에 죽어야 할지도 모릅니다. 저 가병들이 아가씨를 살릴 수 있을 거란 생각은 버리셔야 할 것입니다. 어쨌든 제가 더 빠를 테니까요."

적두의 칼날이 효원에게 너무 바짝 들이대어 있어 가병들은 칼을 뽑았으나 나서지 못하고 있었다. 겁에 질린 효원의 어깨가 바들바들 떨렸다. 가병들이 박후명의 눈치를 살폈다. 도리가 없었다. 박후명은 답을 내놔야 했다.

"좋소. 나는 저杵를 가질 터이니 선사는 내 딸을 죽이든 살리든 마음대로 하시오. 신물은 여기 하나뿐이나 저杵는 찾아보면 또 있지 않겠소?"

"진심이십니까? 아가씨도 예부령께는 하나뿐인 자식입니다."

"별수 없지 않소. 신물과 여식 중에 고르라면 신물이오. 신물은 여전히 하나뿐이나 자식은 또 가질 수 있으니 말이오. 하나 그 아이가 죽으면 선사도 죽을 것이오."

그러나 적두는 눈 하나 꿈쩍이지 않고 효원에게 말했다.

"들었지요? 제 손에 아가씨의 목숨이 달렸습니다. 하오나 소승은 아가씨를 죽이고 싶지 않습니다. 하니 어서 아비를 불러 살려 달라 하세요. 지금 당장 나마를 소승에게 줘 버리라고 말씀하시란 말입니다."

선사가 나마를 달라 한다. 아버지는 나 대신 저杵를 갖겠다고 말한다. 하면 나마가 저杵라는 말인가? 효원은 아비가 칼을 겨누고 있는 여인을 보았다. 저 아름다운 여인은 누구일까? 지금 선사와 아버지가 저 여인을 두고 다투는 것인가? 하면 저 여인이 나마란 말인가? 설마 그럴 리가? 효원은 목구멍이 딱 달라붙은 듯 갑자기 말문이 막혔다. 갑자기 그녀는 뭐가 뭔지 알 수가 없어졌다. 효원은 힘겹게 아버지를 불렀다.

"아버지! 살려 주세요."

박후명은 눈살을 찌푸렸지만 눈빛이 흔들리지는 않았다.

"곤란하구나. 네가 이 아비를 이해해 다오. 내겐 원대한 야망이 있다. 천의가 내게 있음을 확신하려면 나마가 필요하다. 운이 좋다면 내 충복들이 너를 구할 수 있을 것이다. 운이 나빠 네가 잘못되어도 너를 벤 자는 살아남지 못할 것이다. 내 자식을 죽인 대가는 반드시 치르게 할 터이니 너는 이 아비를 너무 원망하지 말거라."

바로 그때 재운이 박후명을 향해 말했다.

"신중히 선택하십시오. 저杵는 자신의 말을 바꿀 수 없으나 사람은 행동으로 자신의 말을 바꿔 놓을 수 있습니다. 하오니 늦기 전에 예부령께서 마음을 바꾸시면 됩니다."

"무슨 소리냐?"

"효원 아가씨는 아직 제가 드린 문구에 대한 셈을 치르지 않았습니다. 왜냐하면 제가 나중에 예부령께 직접 받겠다고 하였기 때문이지요. 문구의 효력은 끝났으나 문구의 힘을 사용한 것에 대한 셈이 남았습니다. 이번엔 제가 받을 차례입니다. 저는 제가 쓴 글과 입에 담은 말을 바꿀 수 없습니다. 하오니 예부령께서 마음을 바꿔야 합니다."

"무슨 소린지 모르겠구나. 살기 위해 너도 비겁해지는 것이냐."

"어서요. 저를 버리고 효원 아가씨를 택하겠다고 말씀하십시오."

"아니, 내가 원하는 것은 오직 너뿐이다."

그 순간, 적두가 효원의 목을 베었다. 효원의 시신이 풀썩 쓰러졌다. 재운이 고개를 돌렸고 박후명의 시선이 그를 따라갔다. 박후명의 이마에 주름이 그어졌다. 순식간에 벌어진 일이었다. 가병들이 적두를 에워싸며 거리를 좁혔다. 재운이 한발 물러서며 말했다.

"방금 예부령께서는 제 문구에 대한 셈을 치르셨습니다. 효원 아가씨 말입니다. 하나 예부령께서 마음을 바꿨다면 효원

아가씨가 아닌 다른 것으로 셈을 치를 수도 있었지요. 해서 제 문구에 대한 대가를 효원 아가씨 대신 예부령께 받겠다고 한 것이었습니다. 예부령께서는 아가씨를 살릴 수 있었습니다."

"무엇이 우선인지는 내가 판단한다."

박후명은 후회하는 기색을 보이지 않았다. 효원의 피로 물든 검을 쥔 채 적두가 박후명을 향해 달려들었다. 박후명이 외쳤다.

"나를 보호하여라. 놈을 죽여라."

가병 둘이 박후명의 앞을 막아섰다. 나머지 셋이 적두를 공격했다. 적두는 그들과 칼을 부딪치며 조금씩 뒤로 물러났다. 남도지로 만든 법구에서 빠져나온 적두의 검날이 호를 그릴 때마다 흰 빛을 뿌렸다. 그 빛은 뱀처럼 움직이며 가병들의 눈을 기만했다. 적두는 그 와중에 끊임없이 진언을 외우며 그들의 혼을 빼 놓았다.

상황을 파악한 박후명이 소리쳤다.

"귀를 막아라. 저자의 진언을 조심하란 말이다."

칼을 움직이는 가병들의 손이 점점 느려졌다. 적두는 가장 시선이 흐트러진 자를 향해 검을 내질렀다. 순식간에 그의 목이 꿰뚫렸다. 적두가 죽은 자의 목에서 칼을 뽑아 돌아서는 순간 다른 자가 검을 휘둘렀다. 적두는 그를 발로 걷어차 밀어내며 또 다른 놈의 위치를 확인했다. 걷어차인 놈이 벌떡 일어났다. 그의 안색이 붉었다. 동공이 벌어졌고 이마는 식은땀으로 젖어 있었다. 또 다른 놈은 옷자락을 찢어 귀를 틀어막고 있었다.

적두의 입귀가 비틀어졌다. 그렇게 막는다고 들리지 않을 소리가 아니었다. 청각 때 재운이 만든 귀마개처럼 완벽한 것이 아니면 그의 진언을 차단할 수 없었다. 행여 저 천 조각이 효과가 있어 무음의 상태를 만든다 하여도 진언의 첫 구절이 이미 그들의 머릿속에 박혔다. 소리는 계속 그들의 머릿속에서 반복되고 있을 터였다.

적두는 재차 덤벼드는 자의 가슴을 베고 이어 귀를 막으려 애를 쓰는 자에게로 돌아섰다. 박후명을 보호하고 있던 자들이 가세하였다. 셋은 모두 각자의 옷자락을 찢어 귀를 단단히 감싸고 있었다.

적두는 쥐고 있던 칼을 두 손으로 맞잡더니 땅을 향해 내리꽂았다. 칼은 애초에 남도지로 만든 법구의 일부였다. 칼날은 나무로 만든 법구의 뼈였다. 그 뼈는 희고 사악했으며 바라보는 사람의 눈을 속였다. 적두가 자신의 주변으로 줄을 긋기 시작했다.

박후명과 가병 셋은 그가 지금 무엇을 하는지 알 수 없어 의아했다. 수십 개의 줄이 그어지는 동안 그들은 홀린 듯 적두의 행동을 바라보기만 할 뿐이었다. 그러곤 어느 순간에 적두의 모습을 놓쳤다. 가병들이 두리번거리며 우왕좌왕하기 시작했다.

그제야 중연은 적두가 무엇을 행하였는지 깨달았다. 적두가 방금 그은 줄들은 금줄이었다. 다 타지 못하고 남은 저杵의 몸체가 그랬듯 그의 법구가 지금 저杵의 속성을 빌려 조화를 부리는 것이었다. 아마도 지난날 저 법구의 칼날 아래 숱하게 난 자당한 저杵들의 정精이 스며들고 또 스며든 때문이리라.

그러나 그 효력도 한시적인 것이 틀림없었다. 어쩌면 찰나일 수도 있었다. 왜냐하면 적두가 이내 그 모습을 다시 드러냈기 때문이다.

적두가 당당히 가병들 앞으로 다가가 하나를 베었을 때 중연은 깨달았다. 저들의 눈에는 적두가 아직 보이지 않는다는 것을. 그 이유를 중연은 금세 알아챘다.

저들은 적두가 칼을 흙바닥에 내리꽂았을 때부터 그 칼끝만을 보고 있었을 것이다. 그 끝에서 무엇이 생겨나는지, 그것이 무슨 속임수를 쓸지 알 수 없어 눈을 떼지 않았던 것이다.

신묘한 사물은 오래 바라보면 홀린다. 더욱이 저杵를 잡는 법구가 아닌가, 하여 저杵의 속성을 얻은 물건이다. 그리하여 저들은 남도지가 그린 금줄 뒤에 숨은 적두가 보이지 않는다고 여기게 된 것이다.

그러나 중연은 법구에 시선을 빼앗기지 않았다. 아니, 빼앗기지 않도록 주의했다. 그는 재운을 위해 북도지로 젓가락을 만든 후 잠시 그것에 홀렸던 적이 있었다. 눈앞이 아득해지면서 차가운 땀이 차올랐다. 저도 모르게 같은 행동을 반복하고 있는 자신을 발견했다. 그는 허공과 허공 사이에 끼여 있는 듯 모호함 속에 빠져 하마터면 정신을 놓을 뻔하였다. 그 기이한 사물을 한참이나 들여다본 탓이었다.

적두는 남은 가병 둘을 차례로 베어 쓰러뜨린 후 곧장 박후명에게로 다가갔다. 적두의 검이 이내 박후명과 재운 사이를 가르며 들어섰다. 적두가 말했다.

"비록 딸의 소망을 훔쳤다 하여도 아버지는 아버지인 줄 알았습니다. 한데 소승이 틀렸습니다."

"선사는 무고한 아이를 죽였소. 하긴 사슴의 눈을 보고 망설이면 사냥꾼이 아니지."

박후명의 머릿속이 복잡해졌다. 가병을 모두 잃은 그는 이제 의지할 곳이라곤 재운뿐이었다. 적두가 말했다.

"죽이든 살리든 마음대로 하라 하셔서 죽였습니다."

"하면 계산은 계산이오. 선사가 내 딸을 죽였으니 나는 선사에게 신물에 대한 셈을 치른 것이오. 거기에 선사는 내 사람을 다섯이나 더 가져갔소."

박후명은 요령을 감추고 거래에 나선 장사치처럼 말했다.

"좋습니다. 계산은 계산이지요. 한데 죽으면 임자가 없는 것입니다. 예부령께서는 김중연 대감을 제거하고 저杵를 가지려 했지요. 하니 소승은 예부령을 죽이고 저杵를 가지려 합니다."

"뭐라? 일개 승려가 감히 도당의 권신에게 칼을 겨눠?"

박후명은 다급히 재운을 보았다.

"나를 지켜 다오. 하면 나도 너를 지켜 줄 것이다."

"저는 제게 주어진 약속을 지키는 것 외에는 사람의 일에 개입하지 않습니다."

박후명은 재운의 깊고 어두운 눈동자가 닫히는 것을 느꼈다. 자신을 바라보던 평소의 그 서늘한 시선마저 사라진 것이다. 아무것도 남지 않은 그 무심한 눈에서 박후명은 죽음에 대한 예감을 읽었다. 그는 다급해졌다.

"내가 쓰러지면 사냥꾼이 너를 해할 것이다. 그래도 괜찮다는 것이냐?"

"저의 일은 제가 알아서 합니다."

재운이 대답했다. 적두의 검이 박후명을 향했다.

중연은 승려의 옷을 입은 사냥꾼이 찰나의 순간에 일말의 망설임도 없이 효원의 목을 베는 것을 보고 당황했다. 그가 개입하였다면 살릴 수 있었을까? 아니다, 살릴 수 있었다면 이리 허망하게 기회를 놓치지 않았겠지. 이제 적두가 박후명을 베려 한다. 중연은 박후명을 살리기 위해 적두 앞에 나서고 싶지 않았다.

하지만 그사이 재운을 달아나게 할 수는 있지 않을까. 머릿속에서 여러 생각이 오갔지만 중연은 선뜻 행동할 수가 없었다. 어떤 상황이 닥쳐도 재운은 무평문에서 한 발짝도 움직이지 않을 것이다. 재운은 지금 무평문을 제 무덤으로 여기고 중연을 기다리는 중이었다. 하니 그런 재운 앞에 그가 어찌 나타날 수 있단 말인가.

적두의 검을 필사적으로 막아 내며 정신없이 뒤로 밀리던 박후명이 소리쳤다.

"이것은 옳지 않소. 공평하지 않단 말이오. 나는 내 딸을 선사에게 주었소."

"그러니 예부령은 사람도 아니지요. 하여 소승은 예부령을 죽이는 데 털끝만큼의 가책도 느끼지 않습니다."

"그러는 선사는 사람이오?"

"소승은 그저 저 사냥꾼일 뿐입니다."

적두의 일격에 박후명은 기어이 칼을 놓쳤다. 박후명은 충격이 가해진 손목을 부여잡았다. 베인 팔의 상처에서 피가 후드득 떨어졌다.

"좋소. 내가 졌소. 선사에게 저杵를 주겠소. 하니 나를 살리시오."

"하오면 예부령께서는 다음을 기약하시겠지요. 소승은 사람의 일에 후환을 남기지 않습니다."

"내가 약속하오. 내가 약속한다니까……."

박후명은 말을 다 마치기도 전에 풀썩 쓰러졌다. 눈을 부릅뜬 채 목이 반쯤 떨어진 박후명의 시선은 적두가 아니라 재운을 바라보고 있었다. 적두가 돌아서며 재운을 향해 히죽 웃어보였다.

"드디어 나마를 독차지하게 되었군요. 이제 오롯이 소승하고만 노는 겁니다. 앞으로 소승에게 저杵에 대해 많은 것을 가르쳐 주십시오. 하면 소승도 사람에 대해 많은 것을 가르쳐 드릴 것입니다. 소승은 본디 여인에게는 관심이 없었습니다만, 여인의 모습을 한 저杵는 다르게 느껴지는군요. 소승이 재미지게 다뤄 드리겠다 약속하지요. 아, 그전에 먼저 승군의 목에 걸린 신주부터 풀어 주셔야겠습니다."

적두의 얼굴에 음흉한 미소가 어렸다. 적두는 재운에게 굴욕감을 주고 싶었다. 그러나 재운의 표정은 달라지지 않았다.

그저 깊고 검은 눈에 날 선 번개의 빛이 얹혔을 뿐.

"자, 이제 걸음을 옮기시지요."

그러나 재운은 그 자리에서 한 걸음도 움직이지 않았다.

"고집부려 봐야 다칩니다."

적두의 칼날이 재운을 향해 뻗었다. 그 칼날이 법구가 아니었다면 재운은 그 칼날이 다가오기 전에 피할 수 있었을 테지만, 그 칼날은 남도지로 만든 법구가 품고 있던 것이었다. 재운은 칼날을 피하지 못한 채 눈이 부신 듯 고개만 돌렸다.

설사 법구의 칼날을 피할 수 있다 하여도 오늘 밤만큼은 이 자리를 지켜야 했기에 재운은 담담히 맞설 수밖에 없었다. 재운의 마지막 숨을 끊을 자는 중연이었다. 하여 중연은 더는 지켜보고만 있을 수 없었다. 중연이 재운의 앞을 가로막으며 적두의 칼날을 쳐 냈다.

"물러서라. 주인이 여기 이리 버젓이 있는데 훔쳐 가려 하는가."

중연은 자신의 등 뒤로 재운을 밀어 넣었다. 적두는 중연의 난데없는 등장에 잠깐 당황했다.

"북궁에 계셔야 할 대감이 어찌?"

"나마의 곁에 늘 내가 있었음을 잊었느냐?"

"하면 대궁의 정화 의식 따위는 아무래도 상관없었나 봅니다. 저杵에 홀리니 대감의 충정도 이리 물러지는군요. 뭐, 대궁의 일 따위 아무려면 어떻습니까. 나마는 곧 임자 없는 물건이 될 터이니 훔치는 것은 아니지요."

"물건이 아니다."

중연은 냉엄한 어조로 말했다. 그때 재운의 두 손이 중연의 허리에 가만히 와 닿았다. 재운의 손을 느낀 중연은 등줄기가 서늘해지면서 심장이 뜨거워졌다. 그는 재운을 돌아보고 싶었지만 그러지 못했다. 그토록 보고 싶었던 여인의 모습을 바로 뒤에 두고도 그 눈을 마주할 자신이 없었다. 재운의 손이 중연의 허리춤 안쪽을 더듬었다. 중연은 거기에 무엇이 있는지 알고 있었다.

그것을 찾아낸 재운의 두 손이 뒤에서 중연의 머리를 부드럽게 감싸더니 양쪽 귀를 막았다. 그러자 부러진 가지를 다시 이어 붙인 목련 나무가 신목이 되어 서던 그날 밤처럼 중연의 귓속으로 바람을 타고 나뭇가지 비비는 소리가 가득 쏟아졌다. 그러나 그것도 잠시, 재운의 손이 떨어져 나가자 이내 세상에서 가장 적막한 고요가 찾아들었다.

적두가 가소롭다는 듯 고개를 저으며 말했다.

"저杵가 여인으로 둔갑하니 정분이라도 난 모양입니다."

중연은 들은 척하지 않고 곧장 적두를 베어 들어갔다. 적두는 여유를 주지 않고 다그치는 환두도의 칼날을 피해 일단 몸을 뒤로 뺐다. 어쨌거나 중연은 시위부에서 가장 빠른 자였고 적두에게는 다소 버거운 상대였다. 적두는 아쉬웠다. 중연은 오늘 밤 북궁에 있어야 했다. 대궁 정화 의식이 끝나는 새벽까지 월성 근처에는 얼씬도 하지 말았어야 했다. 그랬다면 적두는 쥐도 새도 모르는 곳으로 저杵를 데리고 달아날 수 있었을 것이다.

중연은 적두를 무평문 안쪽으로 몰았다. 치문을 지나고 응문을 지나 조원전의 회랑을 돌아 노문을 지났다. 그는 사냥꾼을 재운에게서 가급적 멀리 떨어뜨릴 작정이었다. 그사이 재운이 달아나길 바랐다. 적두가 아니라 자신에게서 달아나기를. 왕경에서 벗어나 두 번 다시 그가 찾을 수 없는 곳으로 숨어 버리기를.

'이제 자네를 보지 않고는 살 수 없다는 말 따위 하지 않을 것이네. 하니 제발 달아나게! 나는 자넬 죽일 수 없네. 하여 내가 먼저 달아나는 것이네. 부디 그런 내 마음을 헤아려 자네도 달아나 주게.'

그러나 재운은 여전히 무평문 아래 서서 중연을 기다렸다. 재운은 지평선을 향해 기울어 가는 달을 보며 청하였다.

"아무래도 시간이 좀 걸리겠다. 하니 좀 천천히 가 주면 좋겠구나."

달을 등에 진 중연의 환두도가 춤을 추었다. 어스름하게 다가오는 새벽의 어둠이 그를 감쌌다. 중연은 적두의 예리한 검이 파고들 때마다 그 칼끝에 급소를 내줄 각오를 했다. 재운을 죽이느니 차라리 그가 이 자리에서 적두의 법구에 죽는 것이 낫겠다고 여겼다. 그러나 적두를 죽이기 전에 그가 먼저 죽을 수는 없었다. 적두가 중연의 귀에 대고 끊임없이 진언을 속삭였다.

"뭐라고 하는지 전혀 들리지 않는다. 하니 애쓰지 마라."

적두의 낯빛이 흙빛이 되었다.

"내가 한 번 속지 두 번 속을 것 같은가? 다시는 너의 사언 따위에 휘둘리지 않을 것이다."

중연의 한쪽 입귀에 쓴 미소가 걸렸다. 그가 자신의 양쪽 귀에서 청각 때 사용했던 귀마개를 뽑아 보였다. 중연은 재운이 만들어 준 그 귀마개를 늘 허리춤에 넣어 두고 다녔다. 남산에서와 같이 당하는 일은 다시 없어야 했다. 하여 적두의 진언에 걸려들지 않을 방편으로 지니고 있었던 것이다. 한데 재운이 그것을 어찌 알았는지 슬쩍 꺼내 그의 귀에 꽂아 준 것이다. 중연은 생각할수록 재운의 처사가 신통하다 여겨졌다.

당황한 적두의 검이 조급히 중연의 심장을 찔러 들었다. 중연은 서두르지 않았다.

"네 검을 뻗기 전에 너를 가로막은 것이 무엇인지 먼저 보아야지. 그저 상대를 죽일 생각만 하면 자신의 살길도 막히는 법이다."

중연은 몸을 틀어 환두도를 돌려 잡으며 그대로 적두의 목을 베었다. 적두의 검이 중연의 심장에 닿는 거리보다 중연의 환두도가 적두의 목에 더 가까이 있었다.

적두의 육중한 몸이 무릎을 꿇었다. 노르스름한 적두의 눈동자가 붉게 물들었다. 적두는 남은 숨을 꿀꺽꿀꺽 삼키며 중연을 바라보았다. 아직 할 말이 남은 듯 뭐라 말을 하려는 것 같았다.

그러나 목소리가 나오지 않아 그저 붕어처럼 입만 뻐끔거리고 있었다. 잘고 붉은 피거품이 입안 가득 고였다. 크게 벌어진 목의 상처에서 피가 줄줄 샜다. 법구가 적두의 손에서 미끄러지듯 떨어지며 그의 몸이 앞으로 꼬꾸라졌다. 중연은 죽어 가는 적두를 내려다보며 말했다.

"아무 말도 듣고 싶지 않다. 네가 죽인 사람들을 생각해 보아라. 하면 그리 억울할 것도 없을 것이다. 나는 아채에게 약조했다. 너에게 반드시 그녀의 죽음에 대한 대가를 치르게 하겠다고."

적두의 입이 벌어진 채 그대로 숨이 멈췄다.

중연은 무평문을 등지고 걸었다. 어디로 가야 할지 알 수가 없었다. 그저 허위허위 걸음을 내디뎠다. 어디가 되었든 무평문 쪽으로는 가고 싶지 않았다. 그의 간절한 소망에도 재운이 아직 무평문에서 자신을 기다리고 있을 것이기 때문이었다.

그곳은 중연이 화를 던지고 호드기를 떨어뜨려 자신도 모르는 사이에 재운과 처음 인연을 맺었던 자리였다. 세월이 지나 재운은 그곳에서 그를 기다려 말을 건넸고 인연이 다시 시작되었다. 이제 그 불가사의했던 인연을 끊어 낼 시간이 되었다. 그러나 중연은 그 자리를 이별과 죽음의 자리로 삼고 싶지 않았다.

동편에서 희붐한 먼동이 어둠을 타고 부지런히 다가오고 있었다. 곧 동이 틀 시각이었다.

종장

월성을 빠져나온 중연은 식은땀으로 젖어 있었다. 성벽에 등을 기대자 늪지에 빠져든 듯 몸이 깊숙이 가라앉으며 무거워졌다. 정신이 멍하여 꿈인지 생시인지 알 수가 없었다.

삼 년 만에 왕경으로 돌아왔던 그날, 눈이 내렸다. 온통 희고 흰 설경이 죽음의 흔적들을 가리는 가운데 아련히 불어 든 침향의 향내가 있었다. 그때 그는 기묘한 감정에 휩싸여 무평문에 남겨진 아버지의 수수께끼를 새삼 돌아보게 되었다.

'그때 나를 왕경에 붙들어 둔 것이 아버지인 줄 알았는데 이제 보니 자네였구먼. 그러니까 그때 내가 돌아온 이유는 자넬 죽이기 위해서였던 게야.'

중연은 다가오는 새벽빛에 밀려 희미해져 가고 있는 달을 보았다.

'하면 내가 돌아왔을 때 진작 왕경에서 달아났어야지. 왜 멍청하게 오늘까지 죽을 날을 기다리고 있었던 게야. 나에게는 내 나라이나 저杵에게는 상관없는 나라가 아닌가. 이 나라가 쓰러져도 하늘과 땅, 물과 바람, 사람과 산천초목은 그대로이니 저杵에게는 부질없는 희생이야. 적두는 저杵가 사람의 세상에 끼어드는 것을 경계하였네. 하나 이는 사람이 덫을 놓으니 저杵가 어쩔 수 없이 끌려든 것이지. 그러므로 이는 모두 사람의 탓이네. 저기 저 월성에서 썩어 가는 천 년의 기둥을 파먹고 있는 사람의 탈을 쓴 돼지들 때문이란 말일세. 한데 말이네, 이 와중에도 나는 자네가 보고 싶으니 어찌하면 좋단 말인가.'

중연의 머릿속에서 재운과 함께했던 시간들이 지나갔다. 안마당과 후원까지 담장을 따라 둘러선 희고 붉은 목련 나무들, 자신을 향해 언제나 열려 있는 대문, 차가운 약수가 솟는 작은 샘물, 그 수면 위에 동동 떠 있는 여린 목련 꽃잎들, 늙은 산토끼 한 쌍, 청동화로에서 피어오르는 침향의 가느다란 연기, 재운이 둘러쓴 산신의 가면, 그리고…….

바람이 자꾸 중연의 등을 떼밀었다. 중연은 암만해도 재운에게서 달아날 수 없음을 깨달았다. 바람 때문이 아니었다. 그의 마음이 월성에 달라붙어 있었다. 여기서 한 걸음만 더 멀어지면 그는 버티지 못하고 무너질 것이다. 중연은 정신이 퍼뜩 들었다. 이대로 재운에게서 등을 돌린 채 다시는 돌아보지 않을 용기가 나지 않았다. 재운을 죽이건 살리건 한 번 더 그를 봐야 했다. 중연은 걸음을 돌려 왔던 길을 되돌아가기 시작했다.

중연은 무평문 아래 서 있는 재운을 보았다.

'그녀다! 오기일 밤에 나를 홀렸던 그녀.'

고운 명주실 같던 머리칼은 어느새 틀어 올려 비녀를 꽂았다. 아니다, 그것은 비녀가 아니라 중연이 주었던 젓가락이었다. 나중에 나머지 한 짝도 꼭 만들어 주마 약속했던.

중연은 심장이 아픈 것인지 뜨거운 것인지 알 수 없는 고통에 사로잡혔다. 무슨 말을 해야 할지도 모르겠고 입도 떨어지질 않았다. 그저 이렇게 바라보는 것 말고 대체 무엇을 할 수 있단 말인가. 중연은 환두도를 쥔 손을 등 뒤로 감추었다.

재운은 자신을 바라본 채 반쯤 넋이 나간 중연을 향해 말없이 고개를 숙였다. 옷깃 사이로 드러난 재운의 하얀 목덜미가 보이자 중연은 그 피부의 서늘한 감촉이 새삼 느껴졌다. 달려가 재운의 차가운 손을 잡고 싶었다. 바람보다 빠르고 어쩌면 바람보다 무형에 가까운 그 손을.

중연은 용기를 내어 재운에게로 한 걸음 옮겼다. 갑자기 눈앞이 흐릿해졌다. 한 걸음을 더 옮기면 이번엔 눈물이 뺨을 타고 흐를 듯했다. 안 되지, 재운이 보는 앞에서 부끄러이 눈물을 흘릴 수는 없지. 중연은 자신이 눈물을 흘리지 못한다는 사실을 잊었다. 그는 북궁에서 재운을 죽이라는 명을 받은 순간, 봉인된 그의 눈물샘이 터진 것을 알지 못했다.

중연이 마침내 입을 열었다.

"자네는 참으로 대단하이. 한데 나는 엉망이 되어 버렸네.

자네가 가람의 수주로 날 살리지 않았다면 난 진작 참수되었을 것이고 지금쯤 머리 없는 백골이 되어 뼈다귀를 덜그럭거리며 홀로 월성을 배회하고 다녔을 걸세. 그랬다면 지난밤 나는 자네를 재회한 기쁨에 귀신이 된 것도 후회스럽지 않았을 것이네. 차라리 그편이 나았네. 구나의 우두머리인 자네의 손에 걸려 강제로 호리병 같은 것에 담기는 쪽이 백번 낫단 말일세. 하면 이런 괴상망측한 일은 하지 않아도 될 터이니."

중연은 애써 웃어 보이며 목련방에서 늘 그랬듯 불평을 쏟아 냈다. 재운이 말했다.

"송구합니다. 대감의 농담에 웃어 드릴 수가 없어서. 제가 왕경에 매이지 않고 산천에서 자유롭게 살았다면 타고난 천성대로 웃었을 것입니다. 하오나 사람 사이에서 살다 보니 웃는 것이 쉽지 않습니다."

중연은 뜨거워진 숨을 삼켰다. 이번에는 그 숨에 눈물이 배었는지 온몸이 축축해졌다.

"이해하네. 자네가 그동안 참으로 가여운 처지를 버티었네. 자네와 쌓은 정이 이만하여 자네가 없으면 나도 사는 낙이 없으니 차라리 자네를 죽이고 나도 죽어 버리겠네."

"그리하지 마시라는 것이 저의 마지막 청입니다. 부디 저 대신 오래오래 이 땅에서 살아 주십시오."

재운은 무릎을 꿇고 머리를 앞으로 기울였다. 이제 자신의 목을 베라는 뜻이었다. 그 목에 선연하게 드러난 푸른 핏줄기가 마치 어린 나무의 새로 돋은 줄기 모양 연하고 연했다. 재운의 꽃 같은 도홍빛 입술은 마지막 숨을 아쉬워하듯 살며시 열려 있었다.

사내의 가면을 덮어쓴 벗의 모습일지라도 차마 벨 수 없거늘 하물며 내내 연모하고 그리워했던 여인의 한 줌도 되지 않는 저 가녀린 목에 어찌 칼날을 댈 수 있단 말인가.

중연의 눈에 가시가 섰다. 꾹 다물린 입매가 단단해졌다. 베어야 하는 것은 따로 있었다. 밉고 싫은 것들은 월성 내에도 널리고 널렸다. 하나 참고 참아 주었다. 이리될 줄 알았으면 차라리 그것들부터 베어 버릴 것을 그랬다. 중연은 결국 눈을 지르감은 채 말했다.

"못 하겠네, 죽어도 못 하겠네."

중연은 고개를 돌리고 환두도를 내던지며 소리쳤다.

"언젠가 내 이리될 줄 알았네. 내가 말했지, 자네는 나중에 반악처럼 될 거라고! 대궁의 그 여자가 기어이 자네를 이리 참담한 지경에 몰아넣을 줄 알았단 말일세."

허공을 돌아 땅에 꽂힌 환두도가 부르르 떨었다. 재운이 고개를 들고 중연을 보았다. 재운의 검고 서늘한 눈동자에 별이 가득 담겨 있었다. 중연은 세상의 모든 밤을 떠올렸다. 재운이 가고 없는 빈 날들이 거기 있었다. 중연은 저 눈을 보지 않고는 단 하루도 살 수 없을 것 같았다.

재운이 담담히 입을 열었다.

"반악은 지나치십니다. 또 이 일은 폐하로부터 빚어진 일이 아니니 폐하를 탓하지 마십시오."

중연은 화가 났다.

"이 판국에 또 그 여자 편을 드는가? 됐네. 그 여자에게 불려가 그 입으로 들었네. 호국의 신물은 무슨, 내 보기에는 산 사람을 죽여 귀신으로 만들겠다는 소리와 다르지 않았네. 아픈데 아프다고 말하지 않는 자네의 아픔이, 날마다 아프다고 말하는 그 여자의 아픔보다 내겐 더 아프게 느껴지네. 하나 그 여자는 모르네. 자신의 아픔이 세상에서 제일 크기에 자네의 아픔 따위 모른단 말일세. 자넨 목석이 아닐세."

"하오나 목석과 다름없지요. 아프지만 아프다고 말하지 못하는 것이 목석과 무에 다르겠습니까? 저는 사람이 아닙니다."

중연은 한숨을 내쉬며 재운을 바라보았다. 이 답답한 벗님아! 사람이면 어떻고 아니면 어떻단 말인가. 지금 그것을 가리자는 것이 아니지 않은가. 중연이 말했다.

"사람이 아니라서 더더욱 안 된다는 말일세. 살아서도 왕경에 매여 옴짝달싹 못하던 자네를, 죽은 후에도 왕경에 계속 묶어 둘 순 없네. 사람이 어찌 그리 뻔뻔할 수가 있단 말인가. 나는 자네를 그리 만들 수 없네. 자네는 산으로 돌아가 바람을 타고 춤을 추며 살아야 하는 나무붙이란 말일세."

"저는 처음부터 왕경에 바쳐진 존재입니다. 하오니 더는 제게 연연하지 마시고 대감의 할 일을 하십시오."

재운은 어떤 감정의 동요도 없는 듯 차분히 중연을 종용했다. 중연은 허탈한 듯 말했다.

"알 게 뭔가? 그 여자가 자넬 죽이라며 나를 협박했네. 하나 이제 그 여자가 하는 말은 듣지 않겠네. 다 거짓말일세. 그 여자가, 내 눈에는 하나도 예쁘지 않은 그 여자가 돼지들의 꼬임에 빠져, 아니, 선왕들을 핑계 삼아 나의 벗을, 나의 여인을 죽이라 명한 것이네."

중연의 뺨을 타고 한 줄기 눈물이 흘러내렸다. 참으려고 해도 눈물이 자꾸 쏟아졌다. 이것이 무엇인가? 내가 기어이 눈물을 흘리는가? 중연은 자신의 젖은 뺨에 손을 대어 보았다. 오랫동안 잊고 있던 감촉이었다. 황망해진 중연이 말했다.

"보게, 내가 울고 있네. 나는 본디 눈물을 흘리지 못하던 사람이었네. 한데 자네를 잃고 싶지 않은 마음에 말라 버렸던 눈물마저 돌아왔네. 자네 앞에서 눈물을 흘리다니 부끄럽네만, 이것이 내 진심이네."

상염자는 신물을 위해 가장 많은 눈물을 흘린 자가 주인이 될 것이라 언령으로 정하였다. 이는 저杵를 바라보는 눈에 눈물을 담을 수 있는 자의 관대함과 다정이 기어이 재운을 살리게 되기를 필사적으로 바랐기 때문이었다.

"왕경을 잃으면 왕경이 그리울 테고, 자네를 잃으면 자네가 그리울 테지. 한데 말일세, 나는 왕경보다 자네가 더 그리울 듯하네."

이제 중연의 눈물은 걷잡을 수 없이 쏟아졌다. 그는 그대로 주저앉아 통곡하다시피 울기 시작했다. 어찌나 많은 눈물을 흘리는지 흙이 파이고 그 자리에 손바닥만 한 웅덩이가 생길 지경이었다.

언령이 정한 그 눈물은 본디 저杵의 주인이 되기 위해 미리 흘려 두어야 하는 눈물이 아니라 저杵를 죽여야 하는 최후의 상황에서 흘리도록 되어 있었다. 신물의 주인은 자신이 흘린 눈물 위에서 신물의 목을 벨 수도 있었지만 그 눈물 때문에 벨 수 없을 수도 있었다.

지난 시절 흘리지 못했던 눈물과 앞으로 흘릴 눈물까지 모두 쏟아 낸 중연이 재운의 팔을 잡아 일으켜 세우며 말했다.

"누가 뭐라 해도 나는 자네가 좋네. 반백년도 남지 않은 왕경을 섬겨야 하는 것보다, 무관청의 아이들을 통솔하는 것보다, 목련이 아름다운 자네의 집보다, 아니, 이 세상 그 어떤 것보다 자네가 좋네. 하니 다 버리고 달아나세."

그러나 재운은 중연의 손을 뿌리치고 한 걸음 뒤로 물러나며 말했다.

"왕경의 운명을 저와 바꾸고자 하십니까? 저는 압니다. 대감께서 폐하를 그 여자라 부르고 도당의 조신들을 돼지라 부르며 미워했던 것은 진심으로 나라를 걱정했기 때문이지요. 아찬 어른도 어찌할 수 없어 버리고 간 신라입니다. 하오나 대감께서는 죽어도 놓을 수가 없었기에 이리 남아 있는 것이지요."

"아닐세. 아찬 어른이 옳았네. 그 어른이 진작 이 모든 것의 부질없음을 깨달으신 것이지."

"부질없는 앞날에 매여 있는 것이라 해도 약속은 약속이지요."

"상염자는 내게 자네를 살려 달라 청했네. 자네의 명은 처음부터 정해져 있지 않았단 말일세. 해서 내 손에 자네의 생사가 달려 있는 것이네. 저杵가 사람의 세상에 개입하는 것이 아니라 사람이 저杵를 끌어들여 사람의 일을 바꾸려 하기에 이리된 것이 아닌가. 이는 결국 모든 것이 저杵가 아니라 사람의 손에 달려 있음이네. 끝난 것은 끝난 것이야. 끝이 있어야 새로운 시작도 있을 것이 아닌가."

"기어이 저를 살리고 왕경을 버리시겠습니까?"

"버리는 것이 아니네. 사람의 손에 맡기는 것이지. 하면 내 하나 묻겠네. 내가 자네를 죽여 왕경을 살리면 그 왕경은 세세도록 영원한가?"

"이 세상에 세세도록 영원한 것은 없습니다."

"자네의 죽음이 왕경의 다음 천 년을 약속했네. 그것이 순리인가?"

"순리를 가로막고 흐름을 끊어 버티게 하는 것입니다."

"보게, 자네마저 진실을 알고 있지 않은가. 자네는 그저 썩은 뿌리가 뽑히지 않도록 잡고 있는 것일 뿐이네. 그래도 뿌리는 계속 썩어 간다네. 달이 져야 해가 뜨는 것이지. 그렇지 않은가? 살아서 영원한 것은 없네."

"대감의 말씀이 틀리지 않습니다. 때론 죽어서 영원해지기도 하지요. 하오니 대감의 뜻대로 저를 살리신다면 살아남은 저는 잊히고 죽은 왕경은 세세도록 기억될 것입니다. 언젠가 서도가 못 견디게 그리워지면 사람들은 땅속 시간의 먼지에 묻힌 서도를 다시 찾아 일으켜 세우겠지요."

"하여 나는 썩어 흔들리는 나무에 쓸데없이 귀한 보물을 거름으로 주지 않겠네. 사람들이 썩은 나무 대신 새 나무가 자라는 것을 원한다면 그렇게 하도록 둘 것이네."

"하오나 저는 왕경이 아니면 의미가 없는 존재입니다."

"아닐세, 내가 있네. 자네가 나의 의미가 되었으니 이제부터는 내가 자네의 의미일세. 그것이면 되지 않는가? 자네, 아직 내게 갚아야 할 빚이 남아 있음을 기억하는가? 자네가 그때 내게서 아채를 빼앗아 갔지."

이제 와 생각해 보니 그 일은 중연이 마음 아파할 일이 아니었다. 중연은 새삼 그때의 절절했던 마음이 우스워졌다.

"그 빚을 지금 갚게."

"예?"

"자네로 그 빚을 갚으란 말일세. 나는 자네가 필요하네. 하니 부디 그리해 주게."

중연은 재운에게 손을 내밀었다. 재운은 잠시 그 손을 바라보았으나 곧 망설이지 않고 잡았다. 저柞는 사람이 그리하겠다고 정한 것을 뒤집지 못한다. 이곳은 사람이 사는 세상이기 때문이다.

재운의 서늘한 체온이 전해지자 중연의 심장이 덜컥 주저앉았다. 중연의 가슴이 온기로 물들었다. 재운에게도 이 따뜻함이 전해지기를 간절히 바라며 중연은 재운의 손을 더욱 꽉 그러쥐었다.

마주 선 두 사람의 사이로 붉은 햇살이 번졌다.

세상이 다시 시작되었다.

그러나 둘은 고문을 나서 석조 다리를 채 지나기도 전에 일단의 숙위군들에게 가로막혔다. 숙위군들의 대두隊頭*가 앞으로 나섰다.

"두 분은 아무 곳에도 가실 수 없습니다."

중연은 대두의 얼굴을 알아보았다. 그가 부리는 자들 중 하나였다.

"네가 어찌 내 앞을 가로막는 것이냐?"

"폐하의 명입니다. 대감께서 혼자이시면 보내 드리고, 여인과 함께이시면 사로잡으라 하였습니다."

"하면 이 여인이 죽게 된다."

"이 여인이 대체 누굽니까?"

"이 여인은 사람이 아니다."

"예?"

숙위군들의 시선은 진작 재운에게 멈춰 있었다. 그들이 처음 보는 미려한 얼굴이었다. 두고두고 기억하고자 할 아름다움이었으나 돌아서면 이대로 잊혀 영원히 그립고 그리운 얼굴이 될 것 같은 예감에 그들은 넋을 놓고 있었다.

중연이 말했다.

"옛 서라벌에는 목랑의 이야기가 많았지. 한데 이제 왕경은 고도古都의 오랜 이야기들을 모두 잊었다. 이 여인은 왕경의 이야기를 두고두고 기억해 줄 저杵이다. 하니 놓아 다오. 저杵란

* 삼도 시위부에서 장군과 대감을 보좌하는 직급으로 사지에서 사찬까지의 골품 관등을 가진 자가 맡을 수 있다.

본디 사람의 손에 잡히지 않는 존재라 전해진다. 또한 너희는 어차피 내 상대가 되지 않는다. 하니 대궁에는 놓쳤다 고하면 될 것이다."

"저杵라는 것도 믿기 어려울뿐더러 그리하면 저희의 목이 날아갑니다."

"걱정하지 마라. 대궁은 너희를 죽이지 못한다. 대궁에 쓸 만한 사람이 거의 남아 있지 않다는 것을 누구보다 잘 아시고 계실 터이니. 더구나 이젠 나도 없는 마당이니 한 사람이라도 아쉬워 쉬이 놓지 않으실 것이다."

"하오면 대감께서는 기어이 왕경을 버리고 떠나실 것입니까? 안 됩니다. 정히 그러하시다면 여인은 보내 드릴 터이니 대감께서는 왕경에 남아 주십시오. 대감께서 이 상황을 책임지고 대궁에 고해 주신다면 폐하께서도 노여움을 거두실 것입니다."

중연은 씁쓸하게 웃으며 말했다.

"그냥 보내 주면 안 되겠는가. 내가 대궁으로 돌아가면 나는 죽을 때까지 사람이 아니게 된다."

"그게 무슨 말씀이십니까?"

"내가 이제 대궁에서 쓸모가 다하였다는 뜻이다. 내가 대궁의 발치에 매여 무기력하게 썩어 가는 것을 보겠는가? 아니면 지금 자유를 주겠는가? 이대로 영영 가는 것이 아니다. 어디서든 왕경을 지켜보고 있을 것이다. 끝까지 왕경과 그 운명을 같이할 것이니 지금은 보내 다오."

그들은 자신들의 손으로 수장을 잡아 대궁에 바칠 수가 없었다. 그들은 여전히 저杵에 대해 반신반의했다. 더욱이 저杵가 여인의 형상을 하고 있으니 믿기 어려웠다. 그럼에도 그들은 중연의 말을 믿었다. 그들은 대궁이 한때 서라벌의 흥興이었던 저杵를 죽이는 것도, 그들이 가장 신뢰하고 따랐던 수장의 처지가 비참해지는 것도 원치 않았다. 무슨 상황인지 제대로 알지 못함에도 그들은 이미 썩을 대로 썩어 버린 대궁이 그들의 수장까지 썩게 하도록 내버려 둘 수는 없다고 결정했다.

"하오면 어디서든 왕경을 지켜보겠다는 그 약속 지켜 주실 것입니까?"

"오냐. 지난날 내가 왕경을 위해 왕경을 떠났다가 다시 돌아왔듯, 이제도 왕경을 위해 떠나니 언젠가 돌아올 날이 있을 것이다."

그들은 중연의 말을 모두 이해하지 못했다. 다만 마음이 그리하여, 중연의 마음이 그들의 마음으로 온전히 전하여졌기에 조용히 물러나 배웅했다.

만은 아침 해를 맞은 왕경을 바라보며 조여드는 가슴을 눌렀다. 어쩌면 이리될 수도 있으리라 늘 생각해 왔다. 하여 중연이 재운을 데리고 월성을 빠져나가지 못하도록 숙위군을 붙여두었는데 그들이 감히 대궁을 배신하였다. 왕명은 마땅히 저들의 신의 위에 있어야 했다. 하니 어쩌면 다들 저杵에 홀린 탓일지도 모르지. 그렇다면 누구였든 간에 놓쳤을 것이다.

사람은 정을 버리고 대의를 좇는데, 사람은 사람의 정을 믿지 못하고 그것을 약점이라 여기는데, 저杵는 오히려 그것을 믿고 한바탕 판을 벌인 후 가 버렸다. 사람이 저杵를 속였다 여겼는데 결국 사람이 사람의 꾀에 넘어간 것이다.

그러나 만은 이대로 재운을 놓아줄 수 없었다. 그녀는 아직 보위에서 내려가지 않았다. 그녀에게는 아직 남겨 둔 기회가 있었다. 만은 명을 내렸다.

“월성에서 달아난 김재운과 짐을 배반한 시위부 대감 김중연을 잡아들여라. 그들을 짐의 앞에 무릎 꿇려라. 짐은 그자들을 용서할 수 없다. 그들이 감히…….”

감정이 격해진 만의 호흡이 가빠졌다. 그녀는 심장을 움켜잡은 채 쓰러지면서도 여전히 말을 멈추지 않았다.

“태자를…… 지금 당장, 태자를 불러오너라.”

중연과 재운이 월성에서 사라진 지 두 달이 지난 진성여왕 재위 십일 년 유월, 요 태자가 왕위에 오르니 효공왕이다. 북궁으로 물러난 진성여왕은 그해 십이월에 지병으로 죽었다.

편전에 든 승군은 왕의 앞에 엎드려 절을 올렸다.

"오랜만이로구나. 너를 다시 보게 될 줄은 몰랐다."

고작 한 해가 바뀌었을 뿐인데, 왕은 동궁 시절 소년의 티를 벗고 어른이 되어 있었다. 왕은 승군의 정수리에 있는 저 사냥꾼의 표식이 하나에서 세 개로 늘어난 것을 보았다.

만은 승하하기 전에 요 태자에게 선왕들이 그녀에게 하였듯 재운을 물려주고 저杵와 맺은 약속에 관한 이야기를 전했다. 그리고 당부했다.

'저 사냥꾼을 불러들여라. 저杵가 짐의 손에 있으면 저 사냥꾼은 적이 되나 저杵가 달아나면 저 사냥꾼의 힘을 빌려야 한다. 그 신물을 사용할 수 있도록 주어진 시간은 처음 상염자와 거래를 했던 헌강왕의 형제들로 보위가 세 번 바뀔 때까지였다. 하나 태자는 헌강왕의 혈통이니 아직 가망이 있다. 더더구나 태자는 저杵의 신주를 통해 태어났다. 하니 태자가 보위에 앉는 것으로 어쩌면 신물을 사용할 시간을 좀 더 연장할 수도 있을 것이다. 짐이 태자에게 준 김재운의 시가를 기억하느냐? 김재운은 자신을 부렸던 왕들에게도 함부로 글을 써 주지 않았다. 그것이 스스로를 잡는 덫이 될 것을 잘 알고 있었기 때문이지. 하여 《삼대목》 편찬의 핑계를 대어 그의 시가를 어렵게 받아 내었다. 짐이 그 시가를 편찬자였던 각간에게 명하여 고의로 빼돌려 둔 것은 이제와 같은 일이 일어날까 우려했던 것이었다. 김재운을 잡아들이면 그 시가를 이용해 신물의 사용을 연장하거나 완전히 새로운 약속을 맺을 수도 있을 것이다. 이제 이 일은 태자가 보위에 있는 동안 이뤄야 할 가장 큰 과업이

될 것이다.'

왕은 동궁 시절에 재운이 그에게 새 글을 써 주며 부탁했던 말을 떠올렸다. 훗날 그가 보위에 오르면 여왕이 내준 그 시가를 태워 없애 달라고 청하였다. 재운은 그 시가가 여왕이 승하하고 난 후에도 계속 그의 발목을 잡게 될 것을 알았던 것이다. 왕은 생각했다. 재운과의 약속을 지키지 못하겠다고. 그러나 미안하지는 않았다. 먼저 약속을 깬 것은 재운이 아닌가. 더구나 이는 왕의 이기심 때문이 아니라 대의를 위한 것이다.

왕은 승균에게 말했다.

"말을 잃었어도 나이가 어려도 너는 여전히 저 사냥꾼이다. 너의 목에 신주를 건 저자를 기억하겠지?"

승균이 고개를 끄덕였다.

"김재운! 그자를 잡아 오너라. 내가 보위에 있는 동안 너는 반드시 그 일을 해내야 한다."

승균은 적두가 남긴 법구를 쥐고 있었다. 승균에게는 다소 커 보였으나 곧 익숙히 다루게 될 것이다. 왕이 아직 나이가 어리니 보위에 있을 날이 길 터였다. 왕의 보위는 후견인인 대아찬 박예겸이 든든히 보필해 줄 것이다. 몇 년 안에 승균도 어른이 될 것이다. 하니 저자를 따라잡고 모든 것을 되돌릴 시간은 충분했다.

승균은 아직 재운이 무서웠으나 곧 극복하게 될 것이다. 스승이 말하지 않았던가.

'두려움은 곧 가신다. 보고 또 보면 익숙해지지. 그땐 지금

네가 느끼는 그 모든 증상들이 너에게 무엇과도 비교할 수 없는 기쁨의 감각을 가르쳐 줄 것이다.'

승균은 스승이 남긴 말을 가슴속에 새기고 또 새겼다.

그리하여……

"또 우리 셋입니까?"

계유가 말했다.

"셋이라 좋지 않으냐?"

중연이 말했다.

"좋지도 나쁘지도 않습니다. 저는 주인이 둘이 되었어요. 또 아직도 대감께 시샘이 나서 죽겠고요. 하지만 대감께서 제 주인을 죽여 저와 대감만 남는 것보다는……."

"흉측한 소리 마라. 너와 나, 둘만 남는 경우는 없다. 내가 재운을 죽였더라면 나 역시 살아 있지 않았을 터이니."

"어쨌든 제 주인이 계시지 않아 저 혼자인 것보다는 이렇게 대감까지 셋이 된 것이 낫긴 하네요."

"거 좋다는 소리를 참 에둘러도 하는구먼. 그런데 언제까지 나를 대감이라 부를 것이냐? 이제 나는 시위부의 대감이 아니다."

"습관이 되어서요. 언젠가는 큰주인이라 불러 드릴 날이 오겠지요."

"참으로 그런 날이 올 것 같으냐?"

"그거야 대감 하기 나름이지요. 뭐, 그리 쉽게 될 것 같지는 않지만요."

배는 시퍼런 바다를 헤치고 앞으로 나갔다. 미풍이 그들의 머리 위를 맴돌다 멀어졌다. 계유가 물었다.

"그런데 이 배는 어디로 가는 것입니까?"

중연의 시선이 수평선을 향했다.

"보물을 숨길 만한 곳으로 가려 한다. 재운은 호국의 신물이 아니냐. 또한 왕경의 보물이자 나의 보물이기도 하지. 보물은 자고로 잘 숨겨 둬야 하는 법이다. 하면 언젠가 좋은 사람에 의해 다시 세상으로 돌아갈 수 있을 터이지. 한데, 네 주인은 어디 있느냐? 왜 보이질 않는 게야?"

"왜요, 고새 딴 놈이 집어 갔을까 봐요?"

계유가 턱으로 중연의 뒤쪽을 가리켰다. 중연은 고개를 돌려 재운을 찾았다. 멀어지는 육지를 바라보고 선 재운의 표정에 생기가 가득했다. 그 차고 아름다운 표정에 만 가지 감정이 깃들어 있는 것을 보고 있노라니 예전에 재운이 하다 만 말이 생각났다.

태생이 그런 것을 어쩝니까? 하지만 훗날, 하고 재운이 말했을 때 중연이 잘라 버렸던 말.

'그 훗날이 바로 지금이로구나. 훗날이 되면 그날 재운이 무슨 말을 하려 했는지 절로 알게 될 거라더니, 기어이 그 훗날이 오늘이 되어 내가 재운이 지닌 만 가지 표정을 보게 되었구나.'

중연은 재운이 영축산에서 이대로 왕경을 떠나 멀리 달아나고 싶다고 했던 그 말이 진심이었음을 깨달았다. 재운이 실은 몹시도 살고 싶어 했음을. 아파도 아프다고 말하지 않는 저 아이기에 약속된 운명을 담담하게 받아들이는 것처럼 보였지만 실은 많이 아팠던 것이다.

그때 재운은 중연과 함께 가자고 청하였다. 하지만 중연은 거절하였다. 중연은 새삼 자책하였다. 죽을 줄 뻔히 알면서 왜 달아나지 않고 죽을 날만 기다리며 왕경에서 버티었는지 재운을 원망하며 어리석다 여겼다. 한데 어리석은 것은 바로 자신이었다. 그가 왕경에 있어 재운이 어디에도 갈 수 없었던 것이다. 재운은 그저 어디든 그가 있는 곳에 있고자 했던 것이다.

중연의 입귀에 근사한 미소가 걸렸다. 나도 자넬 두고는 어디에도 가지 않을 것이네. 어디든 자네가 있는 곳에 내가 있을 것이야.

《루월재운 이야기》 끝